教育部、国家语委首批国家语言文字推广基地建设项目"中东欧地区中华经典诵读传播活动策划与推广"研究成果

中华经典诗文100篇鉴赏与诵读

主　编　杜晓红

副主编　李　贞　石艳华

成　员　（按姓氏笔画排序）

　　　　王　姬　卢　彬　刘　超　童肇勤

播音主持艺术丛书

丛书主编

杜晓红

中华经典诗文100篇
鉴赏与诵读

ZHONGHUA JINGDIAN SHIWEN
YIBAIPIAN JIANSHANG YU SONGDU

主　编◎杜晓红
副主编◎李　贞　石艳华

ZHEJIANG UNIVERSITY PRESS
浙江大学出版社
·杭州·

图书在版编目（CIP）数据

中华经典诗文 100 篇鉴赏与诵读 / 杜晓红主编；李贞，石艳华副主编. -- 杭州：浙江大学出版社，2024. 7. -- ISBN 978-7-308-25279-9

Ⅰ. I206

中国国家版本馆 CIP 数据核字第 2024T11B42 号

中华经典诗文 100 篇鉴赏与诵读

主　　编　杜晓红

副主编　李　贞　石艳华

责任编辑　李海燕

责任校对　黄伊宁

封面设计　雷建军

出版发行　浙江大学出版社

（杭州市天目山路 148 号　邮政编码 310007）

（网址：http：//www.zjupress.com）

排　　版　杭州好方排版工作室

印　　刷　杭州捷派印务有限公司

开　　本　710mm×1000mm　1/16

印　　张　19

字　　数　361 千

版 印 次　2024 年 7 月第 1 版　2024 年 7 月第 1 次印刷

书　　号　ISBN 978-7-308-25279-9

定　　价　60.00 元

前　言

　　2017 年 1 月，中共中央办公厅、国务院办公厅印发的《关于实施中华优秀传统文化传承发展工程的意见》指出，在 5000 多年文明发展中孕育的中华优秀传统文化，积淀着中华民族最深沉的精神追求，代表着中华民族独特的精神标识，是中华民族生生不息、发展壮大的丰厚滋养，是中国特色社会主义植根的文化沃土，是当代中国发展的突出优势，对延续和发展中华文明、促进人类文明进步，发挥着重要作用。

　　经典诗文是中华 5000 多年文明中最有价值的文化精髓之一，是往哲先贤和现当代作家思想和智慧的结晶，是中华民族一脉相承的文化底蕴与精神食粮。诵读，是传承中华传统文化的一种重要艺术形式。通过诵读，我们诠释中华优秀文化内涵，彰显中华语言文化魅力。雅言传承文明，经典浸润人生，经典诗文给予诵读者开阔的胸襟、丰富的情感世界、独特的文化眼光。经典诵读不但有助于提高学生的阅读能力和语言表达能力，而且能在传统文化与价值观方面对他们产生潜移默化的影响，培养他们美好的思想情操和良好的文学艺术素养，有利于学生人格的健全和发展，这也是经典诗文诵读的价值所在、魅力所在。

　　"慈母手中线，游子身上衣"，让诵读者感受到母爱的深挚与温暖；"纸上得来终觉浅，绝知此事要躬行"，告诉人们，从书本上得来的知识是浅显的，要真正弄明白其中的深意，需要亲自实践；"人有悲欢离合，月有阴晴圆缺"，让诵读者懂得珍惜和家人、朋友的每一次相聚；"莲之出淤泥而不染，濯清涟而不妖"，启迪诵读者坚守心灵的高洁；"念高危，你便当思谦而自牧"，告诫人们要学会反省、谦卑和慎独;诵读《论语》,可以学得孔子对人生的智慧思考;诵读《离骚》,可以学得屈原对理想的不懈追求;诵读《将进酒》,可以领略李白乐观向上的旷达胸怀;诵读《茅屋为秋风所破》,可以领略杜甫忧国忧民的崇高境界。

《中华经典诗文100篇鉴赏与诵读》精选100篇脍炙人口的经典作品,并作了简析和诵读提示,旨在帮助社会大众特别是青少年提升语言文字应用能力和语言文化素养,激发他们对中华经典的热爱,营造爱读书、读好书、善读书的浓厚氛围,从中华经典中汲取智慧力量、坚定理想信念、彰显时代精神。

目　录

CONTENTS

（一）关雎

（选自《诗经》）

关关雎鸠，在河之洲[1]。窈窕淑女，君子好逑[2]。
参差荇菜，左右流之[3]。窈窕淑女，寤寐求之[4]。
求之不得，寤寐思服。悠哉悠哉[5]，辗转反侧。
参差荇菜，左右采之。窈窕淑女，琴瑟友之。
参差荇菜，左右芼之。窈窕淑女，钟鼓乐之。

【注释】

[1]关关：象声词，雌雄二鸟相互应和的叫声。雎鸠：一种水鸟名。洲：水中的陆地。

[2]窈窕淑女：贤良美好的女子。窈窕，身材体态美好的样子。好逑：好的配偶。逑，
   “仇”的假借字，匹配。

[3]参差：长短不齐的样子。荇菜：水草类植物，可食用。

[4]寤寐：醒和睡。指日夜。寤，醒觉。寐，入睡。

[5]悠哉悠哉：意为“悠悠”，就是长。

【赏析】

《诗经》是中国第一部诗歌总集，收集了西周初年至春秋中叶（前11世纪至前6世纪）的诗歌，现存305篇。《诗经》分为《风》《雅》《颂》三个部分。“风”是指带有地方色彩的音乐，包括十五“国风”，即十五个地方的民间歌谣，共160篇。“雅”指朝廷的正乐，西周王畿的乐调。《雅》分为《大雅》和《小雅》，其中《大雅》31篇、《小雅》74篇，共105篇。“颂”是王室宗庙祭祀时用的音乐，分为《周颂》《鲁颂》《商颂》三个部分，其中《周颂》31篇、《鲁颂》4篇、《商颂》5篇，共40篇。

《国风·周南·关雎》是《诗经》的第一篇，通常被认为是一首描写男女恋爱的情歌，从相思写到结婚。诗中将个人真挚细腻的感受与公共社会的婚姻礼仪十分和谐地结合在一起，写出了夫妇之间琴瑟和谐的伦理之情。诗歌的内容很单纯，也易懂，写一位“君子”对“淑女”的追求，得不到“淑女”时心里苦

恼,"辗转反侧"睡不着觉;得到了"淑女"就很开心,先以"琴瑟友之",再以"钟鼓乐之",以此让"淑女"快乐。

在艺术手法上,诗歌巧妙地采用了"兴"的表现手法。首章以雎鸠相向合鸣,相依相恋,兴起淑女伴君子的联想。第二、四、五章,又以采"荇菜"这一行为兴起主人公对女子疯狂地相思与追求。全诗语言优美,善于运用双声、叠韵和重叠词,增强了诗歌的音韵美和写人状物、拟声传情的生动性。

【诵读分析】

总体基调:

愉悦轻快、低沉忧愁、内敛喜悦。

声音状态:

第一部分,"关关雎鸠"到"君子好逑",气足声实,实声为主,音区较高,音色明亮、愉悦。

第二部分,"参差荇菜"到"辗转反侧",气沉声低,声区偏低,实声为主,音色低柔。

第三部分,"参差荇菜,左右采之"到"窈窕淑女,钟鼓乐之",气沉声实,中声区居多,音色愉悦,段末收束。

节奏变化:

第一部分:中速、扬升、轻快型

第二部分:慢速、降抑、低沉型

第三部分:中速、平稳、舒缓型

难点处理:

1.《诗经》有其独特的写作形式,形式优美,韵律感强。诵读时,应着力体现这一点。具体做法可为:每句四字以"二二"格式进行语节划分,在此基础上进行快慢、停连的变化,于有序中见自由;处理好诗句的韵脚,诵读押韵,形成回环往复,体现韵律感。

2.诗作中主人公的形象较为生动,动作与心情层层递进。诵读时,应做好"情景再现",将人物的行动与心情表现准确。

字音提示:

雎(jū)鸠(jiū);窈(yǎo)窕(tiǎo);好(hǎo)逑(qiú);荇(xìng)菜;寤(wù)寐(mèi);芼(mào)

（二）蒹葭

（选自《诗经》）

蒹葭苍苍[1]，白露为霜。所谓伊人[2]，在水一方。溯洄从之[3]，
道阻且长。溯游从之，宛在水中央。

蒹葭萋萋，白露未晞[4]。所谓伊人，在水之湄[5]。溯洄从之，道
阻且跻[6]。溯游从之，宛在水中坻[7]。

蒹葭采采，白露未已。所谓伊人，在水之涘[8]。溯洄从之，道阻
且右[9]。溯游从之，宛在水中沚[10]。

【注释】

[1]蒹：没长穗的芦苇。葭：初生的芦苇。

[2]伊人：那个人，指所思慕的对象。

[3]溯洄：逆流而上。下文"溯游"指顺流而下。

[4]晞：干。

[5]湄：水和草交接的地方，也就是岸边。

[6]跻：水中高地。

[7]坻：水中的沙滩

[8]涘：水边。

[9]右：迂回曲折。

[10]沚：水中的沙滩

【赏析】

《国风·秦风·蒹葭》曾被认为是用来讥刺秦襄公不能用周礼来巩固他的
国家，或惋惜招引隐居的贤士而不可得。现在一般认为这是一首情歌，是关于
一个绝望的情人的歌谣，是一首隽永哀婉的伤情之作。

全诗三章，每章八句，前两句写景，后六句抒情，全章寓情于景、情景交融。
"蒹葭苍苍，白露为霜"，节序已是深秋，天刚刚破晓，芦苇叶片上存留着的露水
凝结成了霜花，一幅萧瑟的景象，渲染了凄清的气氛，烘托了主人公孤寂的心
情。就在这样一个深秋的早晨，诗人来到河边追寻心中思慕的人儿，透过清晨

薄雾和白茫茫的芦苇丛,发现"所谓伊人,在水一方"。诗人只知道苦苦期盼的人儿在河水的另一边,并不能确定"伊人"的住处。于是诗人决心克服重重险阻,长途跋涉,追求"伊人"。他忽而逆流而上,忽而顺流而下。但是心爱的"伊人","宛在水中央",近在咫尺,却可望不可即。

全诗在结构上重复叠句,一唱三叹。诵读时虚实结合,张弛有度,低回婉转,逐层推进,表达出追求所爱而不及的惆怅与苦闷之情。

【诵读分析】

总体基调:

冷寂凄婉、惆怅感伤、朦胧迷惘。

声音状态:

第一章,"蒹葭苍苍,白露为霜"用声低而实;"所谓伊人,在水一方"用声由实转虚;"溯洄从之,道阻且长"用声转低而重;"溯游从之,宛在水中央"用声稍抬,实声为主。

第二章,"蒹葭萋萋,白露未晞。所谓伊人,在水之湄"用声虚实结合,力度稍轻;"溯洄从之,道阻且跻。溯游从之,宛在水中坻"用声转低而重。

第三章,"蒹葭采采,白露未已。所谓伊人,在水之涘"用声低重,虚实结合。"溯洄从之,道阻且右"声转稍高;"溯游从之,宛在水中沚"用声转低、重,虚实结合。

节奏变化:

第一章:慢速、舒缓、抒情型

第二章:中速、舒缓、抒情型

第三章:慢速、低沉、抒情型

难点处理:

1.本篇诗文有三个层次,它们字数相同、结构相同、写法相同,情景相近,意蕴相通。只因个别用字的差异,产生了互有联系的情景差异。诵读时,运用音声变化,于"同"中求"变",表现出《诗经》独有的韵律和节奏,就成了处理本篇诗文的难点。随着情感的推进,声音状态由实转虚、强弱相间,节奏处理不需大开大合,要相对平稳。

2.可充分运用"停顿"的技巧,将三个层次表达清晰。运用"连接"的技巧,使层次内部衔接紧密。

3.文章收尾处可放慢语速,语势下行,增强韵味。

字音提示:

蒹(jiān)葭(jiā);晞(xī);跻(jī);坻(chí);涘(sì);沚(zhǐ)

（三）汉广

（选自《诗经》）

南有乔木[1]，不可休思[2]。汉有游女[3]，不可求思。
汉之广矣，不可泳思。江之永矣[4]，不可方思[5]。
翘翘错薪[6]，言刈其楚[7]。之子于归[8]，言秣其马[9]。
汉之广矣，不可泳思。江之永矣，不可方思。
翘翘错薪，言刈其蒌[10]。之子于归。言秣其驹[11]。
汉之广矣，不可泳思。江之永矣，不可方思。

【注释】

[1]南：南方，周人所谓的南，即今东起淮水中下游两岸，南至汉水、长江中下游地区。
　　乔木：高大的树木。

[2]休：休息。思：另有一说为"息"，语助词。

[3]汉：汉水，长江支流之一。游女：出游的女子，一说指汉水女神。

[4]江：江水，即长江。永：长。

[5]方：通"泭"，用竹木编成筏子。此处用作动词，用木筏渡水。《鲁诗》"方"作"舫"，
　　小舟。

[6]翘翘：本指鸟尾上的长羽，比喻杂草丛生；或以为指高出貌。错薪：丛杂的柴草。
　　古代嫁娶必以燎炬为烛，故《诗经》嫁娶多以折薪、刈楚为兴。

[7]言：语助词。刈：割取。楚：灌木名，即牡荆。

[8]于归：古代女子出嫁。

[9]秣：用谷草喂马。

[10]蒌：蒌蒿，也叫白蒿，一种生在水边的草，嫩时可食，老则为薪。

[11]驹：小马。

【赏析】

　　这是一首恋情诗。抒情主人公是位青年樵夫，他钟情于一位美丽的姑娘，却始终难遂心愿。情思缠绕，无以解脱，面对浩渺的江水，他唱出了这首动人的诗歌，倾吐了满怀惆怅的愁绪。

"南有乔木，不可休思，汉有游女，不可求思。"《汉广》开头四句，就将故事尘埃落定。南方有高大的乔木，却不能够在它下面歇息，汉水边有心仪的女子，却不能够追求。这是一个可见而不可求的爱情故事。一连两句"不可"，将年轻樵夫苦恋的怅惘心情表达得淋漓尽致。

樵夫在采樵之地爱上了对岸的游女，这是实景，亦是实情。他在明白这份感情的"不可求"之后，便将目光投向了广阔无垠的汉水，吐出了一声长长的叹息。

"汉之广""江之永"，岂可轻易逾越？樵夫将内心的痛苦和失望投射于眼前的景色之中，从而使景物与情感融为一体。

"汉之广矣，不可泳思。江之永矣，不可方思"，《汉广》反复吟咏这四句，一"广"一"永"，用语平淡朴实，却极为贴切地再现了江水的浩荡与无边无际。针对这种平实而高妙的写景，清代的王士祯甚至将《汉广》列为中国山水文学的发轫之作。

这四句吟咏，在诗中形成了一种自足的感情，即使没有对岸的"游女"这一抒情对象作为起兴，樵夫澎湃的情思也能寄托于眼前的景物之上，与绵长浩渺的江水合二为一。那份深藏于内心的暗恋之情，也因为有了"汉之广"与"江之永"的描写而变得辽远开阔。

樵夫没有沉沦在苦苦的单恋之中不可自拔，而是于不甘、无奈之中保留了一份理智与平和。全篇八句"不可"，一气呵成，正如樵夫内心不可抑制的滔滔情思；而每一句的末尾都用了一个"思"字，语助词"思"的平声发音，给这一组声势磅礴的排比留了一个减速的出口，使樵夫的感情带了一点审慎的余味。

所以，《汉广》中的樵夫尽管爱得辛苦，也依旧保持了心性的光明。"不可求思""不可泳思""不可方思"，并非绝望之情的流露，而是以朴素之语道尽情意的曲折深婉和无尽流连，以一唱三叹的手法完成一种浑然天成的情感表达。

隔着一条汉水遥望对岸心爱的女子，这一场景很容易让人联想到牛郎织女的传说，事实上，《古诗十九首》中的"盈盈一水间，脉脉不得语"便是脱胎于此。同样是隔水相望，可望而不可即，但是比起牛郎织女的心意相通，《汉广》中樵夫对游女单方面的感情则要寂寞得多、也辛苦得多。诗中"游女"的形象模糊不清，好比水中月、镜中花，无怪乎樵夫只能远远望着，辗转叹息。

【诵读分析】

总体基调：

失望惆怅、无限怅惘、缠绵悱恻。

声音状态：

第一章,开头八句。每两小句一层。奇数句偏实,气稳声实;偶数句偏虚,气多声虚。

第二章,中间八句。前四句,气稳声实,音量适中;后四句,气多声虚,由衷感叹。

第三章,最后八句。前四句,气沉声低,音量较第二章偏低;后四句,气多声虚,气足声叹,气尽声竭。

节奏变化：

第一章:慢速、平缓、低沉型

第二章:中速、平缓、低沉型

第三章:慢速、降抑、低沉型

难点处理：

1.本诗选自《诗经》,讲述了一位樵夫求爱不得的故事,重点表现了其内心的无限失望。诗歌四字一句,别有韵律。诵读时,应在理解文意的基础上,将故事的情节讲清楚,并结合文意对每句的四字进行停连处理,形成全篇的节奏。

2.本诗中有较多助词,如"思""言""矣"等。诵读时,应注意这些语气助词的功能和处理方法。句首助词"言"可适当快速带过,句尾助词可音长多变,以增强诵读的韵味。

3.本诗首章独立,二、三章叠咏,诵读时,应适当区分。尤其是二、三章中,重复的句子较多,应注意它们之间的呼应与区分,不可单调重复。

字音提示：

翘翘(qiáo);刈(yì);秣(mò);蒌(lóu);驹(jū)

（四）黍离

（选自《诗经》）

　　彼黍离离[1]，彼稷之苗[2]。行迈靡靡[3]，中心摇摇[4]。知我者，谓我心忧；不知我者，谓我何求。悠悠苍天[5]，此何人哉？

　　彼黍离离，彼稷之穗。行迈靡靡，中心如醉。知我者，谓我心忧；不知我者，谓我何求。悠悠苍天，此何人哉？

　　彼黍离离，彼稷之实。行迈靡靡，中心如噎[6]。知我者，谓我心忧；不知我者，谓我何求。悠悠苍天，此何人哉？

【注释】

[1]黍：黍子，农作物，形似小米，去皮后叫黄米，煮熟后有黏性。

　　离离：行列貌。一说低垂貌。

[2]稷：古代一种粮食作物，指粟或黍属。据程瑶田《九谷考》说，为高粱。一说为不黏的黍。

[3]行迈：行进，前行。一说即行道。靡靡：行步迟缓貌。

[4]中心：心中。摇摇：忧心无主貌。"愮愮"的假借。

[5]悠悠：遥远的样子。

[6]噎：堵塞，气逆不顺。此处以食物卡在食管，比喻忧深气逆难以呼吸。

【赏析】

　　诗作讲述东周迁都之后，一位易代大臣因为某个机会回到曾经的西周故都，想再一次找回过往岁月的痕迹，却不料事与愿违。放眼望去，曾经的故地，皆变成片片葱绿的庄稼，昔日的繁华和战火无一觅处，只剩下一些断墙残瓦。作者曾经在此任职、生活，留下了几多爱恨与际遇，沉淀了浓厚的感情，而现在却是人非物亦非，徒增伤感。

　　诗人漫无目的地行走在庄稼间，眼前的景物勾起他的无限愁绪，思绪纷纭间，曾经被克制住的情思尽数涌上心头。对故国的追思、对百姓的痛惜、对历史的感慨和敬畏，纷至沓来，急切而又阔大。为什么政权会兴衰更迭，人类社会的历史怎么才能保持安稳长久，渺小的人类如何才能战胜时间的规律，人的弱点何以如此顽固……这些终极的问题，不停地在主人公脑海中旋转，长久得不到解答。

最令人不堪的是这种忧思无人理解，也无人分担。"知我者谓我心忧，不知我者谓我何求"，众人皆醉我独醒的境遇，并非每个人都能承受。思索得太深、追问得太深的人，总有孤独、尴尬、委屈如影随形。诗人孤独地对抗着这些压迫内心的追问，最终无法承受，几乎达到崩溃的边缘，所以他才仰天怒号、叩问苍天。由此，此诗一脱其他《诗经》作品的质朴美好，变得苍凉感伤。

全诗的行文逻辑与庄稼的生长密不可分，诗人用庄稼的出苗、成穗、结实，来记述时间的演进和抒情主人公逐渐增强的情绪。全诗三章，仅易数字，回环往复，对主人公而言，接连袭来的忧郁简直要承受不住，从"中心摇摇"进而到"中心如醉"，到最后"中心如噎"，情绪压抑得喘不过气来。每章后半部分形式上完全一样，在一次次反复呼喊中，情感力度逐章加深，最终汇聚成澎湃之势，给读者以深切的震撼。

【诵读分析】

总体基调：

凄怆忧伤、沉郁怅惘、凄凉悲哀。

声音状态：

第一章，开头十句。"彼黍离离，彼稷之苗。行迈靡靡，中心摇摇"气沉声低，气少声弱，声音总体平缓、低沉；"知我者，谓我心忧；不知我者，谓我何求。悠悠苍天，此何人哉？"气沉声低，气力渐强，音量渐高、渐重，至末句有慨叹之感！

第二章，中间十句。"彼黍离离，彼稷之穗。行迈靡靡，中心如醉"气沉声低，声音较第一章略高、略强。"知我者，谓我心忧；不知我者，谓我何求。悠悠苍天，此何人哉？"气沉声低，气力较第一章略足。

第三章，最后十句。"彼黍离离，彼稷之实。行迈靡靡，中心如噎"气沉声低，音量较第二章更低，语速较缓。"知我者，谓我心忧；不知我者，谓我何求。悠悠苍天，此何人哉？"气沉声低，气力较足，声音略重，语速较缓。

节奏变化：

第一章：慢速、平缓、低沉型

第二章：中速、平缓、低沉型

第三章：慢速、降抑、低沉型

难点处理：

1.本诗选自《诗经》，总体四字一句，每章仅有一句三字句。诵读时，应对每句的四字进行"二二"式停连处理，并结合文意，进行相应的快慢、停连变化，从而呈现出全篇的节奏韵律。

2.全诗三章的结构相同，每章后六句，完全相同，仅每章前四句有个别用字的区别，却呈现出环境的变化与主人公心境层次的推进。诵读时，应重点处理每章间有声语言的"求同存异"，即在总体节奏韵律相似的情况下、相互联系的基础上，呈现出各章不同的韵味。

字音提示：

黍（shǔ）离；稷（jì）；靡（mǐ）靡；噎（yē）

（五）小雅·鹿鸣[1]

（选自《诗经》）

呦呦鹿鸣[2]，食野之苹[3]。我有嘉宾[4]，鼓瑟吹笙[5]。吹笙鼓簧[6]，承筐是将[7]。人之好我，示我周行[8]。

呦呦鹿鸣，食野之蒿[9]。我有嘉宾，德音孔昭[10]。视民不恌[11]，君子是则是效[12]。我有旨酒[13]，嘉宾式燕以敖[14]。

呦呦鹿鸣，食野之芩[15]。我有嘉宾，鼓瑟鼓琴。鼓瑟鼓琴，和乐且湛[16]。我有旨酒，以燕乐嘉宾之心。

【注释】

[1]小雅：《诗经》中"雅"部分，分为大雅、小雅，合称"二雅"。雅，雅乐，即正调，指当时西周都城镐京地区的诗歌乐调。小雅部分今存七十四篇。

[2]呦呦：鹿的叫声。朱熹《诗集传》："呦呦，声之和也。"

[3]苹：藾蒿。陆玑《毛诗草木鸟兽虫鱼疏》："藾蒿，叶青色，茎似箸而轻脆，始生香，可生食。"

[4]宾：受招待的宾客，或本国之臣，或诸侯使节。

[5]瑟：古代弦乐，"八音"中属"丝"。笙：古代吹奏乐，属"八音"之"匏"。

[6]簧：笙上的簧片。笙是用几根有簧片的竹管、一根吹气管装在斗子上做成的。

[7]承筐：指奉上礼品。承，双手捧着。《毛传》："筐，筐属，所以行币帛也。"将：送，献。

[8]周行：大道，引申为大道理。

[9]蒿：又叫青蒿、香蒿，菊科植物。

[10]德音：美好的品德声誉。孔：很。昭：明。

[11]视：同"示"。恌：同"佻"，轻薄，轻浮。

[12]则：法则，楷模，此作动词。

[13]旨：甘美。

[14]式：语助词。燕：同"宴"。敖：同"遨"，嬉游。

[15]芩：草名，蒿类植物。

[16]湛：深厚。《毛传》："湛，乐之久。"

【赏析】

《小雅·鹿鸣》是我国古代第一部诗歌总集《诗经》中的一首诗,是《小雅》的首篇。据朱熹《诗集传》的说法,《小雅·鹿鸣》原本是君王宴请群臣时所唱的诗歌,后来逐渐推广到民间,在民间文人雅士的宴会上也可以唱。

《小雅·鹿鸣》共三章,每章八句。每章开头都以"呦呦鹿鸣"起兴,不管是"食野之苹""食野之蒿",还是"食野之芩",都是虚境,而非实境,目的是营造一种热烈而又和谐的氛围。朱熹在《诗集传》认为,君臣之间限于一定的礼数,等级森严,形成思想上的隔阂。通过君臣宴会,可以沟通感情,使君王能够听到群臣的心里话。而以鹿鸣起兴,则一开始便奠定了和谐愉悦的基调,给与会嘉宾以强烈的感染。

此诗自始至终洋溢着欢快的气氛。第一章用"呦呦鹿鸣"的意境带进"鼓瑟吹笙"的音乐伴奏声中;第二章则由主人进一步表达祝词;第三章大部与第一章重复,最后几句将欢乐气氛推向高潮,末句"燕乐嘉宾之心",将诗歌的主题进一步深化。

【诵读分析】

总体基调:

和谐愉悦、质朴热情、中和典雅。

声音状态:

第一章,1—4句,气足声实,音量适中,音色愉悦;5—6句,气稳声实,声音稍低;7—8句,气稳声实,7句声略高,8句声略低。

第二章,1—4句,气稳声平,音量适中,声区略低,音色愉悦;5—8句,音色愉悦,声音由低渐高。

第三章,1—4句,气沉声平,音量偏低,声区较低,音色愉悦;5—8句,声音由低渐高,音色愉悦,末句声音稍弱,至气竭声收。

节奏变化:

第一章:慢速、扬升、轻快型

第二章:中速、平稳、轻快型

第三章:慢速、平稳、轻快型

难点处理:

1.本诗内容朴实,结构简洁。诵读时,重在表现其情绪和韵律。情绪方面,这首宴饮诗表现了宾主宴饮活动的丰富及把酒言欢的愉悦,总体轻快、愉悦、优雅;节奏韵律方面,每两小句为一节,节内连贯,节间适当停顿,组成全篇的基本诵读节奏。

2.本诗共三章,写法基本相同,只通过个别字句的差别,表现宴饮活动内容的差异与推进。诵读时,上下章相同的句子应独处差别与联系,不同的字句应予以强调,从而表现出全篇内容的推进。

字音提示：

呦(yōu)；承筐是将(jiāng)；示我周行(háng)；视民不恌(tiāo)；芩(qín)；和乐且湛(dān)

（六）离骚（节选）

（屈原）

余既滋兰之九畹兮，又树蕙之百亩[1]。

畦留夷与揭车兮，杂杜衡与芳芷[2]。

冀枝叶之峻茂兮，愿竢时乎吾将刈[3]。

虽萎绝其亦何伤兮，哀众芳之芜秽[4]。

众皆竞进以贪婪兮，凭不厌乎求索[5]。

羌内恕己以量人兮，各兴心而嫉妒[6]。

忽驰骛以追逐兮，非余心之所急[7]。

老冉冉其将至兮，恐修名之不立[8]。

朝饮木兰之坠露兮，夕餐秋菊之落英[9]。

苟余情其信姱以练要兮，长顑颔亦何伤[10]。

擥木根以结茝兮，贯薜荔之落蕊[11]。

矫菌桂以纫蕙兮，索胡绳之纚纚[12]。

謇吾法夫前修兮，非世俗之所服[13]。

虽不周于今之人兮，愿依彭咸之遗则[14]。

长太息以掩涕兮，哀民生之多艰[15]。

余虽好修姱以鞿羁兮，謇朝谇而夕替[16]。

既替余以蕙纕兮，又申之以揽茝[17]。

亦余心之所善兮，虽九死其犹未悔[18]。

【注释】

[1]滋：栽种。畹：三十亩为畹。树：种植。

[2]畦：五十亩为畦。留夷：即芍药。揭车：香草名，花白，味辛。杜衡：俗名马蹄香，似葵而香。芳芷：香草名。

[3]冀：希望。峻茂：高大茂盛。竢：通"俟"，等待。刈：收获。

[4]萎绝：枯萎凋落。芜秽：长满荒草，喻人才变质。

[5]竞进：争先恐后往上爬。凭：满。厌：同"餍"，饱。

[6]羌:楚人发语词。兴:生,起意。

[7]忽:急。驰骛:乱跑。所急:急迫的事。

[8]冉冉:渐渐。修名:美名。

[9]坠露:欲坠之露。落英:零落的花,一说初生的花。

[10]苟:只要。信:果真。姱:美好。练要:精诚专一。顑颔:因饥饿而面黄肌瘦的样子。

[11]擥:持取。贯:串联。

[12]矫:举,拿。索:搓绳。纚纚:绳索美好貌。

[13]法:效法。服:做,从事。

[14]周:相容,合。彭咸:殷贤大夫,尝谏其君,不听,投江而死。遗则:留下的榜样。

[15]太息:叹气。掩涕:拭泪。

[16]修姱:洁净而美好。谇:进谏。替:废。

[17]纕:佩带。申:重复。

[18]悔:怨恨。

【赏析】

《离骚》是战国时期诗人屈原创作的诗篇,是屈原作品中最长、最具有代表性的一篇,也是中国古代最长的抒情诗。篇中反复申述作者远大的政治理想,诉说在政治斗争中所受的迫害,批判现实的黑暗,并借幻想境界的描绘,表达了自己对祖国的热爱之情、对理想的积极追求和对反动势力毫不妥协的斗争精神。司马迁《史记·屈原贾生列传》中说:"《离骚》者,犹离忧也。"即"离骚"为遭遇忧愁之意。而王逸《楚辞章句 离骚经章》说:"离,别也;骚,愁也。"即"离骚"为离别的忧愁。关于"离骚"的解释学术界还有很多种,但以上两种解释影响较大。

所节选的内容是《离骚》的第一部分,叙述屈原在政治斗争中的客观遭遇,并分析其中的原因。屈原深知政治上的改革,单靠个人的力量是不够的。除了争取君王的支持,还必须培植人才。屈原在这方面做了充足的准备,"滋兰""树蕙""畦留夷与揭车""杂杜衡与芳芷"。可是想不到"众芳芜秽",致使计划落空,陷于孤立。然而,屈原"恐修名之不立",仍然坚持理想,不断加强品德修养。他强调法度绳墨,与腐化没落的贵族势力绝不相容,即使这一斗争不可调和,但他矢志不渝,"哀民生之多艰""虽九死其犹未悔"。

【诵读分析】

总体基调:

忧伤怨愤、失望痛苦、宏伟壮丽。

声音状态：

第一部分，"余既滋兰之九畹兮"至"哀众芳之芜秽"。开头至"杂杜衡与芳芷"，气足声实，声区偏高，实声居多；"冀枝叶之峻茂兮"至"哀众芳之污秽"，气沉声低，气量较多，声音铺开，声区偏低，充满感叹。

第二部分，"众皆竞进以贪婪兮"至"恐修名之不立"。开头至"各兴心而嫉妒"，气足声实，音量适中，音色冷峻；"忽驰骛以追逐兮"至"恐修名之不立"，气沉声低，气量较多，声音低柔，句末声收。

第三部分，"朝饮木兰之坠露兮"至"愿依彭咸之遗则"。气沉声低，小实声，音量适中；前句声高，后句声低，回环往复。

第四部分，"长叹息以掩涕兮"至"虽九死其犹未悔"。气沉声低，气力偏重，声音凝重、感叹，末句前吸气，气力较大，气尽声收。

节奏变化：

第一部分：慢速、降抑、低沉型

第二部分：中速、降抑、低沉型

第三部分：快速、降抑、舒缓型

第四部分：慢速、降抑、凝重型

难点处理：

1. 作为我国古代最长的抒情诗篇，《离骚》全诗辞藻华丽、修辞丰富，运用丰富的意象，充分表达了作者的怨愤之情。诵读时，应对这种爱国爱民的情感进行深刻体会，并运用恰当的语气将其表达出来。

2. 与《诗经》相比，《离骚》的篇幅较大、句式较长，运用楚地的文学样式和方言声韵，被称为"离骚体"，诵读时，应将这种诗体的独特性通过有声语言呈现出来。具体做法可为，结合句意，对诗句进行停顿、划分，其中，奇数句的第一拍多为三字，偶数句的停顿较为自由。在此基础上形成有规律亦有自由的韵律。

字音提示：

畹（wǎn）；竢（sì）；刈（yì）；驰骛（wù）；姱（kuā）；顑（kǎn）颔（hàn）；擥（lǎn）；纚（xǐ）纚；谇（suì）；镶（xiāng）

（七）橘颂

（屈原）

后皇嘉树，橘徕服兮[1]。
受命不迁[2]，生南国兮。
深固难徙，更壹志兮[3]。
绿叶素荣[4]，纷其可喜兮。
曾枝剡棘，圆果抟兮。[5]
青黄杂糅，文章烂兮[6]。
精色内白，类任道兮[7]。
纷缊宜脩，姱而不丑兮[8]。
嗟尔幼志[9]，有以异兮。
独立不迁[10]，岂不可喜兮。
深固难徙，廓其无求兮[11]。
苏世独立，横而不流兮[12]。
闭心自慎，不终失过兮[13]。
秉德无私[14]，参天地兮。
愿岁并谢[15]，与长友兮。
淑离不淫，梗其有理兮[16]。
年岁虽少，可师长兮[17]。
行比伯夷，置以为像兮[18]。

【注释】

[1]后皇：即后土、皇天，指地和天。嘉：美、善。橘徕服兮：适宜南方水土。徕，通
　　"来"。服，习惯。

[2]受命：受天地之命，即禀性、天性。

[3]壹志：志向专一。壹，专一。

[4]素荣：白色花。

[5]曾枝：繁枝。剡棘：尖利的刺。抟：通"团"，圆圆的；一说同"圜"，环绕，楚地方言。

[6]文章:花纹色彩。烂:斑斓,明亮。

[7]精色:鲜明的皮色。类任道兮:就像抱着大道一样。一作"类可任兮"。类,像。任,抱。

[8]纷缊宜脩:长得繁茂,修饰得体。脩,同"修"。姱:美好。

[9]嗟:赞叹词。

[10]独立:超群而特立。不迁:不可移易,不变。

[11]廓:胸怀开阔。

[12]苏世独立:独立于世,保持清醒。苏,苏醒,指的是对浊世有所觉悟。横而不流:横立水中,不随波逐流。

[13]闭心自慎:安静下来,戒惧警惕。终不失过兮:一作"不终失过兮"。失过,即"过失"。

[14]秉德:保持好品德。

[15]愿岁并谢:誓同生死。岁,年岁。谢,死。

[16]淑离:美丽而善良自守。离,通"丽"。梗:正直。

[17]少:年少。师长:动词,为人师长。

[18]行:德行。伯夷:古代的贤人,纣王之臣。固守臣道,反对周武王伐纣,与弟叔齐逃到首阳山,不食周粟而死,古人认为他是贤人义士。置:植。像:榜样。

【赏析】

《橘颂》是中国文学史上第一篇咏物诗。屈原多以"芳草美人"作喻,但在本篇中却偏偏以"橘树"作为对象,盛赞橘树,是因为橘树承载了作者向往的一些美好品德。作者通过对橘树高贵品质的歌颂,表现了诗人自己坚强的意志和高尚的情操。

全诗可分两部分。前十六句为第一部分,缘情咏物,重在描述橘树俊逸动人的外在美,虽以描写为主,但处处体现了诗人对祖国"嘉树"的一派自豪、赞美之情。后半部分缘物抒情,从对橘树的外在美描绘,转入对它内在精神的热情讴歌,以抒情为主,将它与人的精神、品格联系起来,给予热烈的赞美。两部分各有侧重,而又互相联结,融为一体。

南方产橘,楚国自然也不例外。这首辞的开头就提到橘树的生长地,《晏子春秋》说"橘生淮南则为橘,生于淮北则为枳",说的就是橘树必须长在南方,否则就会变质。正是这种必须生长在故土的特性,使屈原赞美它。"受命不迁,生南国兮。深固难徙,更壹志兮",表明了屈原对橘树盛赞的原因:橘树一切的美,都来自对南国的固守,橘树独立不迁,固守这种命运;它根深蒂固,绝不随意改变自己的立场,坚立于一个广大的世界,意志专一;橘树茂盛,正是因为坚守了自尊,因为清醒独具的品格和谨慎自知的蕴藏;它保持美好的品德而无私心,和天地共长共生,协同一致。屈原在"秉德无私"的橘树身上寄寓了自己的道德理想。他注重品德修养,为理想信念可以奋不顾身。当看到他人追名逐利、贪婪自私、谄媚讨好时,他宁可孤身一人,也不愿成为众人之一,泯然其间。诗篇最后,诗人发出浩叹,希望自己能和橘树同生共长,并把橘树看作自己的师长,以"行比伯夷,置以为像兮"收结。将橘树的品行和贤人伯夷相比,全诗境界得到升华——在两位古今志士的遥相辉映中,前文所赞美的橘树精神,便全都流转、汇聚,成了身处逆境、不改操守的伟大志士精神之象征。

在句式上,这首诗基本上以四言为主,综合文中作者清新爽利、只愿以树为友、自我砥砺的思想情绪和作品风格来看,它属于屈原早期创作的作品。

【诵读分析】

总体基调:

生动描述、热情讴歌、深情赞美。

声音状态:

第一部分,前十六句。1—4句,气足声实,音色沉稳、有力;5—8句,气沉声实,音量较第一节稍低,音色愉悦;9—12句,气足声实,前低后高,前轻后重;13—16句,开始气足声实,音色赞叹,前实后虚,前高后低。

第二部分,后二十句。17—20句,气沉声实,声区较低,气力稍弱,音色愉悦;21—24句,气沉声实,声音铺开,音色坚定;25—28句,气沉声低,前两句较低,声音较弱,后两句音色坚定,声音稍放;29—32句,气沉声叹,气量较多,音量较低;33—36句,前两句气沉声低,音色偏实,后两句气足声实,充满赞叹。

节奏变化:

第一部分:中速、扬升、轻快型

第二部分:慢速、扬升、高亢型

难点处理:

1.本诗共三十六句,每四句一节,偶数句以语气词"兮"结尾。诵读时,应对每句进行"二二"的语节划分,并结合语意进行快慢、停连的处理,以表现全篇准确、合理的节奏。"兮"字的变化应避免单调,而应依据全篇的节奏进行丰富的变化。

2.全诗共分两个部分,诵读时,对两个部分的处理应该有所区别。第一部分重在描述橘树外在的俊美,语言表达生动、外放、赞颂的语气较足;第二部分主要是对橘树内在精神的赞美,语言于含蓄中体现热情。

字音提示:

剡(yǎn)棘;抟(tuán);姱(kuā);纷缊(yūn)

（八）渔父

（屈原）

屈原既放[1]，游于江潭，行吟泽畔，颜色憔悴，形容枯槁[2]。渔父见而问之曰："子非三闾大夫与[3]？何故至于斯？"屈原曰："举世皆浊我独清，众人皆醉我独醒，是以见放[4]。"

渔父曰："圣人不凝滞于物，而能与世推移。世人皆浊，何不淈其泥而扬其波[5]？众人皆醉，何不哺其糟而歠其醨[6]？何故深思高举，自令放为[7]？"

屈原曰："吾闻之，新沐者必弹冠[8]，新浴者必振衣[9]；安能以身之察察[10]，受物之汶汶者乎[11]？宁赴湘流，葬于江鱼之腹中。安能以皓皓之白[12]，而蒙世俗之尘埃乎？"

渔父莞尔而笑[13]，鼓枻而去[14]，乃歌曰："沧浪之水清兮[15]，可以濯吾缨[16]；沧浪之水浊兮，可以濯吾足。"遂去[17]，不复与言[18]。

【注释】

[1]既：已经，引申为"（在）……之后"。

[2]颜色：脸色。形容：形体容貌。

[3]三闾大夫：楚国官职名，掌管教育楚国王族屈、景、昭三姓宗族子弟。屈原曾任此职。

[4]是以见放，是：这。以：因为。见：被。

[5]淈：搅浑。《说文》："淈，浊也。从水，屈声。一曰滒泥，一曰水出貌。"

[6]哺：吃。糟：酒糟。歠：饮。《说文》："歠，饮也。"醨：薄酒。《说文》："醨，薄酒也。"成语：哺糟歠醨。

[7]高举：高出世俗的行为。在文中与"深思"都是渔父对屈原的批评，有贬义，故译为（在行为上）自命清高。举，举动。为：句末语气词，表反问。《论语·季氏》："是社稷之臣也，何以伐为？"

[8]沐：洗头。《说文》："沐，濯发也。"

[9]浴：洗身，洗澡。《说文》："浴，洒身也。"洒，古同"洗"。

[10]察察：皎洁的样子。

〔11〕汶汶：污浊的样子。

〔12〕皓皓：洁白的或高洁的样子。

〔13〕莞尔：微笑的样子。

〔14〕鼓枻：摇摆着船桨。鼓，拍打。枻，船桨。

〔15〕沧浪：水名，汉水的支流，在湖北境内。或谓沧浪为水清澈的样子。"沧浪之水清兮"四句：这首《沧浪歌》，亦名《孺子歌》，又见于《孟子·离娄上》，二"吾"字皆作"我"字，可能是流传于江浙一带的古歌谣。

〔16〕濯：洗。缨：系冠的带子，以二组系于冠，在颔下打结。

〔17〕遂去：遂，于是。去，离开。

〔18〕复：再。

【赏析】

本文以简短而凝练的文字塑造了屈原和渔父两个人物形象。遭受流放的屈原在江边与渔父相逢，屈原把自己的不幸遭遇告诉渔父，渔父劝他随波逐流。但有着高尚人格追求的屈原表示宁可葬身鱼腹，也绝不与世俗的小人同流合污。

渔父是一个懂得与世推移、随遇而安、乐天知命的隐士形象。他看透了尘世的纷纷扰扰，但绝不回避，而是恬然自安，将自我的情操寄托到无尽的大自然中，在随性自适中保持自我人格的节操。屈原是作为渔父的对面存在的，面对社会的黑暗、污浊，屈原则显得执着、决绝，他始终追求高洁的人格精神，宁愿舍弃生命，也不与污浊的尘世同流合污，虽然理想破灭了，但至死不渝。屈原一出场，就来了一句形象的描写"颜色憔悴，形容枯槁"，把一个心灵焦灼挣扎、痛苦煎熬的诗人形象塑造得惟妙惟肖；而渔父"莞尔而笑，鼓枻而去，乃歌曰"，用一连串的动词，尽传渔父的神韵。这一切都是通过简洁的对话实现的。一问一答这是对原始对歌的延续与继承。可以说，诗作情节上不跌宕、无波澜，结构上就是一个生活的片段，但语言简省中传神、质朴中雕饰。《渔父》更重要的价值是在叙事诗中向我们传达了一个重要的哲学理念，它创造了一个文化符号，一个原型意象——"渔父"的形象。自从姜太公钓鱼始，渔父形象就存在于文学史上，影响后世文人。在儒道互补的文化语境中，"渔父"成了文人们的必然选择，无论是进是退，是处江湖之远还是居庙堂之高，都割舍不掉那份渔父的情怀，正所谓"进亦忧、退亦忧"。于是，我们看到了一个个渔父："青箬笠，绿蓑衣，斜风细雨不须归"的张志和；"曲岸深潭一山叟，驻眼看钩不移手。世人欲得知姓名，良久向他不开口"的高适；"人生在世不称意，明朝散发弄扁舟"的李白；"孤舟蓑笠翁，独钓寒江雪"的柳宗元；"小舟从此逝，江海寄余生"的苏东坡；"一蓑一笠一扁舟，一丈丝纶一寸钩；一曲高歌一樽酒，一人独钓一江秋"的朱敦儒。"渔父"成了中国传统文化中不可或缺的文化因子,"达则兼济天下,穷则独善其身"的文人们,需不断地拷问自己的良知,需不断地坚守自己的信念,渔父则成为他们人生的选择。

全文以问答的形式,表现了主人公内在的思想境界,显示出了他宁为玉碎、不为瓦全的伟大气节的光辉,屈原的形象,也成为中华民族爱国主义精神的典范。

【诵读分析】

总体基调:

理性沉稳、义正词严、坦荡随性。

声音状态:

第一段,开头至"形容枯槁",气沉声低,音色偏实,音量平稳;"渔父见而问之曰:'子非三闾大夫与? 何故至于斯?'"气足声实,音量渐高,音高渐升;"屈原曰:'举世皆浊我独清,众人皆醉我独醒,是以见放'"气足声实,音量较大,声音较重。

第二段,气稳声实,音高渐升,音强渐重。

第三段,气足声实,音色明朗,末句气足声重,音色适当偏虚。

第四段,"渔父莞尔而笑,鼓枻而去",气沉声低,音量适中;"乃歌曰:'沧浪之水清兮,可以濯吾缨;沧浪之水浊兮,可以濯吾足。'"气足声实,声音放开,音量较大;"遂去,不复与言",气足声实,音量渐低。

节奏变化:

第一段:慢速、平稳、舒缓型

第二段:中速、扬升、轻快型

第三段:快速、扬升、高亢型

第四段:慢速、降抑、舒缓型

难点处理:

1. 本文行文流畅、层次清晰。诵读时,应在充分理解文意的基础上,将文中虚的情节讲述清楚,并结合文意进行停连、快慢处理,运用现代白话文的语感进行表达,以使听众较易听懂。

2. 文中的两位人物——屈原和渔父的语言内容对比明显,他们所表达的思想观念和人生态度迥异。诵读时,应注意将他们的语言进行合理区分,以体现准确的情感、态度。同时,人物语言应注重"神似",而不要过分追求"形似"。

字音提示:

枯槁(gǎo);三闾(lǘ);淈(gǔ);歠(chuò);醨(lí);汶(mén);枻(yì)

（九）道德经(节选)

（老子）

第一章 "道可道,非常道"

道可道,非常道[1]。名可名,非常名[2]。无名[3],天地之始;有名[4],万物之母[5]。故恒无欲也[6],以观其眇[7];恒有欲也,以观其所徼[8]。两者同出,异名同谓。玄之又玄[9],众眇之门[10]。

【注释】

[1]第一个"道"是名词,指的是宇宙的本原和实质,引申为原理、原则、真理、规律等。第二个"道"是动词,解说、表述的意思。

[2]第一个"名"是名词,指"道"的形态。第二个"名"是动词,说明的意思。

[3]无名:指无形。

[4]有名:指有形。

[5]母:母体,根源。

[6]恒:经常。

[7]眇:通妙,微妙的意思。

[8]徼:边际、边界。引申端倪的意思。

[9]玄:深黑色,玄妙深远的含义。

[10]门:一切奥妙变化的总门径,此用来比喻宇宙万物的唯一原"道"的门径。

第二章 "天下皆知美之为美"

天下皆知美之为美,恶已[1];皆知善,斯不善矣[2]。有无之相生也[3],难易之相成也,长短之相刑也[4],高下之相盈也[5],音声之相和也,先后之相随,恒也。是以圣人居无为之事[6],行不言之教,万物作而弗始也[7],为而弗志也[8],成功而弗居也。夫唯弗居,是以弗去。

【注释】

[1]恶已:恶,丑。已,通"矣"。

[2]斯:这。

[3]相:互相。

[4]刑:通"形",此指比较、对照中显现出来的意思。

[5]盈:充实、补充、依存。

[6]圣人,古时人所推崇的最高层次的典范人物。居,担当、担任。无为,顺应自然,不加干涉,不必管束,任凭人们去干事。

[7]作:兴起、发生、创造。

[8]弗志:弗,不。志,指个人的志向、意志、倾向。

第八章 "上善若水"

上善若水[1]。水善利万物而不争,处众人之所恶[2],故几于道[3]。居,善地;心,善渊[4];与,善仁[5];言,善信;政,善治[6];事,善能;动,善时[7]。夫唯不争,故无尤[8]。

【注释】

[1]上善若水:上,"最"的意思。上善即最善。这里老子以水的形象来说明"圣人"是道的体现者,因为圣人的言行有类于水,而水德是近于道的。

[2]处众人之所恶:即居处于众人所不愿去的地方。

[3]几于道:几,接近。即接近于道。

[4]渊:沉静、深沉。

[5]与:指与别人相交相接。善仁:指有修养之人。

[6]政,善治:为政善于治理国家,从而取得治绩。

[7]动,善时:行为动作善于把握有利的时机。

[8]尤:怨咎、过失、罪过。

【赏析】

《道德经》是春秋时期老子(李耳)的哲学作品,又称《道德真经》《老子》《五千言》《老子五千文》,是中国古代先秦诸子分家前的一部著作,是道家哲学思想的重要来源。《道德经》是中国历史上最伟大的名著之一,对传统哲学、科学、政治、宗教等产生了深刻影响。

《道德经》第一章所说的"道",是指一切存在的根源,是自然界中最初的发动者。它具有无限的潜在力和创造力,天地间万物蓬勃的生长都是"道"的潜在力不断创造的一种表现。"无"和"有"是用来指称"道"的,是用来表明"道"由无形质向有形质的一个活动过程。第二章,老子指出事物都有自身的对立面,都是以对立面作为自己存在的前提,没有"有"就没有"无",没有"长"就没有"短";反之亦然。第八章,老子在自然界万事万物中最赞美水,认为水德是近于"道"的。而理想中的"圣人"是道的体现者,因为他的言行类似于水。为什么说水德近于"道"呢？以不争争，以无私私，这就是水的最显著特性。水滋润万物而无取于万物，而且甘心停留在最低洼的地方。第八章的七个并列排比句，都是有关水德的写状，同时也是阐述"上善"之人所应具备的品格。

【诵读分析】

总体基调：

沉静淡然、严谨周密、舒缓从容。

声音状态：

第一章，"道可道，非常道。名可名，非常名"气足声实，音色明朗，音量适中；"无名，天地之始；有名，万物之母"气沉声低，气平声缓；"故恒无欲也，以观其眇；恒有欲也，以观其所徼。两者同出，异名同谓。玄之又玄，众眇之门"气稳声实，音量适中，音色沉静、明朗。

第二章，"天下皆知美之为美，恶已；皆知善，斯不善矣"气稳声实，前实后虚，前高后低；"有无之相生也，难易之相成也，长短之相刑也，高下之相盈也，音声之相和也，先后之相随，恒也"气足声实，音量较大，音色明朗；"是以圣人居无为之事，行不言之教，万物作而弗始也，为而弗志也，成功而弗居也。夫唯弗居，是以弗去"气稳声实，声音集中，音色坦荡、明朗。

第八章，"上善若水。水善利万物而不争，处众人之所恶，故几于道"气足声实，声音平缓，音高适中；"居，善地；心，善渊；与，善仁；言，善信；政，善治；事，善能；动，善时"气足声实，换气多样，补气及时，声音高低相间；"夫唯不争，故无尤"句前吸气，气多声重。

节奏变化：

第一章：慢速、平缓、舒缓型

第二章：快速、扬升、轻快型

第八章：中速、扬升、舒缓型

难点处理：

1. 本文第二章和第八章中均运用排比法深化道理。诵读时，应将这些部分进行适当的处理。如总体相对连贯，在语流连贯中进行高低、轻重的变化等，以增强语气，强化表达的力度。

2. 本文所选章节多运用对比法讲述深刻道理，因此，诵读时，重音的选择与强调就非常重要。应结合文意中的对比性观点，准确选择较"少"的重音，并运用多种方法将其强调、突出，使听众可以较容易地听懂。

字音提示：

眇（miǎo）；徼（jiào）；恶（è）已；几于道（jī）；处众人之所恶（wù）

（十）论语·学而（节选）

（选自《论语》）

第一章

子[1]曰："学而时习之,不亦说[2]乎?有朋自远方来,不亦乐乎?
人不知而不愠[3],不亦君子乎?"[4]

【注释】

[1]子:指有学问有道德的男子,或称"夫子",相当于"先生"。《论语》中一般指孔子,
有时也指有子、曾子、闵子、冉子等。

[2]说:通"悦",高兴、快乐。

[3]愠:幽怨,未曾发泄的怨气。

[4]君子:君子在《论语》中有三种含义:有德者,有位者,有德又有位者。此指有德者。

第二章

有子[1]曰："其为人也孝弟[2],而好犯上者[3],鲜[4]矣;不好犯上,
而好作乱者,未之有也。君子务本[5],本立而道生。孝弟也者,其为
仁之本与[6]!"

【注释】

[1]有子:姓有,名若,孔子的学生,比孔子小33岁。相貌有些像孔子。孔子去世后,
孔门弟子曾尊其为师,也称其为"子"。

[1]孝:尽心敬养父母。弟:通"悌",指弟弟要顺从兄长。

[3]犯:冒犯,违反。上:指地位比自己高的人,如父、兄或君王、官长等。

[4]鲜:少。

[5]务:专心致力于某事。本:根本的、基础的东西。

[6]与:通"欤",语气词。

第四章

曾子[1]曰："吾日三省[2]吾身:为人谋而不忠乎?与朋友交而不

信乎？传不习乎？[3]"

【注释】

[1]曾子：姓曾，名参，是孔子最小的学生之一，比孔子小 46 岁。他注重内求，处事
　　谨慎。

[2]省：自我反省。三省：即从三个方面进行自我反省。

[3]忠：尽心竭力。信：信实、诚信。传：传授。

第七章

　　　子夏[1]曰："贤贤[2]易色[3]；事[4]父母，能竭其力；事君，能致其
身；与朋友交，言而有信。虽曰未学，吾必谓之学矣。"

【注释】

[1]子夏：孔子的学生，小孔子 44 岁。子夏家境清寒，但他是一个讲究气节的人，具有
　　临难不苟、临危不惧的气概。

[2]贤贤：前一"贤"作动词，尊重的意思；后一"贤"作名词，指有才德的贤人。

[3]易：变易，改变。色：即脸色。

[4]事：作动词，侍奉的意思。

第十二章

　　　有子曰："礼之用，和为贵[1]。先王之道，斯[2]为美；小大由之。
有所不行，知和而和，不以礼节[3]之，亦不可行也。"

【注释】

[1]和：和谐，中和。

[2]斯：这、此等意，这里指礼，也指和。

[3]节：限制，调节。

第十四章

　　　子曰："君子食无求饱，居无求安，敏于事而慎于言，就有道而正
焉[1]，可谓好学也已[2]。"

【注释】

[1]就：靠近。正：纠正。

[2]已：同"矣"。

【赏析】

《论语》是孔子及其弟子的语录结集，由孔子弟子及再传弟子编写而成，至

战国前期成书。此书主要记录孔子及其弟子的言行,较为集中地反映了孔子的思想,是儒家学派的经典著作之一。全书以语录体为主、叙事体为辅,集中体现了孔子的政治主张、伦理思想、道德观念及教育原则等,与《大学》《中庸》《孟子》并称"四书"。

《学而》是《论语》第一篇的篇名。《论语》中各篇一般都是以第一章的前二三个字作为该篇的篇名。《学而》一篇包括 16 章,内容涉及学、仁、孝、信等道德范畴诸多方面。第一章三句话,一句话一个意思,表明孔子学而不厌、诲人不倦、严格要求自己的主张。第二章表明孝悌是仁的根本这一儒家哲学思想。第四章曾子提出"忠"和"信"的范畴,强调个人的自我修养。第七章指出一个人有无学问,不是看他的文化知识,而是是否具备"孝""忠""信"等伦理道德。第十二章强调只有遵循礼仪规矩,才能以和谐为贵。第十四章要求人们不要过多追求物质享受,要少说多做,不断地学习和提升自己。

【诵读分析】

总体基调:

理性沉稳、亲切热情、明朗豁达。

声音状态:

第一章,气稳声实,前两层的声音分别从低到高。末句适当降低音高收尾。

第二章,"有子曰:其为人也孝弟,而好犯上者,鲜矣。"气稳声实,音色理性、冷静;"不好犯上,而好作乱者,未之有也。"气稳声实,声音较前段略高;"君子务本,本立而道生。孝弟也者,其为仁之本与。"气稳声实,末句音量渐弱。

第四章,气足声高,气多声虚,气息渐提,音高渐升。

第七章,气稳声实,声音相对平稳、明朗。

第十二章,气稳声实,小实声,声音平稳、明朗。

第十四章,气稳声实,声音平稳、明朗、亲切。

节奏变化:

第一章:中速、扬升、轻快型

第二章:中速、平稳、舒缓型

第四章:快速、扬升、高亢型

第七章:中速、平稳、舒缓型

第十二章:慢速、平稳、舒缓型

第十四章:中速、扬升、舒缓型

难点处理：

1.本处选择的几则《论语》,蕴含着丰富而深刻的为学道理,文字虽简,道理颇深。诵读时,应采用相对较慢的语速,并运用恰当的语气,将短句之间的逻辑表达准确,以使听者准确听知、领悟。

2.这几则论语,既可以单独吟诵,又可以组合在一起进行朗诵。组合诵读时,应注意区分各则的叙述身份,以呈现《论语》本来的韵味。

字音提示：

不亦说(yuè)乎;愠(yùn);孝弟(tì)

（十一）孟子二章

（孟子）

《孟子·公孙丑下》

　　孟子曰："天时不如地利，地利不如人和。三里之城[1]，七里之郭[2]，环而攻之而不胜。夫环而攻之，必有得天时者矣；然而不胜者，是天时不如地利也。城非不高也，池非不深也，兵革非不坚利也，米粟非不多也；委而去之[3]，是地利不如人和也。

　　故曰：域民不以封疆之界[4]，固国不以山溪之险，威天下不以兵革之利。得道者多助，失道者寡助。寡助之至，亲戚畔之[5]；多助之至，天下顺之。以天下之所顺，攻亲戚之所畔；故君子有不战，战必胜矣。"

【注释】

[1]三里之城：方圆三里的内城。

[2]郭：外城。在城外加筑的一道墙。

[3]委而去之：意思是弃城而逃。委：放弃。去：离开。

[4]域民不以封疆之界：意思是，使人民定居下来而不迁到别的地方去，不能靠规定的边疆的界限。域：这里是限制的意思。

[5]畔：通"叛"。

《孟子·告子上》

　　孟子曰："鱼，我所欲也；熊掌，亦我所欲也，二者不可得兼，舍鱼而取熊掌者也。生，亦我所欲也；义，亦我所欲也，二者不可得兼，舍生而取义者也。生亦我所欲，所欲有甚于生者，故不为苟得也[1]；死亦我所恶，所恶有甚于死者，故患有所不辟也[2]。如使人之所欲莫甚于生，则凡可以得生者[3]，何不用也[4]？使人之所恶莫甚于死者，则凡可以辟患者，何不为也？由是则生而有不用也，由是则可以辟患而有不为也。是故所欲有甚于生者,所恶有甚于死者,非独贤者有是心也[5],人皆有之,贤者能勿丧耳[6]。

一箪食,一豆羹,得之则生[7],弗得则死。呼尔而与之[8],行道之人弗受[9];蹴尔而与之[10],乞人不屑也。万钟则不辨礼义而受之[11]。万钟于我何加焉[12]?为宫室之美、妻妾之奉、所识穷乏者得我与?乡为身死而不受[13],今为宫室之美为之;乡为身死而不受,今为妻妾之奉为之;乡为身死而不受,今为所识穷乏者得我而为之,是亦不可以已乎?此之谓失其本心。"

【注释】

[1]苟得:苟且取得,这里是"苟且偷生"的意思。

[2]辟:通"避",躲避。

[3]得生:保全生命。

[4]何不用也:什么手段不可用呢?用,采用。

[5]非独:不只。贤者:有才德、有贤能的人。

[6]勿丧:不丢掉。丧:丧失。

[7]得:通"德",恩惠,这里是感激的意思。

[8]呼尔而与之:没有礼貌地吆喝着给他。

[9]行道之人:(饥饿的)过路的行人。

[10]蹴:用脚踢。

[11]万钟:这里指高位厚禄。钟,古代的一种量器,六斛四斗为一钟。

[12]何加:有什么益处。何,介词结构,后置。

[13]乡:通"向",从前。

【赏析】

《孟子》是战国中期孟子及其弟子万章、公孙丑等所作。书中记载有孟子及其弟子的政治、教育、哲学、伦理等思想观点和政治活动。与《论语》《大学》《中庸》并称"四书"。

《孟子·公孙丑下》开头就提出"天时不如地利,地利不如人和"这一观点,指明"人和"是克敌制胜的首要条件,而天时地利则是次要的方面。"人和",具体表现为下文所说的"多助"和"天下顺之",即人民的支持和拥护,这反映了孟子"民贵君轻"的政治思想。所以这一章是借战争论述实行"仁政"的重要性,是讲民心向悖的。《孟子·告子上》这篇文章是以孟子的性善论为依据,对人的生死观进行深入讨论的一篇代表作。强调"正义"比"生命"更重要,主张舍生取义,义重于生。孟子性善,认为人性里天生就有向善的种子。人就应该保持善良的本性,加强平时的修养及教育,不做有悖礼仪的事。孟子的这一思想,被认为是中华民族传统道德修养的精华。

《孟子·公孙丑下》语句整齐、流畅,一气贯注,有说服力。比如在阐述他的"得道者多助"时,作者也是先用了三个否定的排比句,顺理成章地推导出结论;然后又把"多助"和"寡助"进行对比,自然导出"君子有不战,战必胜矣"。

《孟子·告子上》议论严密,层层深入。文章善用比喻和对比,例如,开篇以鱼和熊掌设喻,引出中心论点;在第一段正反对比阐述"义"重于"生"的道理,从反面假设推理,又从正面事实说明人能不贪生、不避患。

【诵读分析】

总体基调:

严肃沉稳、严谨周密、坦荡明朗。

声音状态:

《孟子·公孙丑下》

第一段,开头至"地利不如人和",气足声实,音色明朗、有力;"三里之城"到"环而攻之而不胜",气沉声实,声音渐高;"夫环而攻之"到"是天时不如地利也",气沉声实,声音由高到低,由实渐虚;"城非不高也"至"是地利不如人和也",气沉声实,声音由低渐高,再由高渐低,段末气沉声低。

第二段,"故曰:域民不以封疆之界"至"威天下不以兵革之利",句前吸气,气沉声实,气多声叹,声音渐高;"得道者多助"至"天下顺之",气足声实,声音明朗、力度适中,逐渐加重,句末渐弱;"以天下之所顺"至"战必胜矣",气足声实,音量渐高,进而降低,句末声音偏虚。

《孟子·告子上》

第一段,开头至"舍生而取义者也",气沉声稳,用声偏实,音量适中;"生亦我所欲"至"贤者能勿丧耳",气稳声实,音量适中,用声总体平稳。

第二段,"一箪食"至"乞人不屑也",气稳声实,声音平稳;"万钟则不辨礼义而受之"至"所识穷乏者得我与",气足声强,音高逐渐提升,音量逐渐加入;"乡为身死而不受"至段末,气沉声重,语速较快,段末气虚声轻。

节奏变化:

《孟子·公孙丑下》

第一段:慢速、平稳、舒缓型

第二段:中速、平稳、舒缓型

《孟子·告子上》

第一段:慢速、平稳、舒缓型

第二段:中速、平稳、舒缓型

难点处理：

1.不同于抒描性较强的记叙文和诗歌等,本文的说理性较强。诵读时,声音的变化较少大开大合,这就对讲述的清楚程度提出了更高的要求。诵读者应于相对平稳的声音和语流中,将道理层层剥开,说给听者。

2.《孟子》二章阐述道理时,有多处运用了对比和排比的写法。诵读时,应以为基础,通过重音和非重音的处理,表现出观点的对比性;运用语气的推进和加重,表现出排比句的气势与道理的深入。

字音提示：

米粟（sù）;亲戚（qīnqī）;故患有所不辟（bì）也

（十二）礼记·大学(节选)

(曾子)

　　大学之道,在明明德,在亲民[1],在止于至善,知止而后能定,定而后能静,静而后能安,安而后能虑,虑而后能得。物有本末,事有终始,知所先后,则近道矣。

　　古之欲明明德于天下者,先治其国;欲治其国者,先齐其家;欲齐其家者,先修其身;欲修其身者,先正其心;欲正其心者,先诚其意;欲诚其意者,先致其知;致知在格物[2]。物格而后知至,知至而后意诚,意诚而后心正,心正而后身修,身修而后家齐,家齐而后国治,国治而后天下平。自天子以至于庶人,壹是皆以修身为本[3]。其本乱而末治者,否矣。其所厚者薄,而其所薄者厚,未之有也。此谓知本,此谓知之至也。

　　所谓诚其意者,毋自欺也。如恶恶臭,如好好色,此之谓自谦。故君子必慎其独也。小人闲居为不善,无所不至,见君子而后厌然,掩其不善而著其善。人之视己,如见其肺肝然,则何益矣?此谓诚于中,形于外。故君子必慎其独也。曾子曰:"十目所视,十手所指,其严乎!"富润屋,德润身,心广体胖。故君子必诚其意。

【注释】

[1]亲民:一般认为"亲"通"新",动词,"使革新"的意思。

[2]致:求得。格:推究。要获得知识,关键在于研究万事万物,推究事物原理。

[3]壹是:一切。人人都要以修养品性为根本。

【赏析】

　　《礼记》又名《小戴礼记》《小戴记》,据传为孔子的七十二弟子及其学生们所作。主要记载了先秦的礼制,体现了先秦儒家的哲学思想、教育思想、政治思想、美学思想,是研究先秦社会的重要资料,是一部儒家思想的资料汇编。

　　《礼记》中的教育思想主要体现在《大学》《学记》《中庸》三篇中。《大学》着重阐述了大学教育的目的、任务和步骤。节选所展示的是儒学三纲八目的追求。所谓"三纲"，是指明德、亲民、止于至善，它既是《大学》的纲领旨趣，也是儒学"垂世立教"的目标所在。所谓"八目"，是指格物、致知、诚意、正心、修身、齐家、治国、平天下，它既是为达到"三纲"而设计的条目工夫，也是儒学为我们所展示的人生进修阶梯。纵览四书五经，我们发现，儒家的全部学说实际上都是循着这"三纲八目"而展开的。所以，抓住这"三纲八目"就等于抓住了一把打开儒学大门的钥匙，帮助我们更加准确地领悟儒学经典的奥义。

《大学》全文文辞简约、内涵深刻，大量使用排比句，使语言铺陈细致、韵律和谐、语势强烈、感情充沛，顶真修辞的运用收到了语势连贯、音律流畅、论证缜密、逻辑性强的表达效果。

【诵读分析】

总体基调：

坦荡明朗、沉静平稳、冷峻严肃。

声音状态：

第一段，"大学之道，在明明德，在亲民，在止于至善"气沉声实，实声沉稳，音色饱满、明朗；"知止而后能定"到"虑而后能得"，气稳声实，音量适中，句间相对连贯，补气及时；"物有本末，事有终始，知所先后，则近道矣"气沉声实，声音平稳，音量适中，末句偏虚。

第二段，从"古之欲明明德于天下者"至"先致其知"，气稳声实，音量适中，音色理性、冷静，句间连贯，补气及时；"致知在格物"至"国治而后天下平"，气稳声实，音量适中，音色正气、明朗；"自天子以至于庶人"至"未之有也"，气沉声稳，实声居多，音量适中，音色平和；"此谓知本，此谓知之至也"，句前吸气，气多声虚，气竭声收。

第三段，"所谓诚其意者"至"此之谓自谦"，气沉声实，音量适中，声音渐高；"故君子必慎其独也"气足声低，声音放开；"小人闲居为不善"到"掩其不善而著其善"，气提声浮，声音无根，音色鄙夷。"人之视己"至"故君子必慎其独也"，气沉声放，气力较大，音色低重；"曾子曰：'十目所视，十手所指，其严乎！'"气足声朗，音色明朗、有力；"富润屋"至段末，气多声沉，音色低重，语气感慨，段末声收。

节奏变化：

第一段：中速、扬升、高亢型

第二段：中速、平稳、舒缓型

第三段：中速、平稳、舒缓型

难点处理：

1.本文的说理性较强,讲述了提高个人修养、培养良好的道德品质与治国平天下之间的关系,逻辑严谨,层层推进。诵读时,应力求将文中的道理讲述清楚,充分调动逻辑感受,运用恰当的语气,准确表述句间的逻辑。

2.文中有多处运用了顶真的修辞手法,读来朗朗上口、气势磅礴。诵读时,应注意句子之间的关联,运用重音的技巧,将新的信息显示出来,以呈现准确的语意,并注意其节奏韵律,避免读法单调。

字音提示：

亲(xīn)民;恶(wù)恶(è)臭,好(hào)好(hǎo)色

（十三）愚公移山

（列子）

太行、王屋[1]二山，方七百里[2]，高万仞[3]，本在冀州之南，河阳之北[4]。

北山愚公者，年且[5]九十，面山而居[6]。惩[7]山北之塞，出入之迂[8]也，聚室而谋[9]曰："吾与汝毕力平险[10]，指通豫南，达于汉阴[11]，可乎？"杂然相许[12]。其妻献疑[13]曰："以君之力，曾[14]不能损[15]魁父[16]之丘[17]，如太行、王屋何？且焉[18]置[19]土石？"杂曰："投诸渤海之尾，隐土之北[20]。"遂率子孙荷[21]担者三夫[22]，叩石垦壤[23]，箕畚运于渤海之尾。邻人京城[24]氏之孀[25]妻有遗男[26]，始龀[27]，跳往助之。寒暑易节[28]，始一反焉[29]。

河曲[30]智叟[31]笑而止之曰："甚矣，汝之不惠[32]！以残年余力，曾不能毁山之一毛[33]，其[34]如土石何？"北山愚公长息[35]曰："汝心之固，固不可彻[36]，曾不若孀妻弱子。虽我之死，有子存焉。子又生孙，孙又生子；子又有子，子又有孙；子子孙孙无穷匮[37]也，而山不加增，何苦[38]而不平？"河曲智叟亡[39]以应。

操蛇之神[40]闻之，惧其不已[41]也，告之于帝。帝感其诚[42]，命夸娥氏[43]二子负[44]二山，一厝[45]朔东[46]，一厝雍南[47]。自此，冀之南，汉之阴，无陇断[48]焉。

【注释】

[1]太行：在黄土高原和华北平原之间。王屋：在山西阳城、垣曲与河南济源之间。

[2]方：方圆，指面积。方七百里，表示纵横七百里。

[3]仞：古代长度单位，以七尺或八尺为一仞。

[4]冀州：古地名，包括今河北省、山西省、河南省黄河以北，辽宁省辽河以西的地区。

河阳：一说指黄河北岸。山的北面和江河的南面叫做阴，山的南面和江河的北面叫做阳。又，东周时有河阳古城，在今河南省孟州市西。

[5]且：副词，将近。

[6]面山而居：面对着山居住，即住在山北。

[7]惩:戒,这里是"苦于、为什么所苦"的意思。

[8]迂:曲折、绕远。

[9]聚室而谋:集合全家来商量。室,家。

[10]毕力平险:尽全力铲除险峻的大山。毕,尽、全。

[11]指通豫南:一直通向豫州南部。指,直。豫,豫州,古地名,在今河南省黄河以南
     一带。汉阴:汉水南岸。汉,就是汉水。

[12]杂然相许:纷纷表示赞成。杂然,纷纷的样子。许,赞同。

[13]献疑:提出疑问。

[14]曾:副词,用在"不"前,加强否定语气,可译为"连……也……",常与"不"连用。

[15]损:削减。

[16]魁父:古代一座小山的名称,在现今河南省开封市陈留镇境内。

[17]丘:土堆。

[18]焉:疑问代词,哪里。

[19]置:安放。

[20]投诸渤海之尾,隐土之北:把它扔到渤海边上,隐土北面去。诸,相当于"之于"。
     隐土,古地名。

[21]荷:扛的意思。

[22]夫:成年男子。

[23]叩石垦壤:凿石头,挖泥土。叩,敲、打。

[24]京城:复姓。

[25]孀:孀妻,寡妇。

[26]遗男:遗孤,单亲孤儿,遗腹子。

[27]始龀:表示年龄,约七八岁。儿童换牙齿,乳齿脱落后重新长恒齿。始:才、刚。
     龀:换牙。

[28]寒暑易节:冬夏换季,指一年的时间。易,交换。节,季节。

[29]始一反焉:才往返一次。反,通"返"往返。焉,语气助词。

[30]河曲:古地名,在今山西省芮城县西。

[31]叟:老头。

[32]甚矣,汝之不惠:你也太不聪明了!甚,严重。惠同"慧",聪明;不惠,指愚蠢。

[33]一毛:一草一木,地面所生的草木,这里指山的一小部分。

[34]其:在"如什么何"前面加强反问语气。

[35]长息:长叹。

[36]汝心之固,固不可彻:你思想顽固,顽固到了不可改变的地步。彻,通达,这里指
     改变。

[37]匮:竭尽的意思。

[38]苦:愁苦,这里指担心。

[39]亡以应:没有话来回答。亡,通"无"。

[40]操蛇之神:神话中的山神,手里拿着蛇,所以叫操蛇之神。操,持。

[41]惧其不已:怕他不停地干下去。其,愚公。已,停止。

[42]感其诚:被他的诚心所感动。感,被什么感动。

[43]夸娥氏:神话中力气很大的神。

[44]负:背。

[45]厝:同"措",放置、安放。

[46]朔东:就是朔方以东地区,指山西省的北部。

[47]雍:就是雍州,在现今陕西、甘肃省一带地区。

[48]陇断:即垄断,山冈阻隔。"陇"通"垄",高地。断,隔绝。

【赏析】

《愚公移山》是中国古代寓言的名篇之一,这篇带有神话色彩的寓言,反映了古代劳动人民改造自然的抱负和理想。

《愚公移山》紧紧围绕着"移山"而展开故事情节。文章开门见山,开头就介绍了太行、王屋这两座大山原先的地理位置,这就给读者造成一种悬念。这么高大的两座山是怎样被移走的呢? 文章接着就开始回答这个问题,原来这两座山挡住了愚公家的出路,所以愚公下决心要把这两座山搬走。他的决心得到了家中多数人的支持。其妻提出疑问,故事遂顿生一小波澜。最后全家人意见取得一致,开始挖山。文章如果就此打住,也就平淡无奇了,奇就奇在半路"杀"出个智叟来嘲笑愚公挖山是愚笨之举,于是两人发生论辩,使故事又顿生一大波澜。更出人意料的是这篇寓言以神话作为结尾。愚公移山的行动和决心感动了天帝,天帝派了两个大力神把两座山背走了,故事遂具有了浓郁的浪漫主义色彩,反映出我们的祖先征服大自然的坚强意志和美好愿望。

在"移山"故事情节的进展中,愚公的英雄形象站立起来了。在塑造愚公形象的过程中,文章主要运用了对比映衬的手法。一是人与自然、人与神仙的对比映衬。在自然(山)—人(愚公)—神(天帝)的三者关系中,愚公作为人类的优秀代表人物,始终居于主导地位,是他下定决心要移山,又是他的真诚感动了天帝,虽然最后是神仙把山搬走了,但还是显示出:人,才是天地间万物的真正主宰,神仙也是按照人的意志办事的。神仙是人按照自己的需要创造出来的,只不过是人的意志力的表现、人的化身而已。二是人与人之间的对比映衬。智叟是作为愚公的对立面出现的,以他的安于现状映衬愚公的勇于进取。愚公和智叟的名字,一愚一智,是作者有意为之,在鲜明的对比映衬下,愚公名愚而实智,智叟名智而实愚。

这篇寓言除了成功地塑造了愚公的形象外,其他几个人物,如智叟、愚公之妻、京城氏之子,也都个性鲜明。作者很善于运用白描手法,寥寥几笔就能勾勒出人物的个性特征和神情意态。对智叟虽着墨不多,但他的思想性格和前骄后窘的神态却跃然纸上。愚公之妻的献疑与智叟持反对态度是不一样的,文章写出了她的心细、考虑问题周全的性格特点。对京城氏之子的描写,可谓传神之笔。这个才七八岁的小男孩也来帮助挖山,"跳往助之"四字,就把这个小孩子的天真活泼劲儿写出来了。这个可爱的小男孩在文章中并不是可有可无的,他的出现,一方面说明愚公移山也得到了邻居的理解和支持,因为愚公移山不只是为了自家,也是为了大家;另一方面,也是以对比的手法,映衬智叟的识见还不如一个小孩子。

这篇寓言总共才三百多字,篇幅虽短,但包举甚多,内容甚丰,反映了中国古代劳动人民改造自然的雄伟气魄,表现了中国古代劳动人民的信心和顽强毅力,寓意深刻。

【诵读分析】

总体基调:
勇毅坚定、明朗豁达、自信从容。

声音状态:
第一段,气足声实,气多声虚,声音铺开。

第二段,"北山愚公者,年且九十,面山而居。"气稳声实,音量适中,相对均衡。"惩山北之塞,出入之迂也。"气沉声低,声音略重。"聚室而谋曰:'吾与汝毕力平险,指通豫南,达于汉阴,可乎?'"气稳声实,音色沉稳、坚定;"杂然相许。"气稳声平;"其妻献疑曰:'以君之力,曾不能损魁父之丘,如太行、王屋何?且焉置土石?'"气沉声实,声音渐高;"杂曰:'投诸渤海之尾,隐土之北。'"气稳声实,音色坚定、明朗;"遂率子孙荷担者三夫,叩石垦壤,箕畚运于渤海之尾。邻人京城氏之孀妻有遗男,始龀,跳往助之。寒暑易节,始一反焉。"气稳声实,朴实明朗。

第三段,"河曲智叟笑而止之曰:'甚矣,汝之不惠!以残年余力,曾不能毁山之一毛,其如土石何?'"气提声浮,声区偏高,声音支点位置多变;"北山愚公长息曰:'汝心之固,固不可彻,曾不若孀妻弱子。虽我之死,有子存焉。子又生孙,孙又生子;子又有子,子又有孙;子子孙孙无穷匮也,而山不加增,何苦而不平?'"气沉声重,气多声虚,声音沉稳、坚定;"河曲智叟亡以应。"气弱声暗。

第四段,"操蛇之神闻之,惧其不已也,告之于帝。"气提声浮,音量较轻;"帝感其诚,命夸娥氏二子负二山,一厝朔东,一厝雍南。自此,冀之南,汉之阴,无陇断焉。"气沉声低,气多声叹,音色朴实、明朗。

节奏变化：

第一段：慢速、平稳、舒缓型

第二段：中速、平稳、低沉型

第三段：中速、平稳、高亢型

第四段：慢速、降抑、舒缓型

难点处理：

1.本文篇幅较长，内容曲折，层次丰富，叙事性强。诵读时，应主要选用"讲述"的语态，将故事的情节层层讲出，语速适中，不宜过快。语言不要过散，而应自然、连贯，适应听者对白话文的听读习惯。

2.文中有愚公、愚公妻、智叟等人物的语言。诵读时，应在语气上将其与叙述语言进行区分，同时语气的情绪应表达准确，以体现人物性格。

字音提示：

仞（rèn）；魁父（kuí fǔ）；荷（hè）；箕（jī）畚（běn）；孀妻（shuāng）；始龀（chèn）；厝（cuò）

（十四）逍遥游[1]（节选）

（庄子）

北冥[2]有鱼，其名为鲲[3]。鲲之大，不知其几千里也[4]；化而为鸟，其名为鹏[5]。鹏之背，不知其几千里也；怒而飞[6]，其翼若垂天之云[7]。是鸟也，海运则将徙于南冥[8]。南冥者，天池也[9]。《齐谐》者[10]，志怪者也[11]。《谐》之言曰："鹏之徙于南冥也，水击三千里[12]，抟扶摇而上者九万里[13]，去以六月息者也[14]。"野马[15]也，尘埃[16]也，生物之以息相吹也[17]。天之苍苍[18]，其[19]正色邪[20]？其远而无所至极邪？其视下也[21]，亦若是则已矣。且夫水之积也不厚[22]，则其负大舟也无力[23]。覆杯水于坳堂之上[24]，则芥为之舟[25]；置杯焉则胶[26]，水浅而舟大也。风之积也不厚，则其负大翼也无力[27]。故九万里，则风斯在下矣[28]，而后乃今培风[29]；背负青天，而莫之夭阏者[30]，而后乃今将图南[31]。蜩与学鸠[33]笑之曰："我决起而飞[33]，抢榆枋而止[34]，时则不至[35]，而控于地而已矣[36]，奚以之九万里而南为[37]？"适莽苍者[38]，三餐而反[39]，腹犹果然[40]；适百里者，宿舂粮[41]；适千里者，三月聚粮[42]。之二虫又何知[43]！小知不及大知[44]，小年不及大年[45]。奚以知其然也？朝菌不知晦朔[46]，蟪蛄不知春秋[47]，此小年也。楚之南有冥灵者[48]，以五百岁为春，五百岁为秋；上古有大椿者[49]，以八千岁为春，八千岁为秋。此大年也。而彭祖乃今以久特闻[50]，众人匹之[51]，不亦悲乎[52]？

汤之问棘也是已[53]："穷发之北[54]，有冥海者，天池也。有鱼焉，其广数千里，未有知其修者[55]，其名为鲲。有鸟焉，其名为鹏，背若泰山，翼若垂天之云；抟扶摇羊角而上者九万里[56]，绝云气[57]，负青天，然后图南，且适南冥也。斥鷃[58]笑之曰：'彼且奚适也？我腾跃而上，不过数仞而下[59]，翱翔蓬蒿之间[60]，此亦飞之至也[61]。而彼且奚适也？'"此小大之辩也[62]。

故夫知效一官[63]、行比一乡[64]、德合一君、而征一国者[65]，其自视也^[66]，亦若此矣^[67]。而宋荣子犹然笑之^[68]。且举世誉之而不加劝^[69]，举世非之而不加沮^[70]，定乎内外之分^[71]，辩乎荣辱之境^[72]，斯已矣^[73]。彼其于世，未数数然也^[74]。虽然^[75]，犹有未树也^[76]。夫列子御风而行^[77]，泠然善也^[78]，旬有五日而后反^[79]。彼于致福者^[80]，未数数然也。此虽免乎行，犹有所待者也^[81]。若夫乘天地之正^[82]，而御六气之辩^[83]，以游无穷者^[84]，彼且恶乎待哉^[85]？故曰：至人无己^[86]，神人无功^[87]，圣人无名^[88]。

【注释】

[1]逍遥游：没有任何束缚、自由自在地活动。逍遥，闲适自得、无拘无束的样子。

[2]北冥：北海，因海水深黑而得名。冥，通"溟"，指广阔幽深的大海。下文的"南冥"和"冥海"都用此意。

[3]鲲：本指鱼卵，此处借用为表大鱼之名。这符合庄子的《齐物论》本旨和庄子的独特的奇诡文风。

[4]不知其几千里也：不知道它有几千里大。一说"几"本义为极微小，引申为"极为接近"，此处当解释为"尽"；因为《庄子》一书中表数量的词都用"数"，如"数仞""数金"。

[5]鹏：古"凤"字，此处借用为表大鸟之名。

[6]怒：振奋，这里指用力鼓动翅膀。

[7]垂天：天边。一说遮天。垂，通"陲"，边际。

[8]海运：海水运动，此处指汹涌的海涛。徙：迁移。

[9]天池：天然形成的池子。

[10]《齐谐》：志怪小说集。《隋书·经籍志》史部杂传类著录，七卷，题宋散骑侍郎东阳无疑撰。《旧唐志》同，《新唐志》入小说家类。亡于赵宋，遗文散见于《艺文类聚》《法苑珠林》《初学记》《白孔六帖》等类书中，其中《太平广记》《太平御览》征引最多。

[11]志怪：记述怪异的故事。志，记载。

[12]水击："击水"一词的倒装，形容大鹏起飞时翅膀拍击水面的壮观景象。

[13]抟：盘旋上升。扶摇：旋风。

[14]去：离开。息：气息，指风。

[15]野马：云雾之气变化腾涌成野马的样子。

[16]尘埃：空中游尘。

[17]以息相吹也：以气息相互吹拂所致。

[18]苍苍：深蓝色。

[19]其：或许。

[20]正色：真正的颜色。邪：通"耶"，疑问词。

[21]其视下也：它（指鹏）向下俯视。

[22]且夫:助词,无实义,起提示下文的作用。

[23]负:承载。

[24]覆:倒。坳堂:屋前地上的洼坑。

[25]芥:小草。

[26]置:放。焉:兼词,于此,在这里。胶:动词,粘住地面动不了。

[27]则其负大翼也无力:就没有力量托起鹏巨大的翅膀。

[28]则风斯在下矣:风就在大鹏的下面(说明风有九万里深厚)。

[29]而后乃今:"今而后乃"的倒装。相当于"这时……然后才"。培风:乘风。培,凭。

[30]夭:挫折。阏:阻碍。

[31]图南:图谋飞往南方。

[32]蜩:蝉。学鸠:斑鸠一类的小鸟。

[33]决起:迅速跃起。决,同"赽",迅疾。

[34]抢:撞到,碰到。一作"枪"。榆枋:泛指树木。榆,榆树。枋,檀木。

[35]时则:时或。

[36]控:投下,落下来。

[37]奚以:何必,哪里用得着。之:往。为:句末疑问语气词,相当于"呢"。

[38]适:去,往。莽苍:草色苍苍的郊野。

[39]三餐:指一天。反:通"返",返回,下同。

[40]犹:还是。果然:饱足的样子。

[41]宿:隔夜,头一夜。舂粮:把谷物的壳捣掉,指准备粮食。

[42]三月聚粮:准备三个月的粮食。

[43]之:指示代词,这。二虫:指蜩和学鸠。虫,古代对动物的统称,如大虫指老虎,老虫指老鼠,长虫指蛇。又何知:又怎么会知晓呢。

[44]小知:小聪明。知,通"智",下同。大知:大智慧。

[45]小年:短命。大年:长寿。

[46]朝菌:一种朝生暮死的菌类植物。晦朔:月亮的盈缺。晦,每月的最后一天。朔,每月的第一天。

[47]蟪蛄:寒蝉,春生夏死或夏生秋死。春秋:一整年。

[48]冥灵:大树名,一说大龟名。

[49]大椿:树名。

[50]彭祖:传说中寿达八百岁的人物。乃今:而今,现在。久:长寿。

[51]匹之:和他相比。匹,比。

[52]悲:可悲。

[53]汤:商朝的建立者。棘:人名,相传是商汤时的大夫。是已:就是这样,表示肯定。

[54]穷发:草木不生的地方。发,草木。

[55]修:长。

[56]羊角:像羚羊角的旋风。

[57]绝云气:穿越云气。绝,超越。

[58]斥鷃:小池泽中的一种小雀。

[59]仞:古代长度单位。周代以八尺为一仞,汉代以七尺为一仞。

[60]翱翔蓬蒿之间:翱翔在蓬木蒿草之间。

[61]至:极致。

[62]辩:通"辨",区别。

[63]效:功效,此处引申为胜任。

[64]行:品行。比:团结。

[65]而:通"能",能力。

[66]其:指上述四种人。自视:看待自己。

[67]此:指斥鷃。

[68]宋荣子:战国中期的思想家。犹然:讥笑的样子。

[69]举:全。誉:赞美。劝:勉励,奋发。

[70]非:非难,指责。沮:沮丧。

[71]内:主观。外:客观。分:分际。

[72]辩:通"辨",辨明。境:界限。

[73]斯:这样,如此。已:而已。指宋荣子的智德仅此而已。

[74]数数然:急切追求的样子。

[75]虽然:即便如此。虽,即使。

[76]树:树立,建树。

[77]列子:郑国人,名御寇,战国时代思想家。传说能御风而行。著有《列子》八篇。
文段借列子乘风飞行,表明有待的道理。御:驾驭。

[78]泠然:轻妙的样子。善:美妙。

[79]旬有五日:十五天。旬,十天。有,通"又"。

[80]致福:得福。

[81]有所待:有所凭借。待,依靠。庄子的"有待"与"无待"是哲学范畴,指的是事物
有否条件性。全句是指列子即使可乘风飞行,也仍然不得不凭借他物。

[82]若夫:至于。乘:顺。天地之正:天地万物的本性。正,自然本性。

[83]六气:指阴、阳、风、雨、晦、明。辩:通"变",变化。与"正"相对。"正"为本根,
"辩"为派生。

[84]以游无穷:行游于绝对自由的境界。无穷,绝对自由的境界。

[85]恶乎待哉:还用什么凭借? 恶,什么。反问句式加强了"无所待"的意义。

[86]至人:极致的人,庄子心目中境界最高的人。至人、神人、圣人,三者名异实同。
无己:指至人破除自我偏执,扬弃小我,摒绝功名束缚的本我,追求绝对自由、通
达、物我相忘的境界。

[87]无功:顺应大道不示功名。

[88]无名:不求名望。"至人无己"是庄子体悟的最高人格境界;"神人无功"是庄子无

治主义政治观的表达;"圣人无名"是庄子扬弃功名、去除外物束缚的人生追求。

【赏析】

　　庄子思想深邃,文章写得洋洋洒洒,在先秦诸子中独树一帜。《逍遥游》是《庄子》一书中的第一章,描述了一种无所依存、无穷宽广的精神境界。其中心内容要求不受任何束缚、自由自在的活动,实际反映了庄子要求超越时间、空间,摆脱客观现实的影响和制约,在主观幻想中实现"逍遥"的人生观。《逍遥游》很能代表庄周的思想,同时也体现出其散文的风格和成就。

　　文章开头,先写鲲鹏变化。大鹏南徙,突兀而来,气势磅礴,气象万千。大笔领起后,引《齐谐》对比加以证明。然后,用形象化的比喻和描写,说明"风之积也不厚,则其负大翼也无力",大鹏的逍遥南徙,凭借的是九万里的大风,没能做到真正的"逍遥游"。然后写蜩与莺鸠"决起而飞,抢榆枋而止,时则不至,而控于地而已矣",与大鹏的展翅南徙相对照,当然是"小知"和"大知"的区别;至于不知晦朔的朝菌、不知春秋的蟪蛄,与"以五百岁为春,以五百岁为秋"的冥灵以及"以八千岁为春,八千岁为秋"的大椿相比,自然是"小年不及大年"了。它们之间的大小之辨甚明,但都没能做到超脱一切的"逍遥游"。整整这一节文字,有叙述有描写,形象生动,几经转折,而又浑然天成。

　　"汤之问棘也是已"一段,内容明显有与上文重复之处,既形象地描绘了鲲鹏的神奇变化以及大鹏雄伟壮观的逍遥南飞,也描写了斥鷃对大鹏的讥笑。"汤之问棘也是已"一段在本文中的作用,正是通过重复之言以加重论说的分量。

　　在进行了一番奇异无比的比喻描述之后,文章迅速转入对处于四种不同思想境界的人作逐次描写。最后引出所要追求的最高境界,亦即真正的"逍遥游",这就是:"若夫乘天地之正,而御六气之辩,以游无穷者,彼且恶乎待哉?"大意是说,至于能顺应万物之性,适应自然之意外的变化,无始无终地遨游在无边无际的空间,他还要依靠和凭借什么呢?所以他的结论是"至人无己,神人无功,圣人无名",即"修养最高的人,忘掉了自己;修养达到人所不测的人,不去建功立业;修养臻于圣明的人,不求名位"。至此,文章论述的中心和盘托出,使读者豁然开朗。

　　本篇的主旨在于说明一个人应当挣脱功名利禄和权势尊位的束缚,使精神活动达到优游自在、无挂无碍的境地。只有忘却物我的界限,达到无己、无功、无名的境界,无所依凭而游于无穷,才是真正的"逍遥游"。这段节选充分显示了庄子对待社会和人生的思想态度,他追求顺其自然无所依,最终获得无穷的自在自由。同时,对世间的大小、贵贱、寿夭、是非、得失、荣辱等都作出了相对主义解释。

【诵读分析】

总体基调：

沉稳豁达、理性从容、张扬自由。

声音状态：

第一段，"北冥有鱼，其名为鲲"至"天池也"，气足声朗，气量较大，声音虚实结合，向前铺开；"《齐谐》者，志怪者也"至"亦若是则已矣"，气足声实，声音铺开，音色实中间虚，声力较重；"且夫水之积也不厚"到"而后乃今将图南"，气稳声实，实声居多，声音平稳、明朗；"蜩与学鸠笑之曰"到"奚以之九万里而难为？"气提声细，气不足稳，声缺根基，声音偏高；"适莽苍者"到"之二虫又何知"，气足声实，音色明朗、有力，末句语气较重；"小知不及大知，小年不及大年。奚以知其然也？"气足声实，音色明亮，声音放开；"朝菌不知晦朔，蟪蛄不知春秋，此小年也"，气沉声低，音量微弱；"楚之南有冥灵者"至"此大年也"，气足声实，音量适中偏高，音色有力、明朗；"而彭祖乃今以久特闻，众人匹之，不亦悲乎？"气多声重，音色实中间虚，句末感叹。

第二段，"汤之问棘也是已"至"且适南冥也"，气足声实，声音明朗、平稳；"鹦笑之曰：'彼且奚适也？'"至"而彼且奚适也？"，气浮无根，声音偏细，音区偏高；"此小大之辩也"，气沉声实，音量偏低、音色偏实。

第三段，"故夫知效一官"至"亦若此矣"，气提声浮，音量渐高，句间连贯，补气及时；"而宋荣子犹然笑之"至"犹有未树也"，气提声浮，音量渐高，末句声低；"夫列子御风而行"至"犹有所待者也"，气提声浮，声音偏虚，音量渐高，末句声低；"若夫乘天地之正"至段末，句前吸气，气足声实，适当虚声，表达感慨。

节奏变化：

第一段：慢速、扬升、高亢型

第二段：中速、平稳、舒缓型

第三段：中速、扬升、舒缓型

难点处理：

1. 本文名为"逍遥游"，立意高远，写法自由，充满了浪漫主义色彩。诵读时，也应通过有声语言显示原文的这一特征，具体表现为：在尊重文意的基础上，用声位置和用气方法的灵活多变、语势的张弛自由等。

2. 文章通过蜩、学鸠的语言，来与鹏的志向作对比，诵读时，应注意把握它们的语气与叙述语言语气的差别，以显示其目光短浅，进而对比显示出鲲鹏志向的远大。

字音提示：

抟（tuán）；坳（ào）堂；阏（è）；蜩（tiáo）；榆枋（fāng）；舂（chōng）粮；晦（huì）朔（shuò）；蟪（huì）蛄（gū）；斥鷃（yàn）；泠（líng）然

（十五）劝学篇(节选)

(荀子)

君子曰:学不可以已。

青,取之于蓝而青于蓝;冰,水为之而寒于水。木直中绳[1],𫐓以为轮,其曲中规。虽有槁暴[2],不复挺者,𫐓使之然也。故木受绳则直,金就砺则利,君子博学而日参省乎己[3],则知明而行无过矣[4]。

吾尝终日而思矣,不如须臾之所学也;吾尝跂而望矣[5],不如登高之博见也。登高而招,臂非加长也,而见者远;顺风而呼,声非加疾也,而闻者彰。假舆马者,非利足也,而致千里;假舟楫者,非能水也,而绝江河。君子生非异也,善假于物也。

积土成山,风雨兴焉;积水成渊,蛟龙生焉;积善成德,而神明自得,圣心备焉。故不积跬步,无以至千里;不积小流,无以成江海。骐骥一跃,不能十步;驽马十驾,功在不舍。锲而舍之,朽木不折;锲而不舍,金石可镂。蚓无爪牙之利,筋骨之强,上食埃土,下饮黄泉,用心一也。蟹六跪而二螯,非蛇鳝之穴无可寄托者,用心躁也。

【注释】

[1]中绳:(木材)合乎拉直的墨线。绳:墨线。

[2]虽有槁暴:即使又晒干了。有,通"又"。槁,枯。暴,同"曝"。

[3]日参省乎己:每天对照反省自己。

[4]知:通"智",智慧。明:明达。行无过:行为没有过错。

[5]跂:踮起脚后跟。

【赏析】

《劝学篇》又叫《劝学》,是荀子的代表作品。荀子是古代最伟大的教育家之一。荀子总结百家争鸣的理论成果和自己的学术思想,创立了先秦时期完备的朴素唯物主义哲学体系,他的思想在以后两千多年社会的发展中潜移默化地发生着影响。

荀子反对孟子的人性善的观点而主张人性恶,强调社会教化的作用。《劝学》是《荀子》一书开宗明义的第一篇。劝学,就是鼓励学习。本篇较系统地论述了学习的理论和方法。前一部分,论述学习的重要性;后一部分,论述学习的步骤、内容、途径等有关问题;而以"学不可以已"作为贯穿全文的中心思想。荀子认为,学习可以增长知识才干,修养品德气质;持之以恒、坚持不懈是正确的学习态度;要学习儒家经典,同时要善于向贤者求教,也要善于教人;学习要善始善终,切忌半途而废,以期达到完全而纯粹的精神境界。

本文写作条理清楚,层次分明。文章一开头就提出中心论点,然后围绕中心分段论证。每一段阐明一个问题,论证集中,脉络清晰。此外,本文运用大量生活中常见的比喻,把抽象的道理说得明白、具体、生动,深入浅出,使读者容易接受。

【诵读分析】

总体基调:

诚挚恳切、大方明朗、严谨周密。

声音状态:

第一段,气足声实,声音平稳,句末气足,音节饱满。

第二段,"青,取之于蓝而青于蓝;冰,水为之而寒于水",气稳声实,音色明朗、平稳;"木直中绳"至"**𫐓**使之然也",气稳声实,音色朴实、明朗;"故木受绳则直"至段末,气足声明,实声居多,声音渐高,音量渐强,末句收束。

第三段,"吾尝终日而思矣"至"不如登高之博见也",气多声低,声音偏虚;"登高而招"至"而闻者彰",气足声实,声音渐高,音量渐重。"假舆马者"至"而绝江河",气足声稳,音色平稳、明朗;"君子生非异也,善假于物也",气足声虚,音色低柔,启发性强。

第四段,"积土成山"至"圣心备焉",气足声实,声音渐高,音量渐大,音色柔和,富启发性;"故不积跬步"至"金石可镂",气沉声实,句间声音高低间错;"蚓无爪牙之利"至"用心一也",气沉声实,句间补气及时,声音连贯;"蟹六跪而二螯,非蛇鳝之穴无可寄托者,用心躁也",气足声实,音色明朗,前两句渐高,末句声音渐低,段末气竭声收。

节奏变化:

第一段:慢速、平稳、舒缓型;

第二段:中速、扬升、轻快型;

第三段:中速、平稳、舒缓型;

第四段:快速、扬升、紧张型。

难点处理：

1.本文的说理性较强，句间逻辑紧密，并运用了对比、排比等修辞手法和类比的论证方法等。诵读时，应充分运用重音的技巧，结合上下文，将每个句子的句意和核心要点予以强调，使语意表达清晰、环环相扣。

2.说理性文章有别于抒情性散文，其语流起伏与语气强度都相对平稳，而于平稳中表达清晰、呈现变化就成为诵读的难点。诵读时，应在相对平稳的语流中，准确把握语气的分寸感和语意的清晰度。

字音提示：

木直中（zhòng）绳；輮（róu）；其曲（qū）中（zhòng）规；虽有（yòu）槁（gǎo）暴（pù）；参（cān）省（xǐng）；知（zhì）；跂（qǐ）；舟楫（jí）；跬（kuǐ）步；骐（qí）骥（jì）

（十六）过秦论（上篇）

（贾谊）

　　秦孝公[1]据崤函[2]之固，拥雍州[3]之地，君臣固守以窥周室[4]，有席卷天下[5]，包举宇内，囊括四海之意，并吞八荒[6]之心。当是时也，商君[7]佐之，内立法度，务耕织，修守战之具；外连衡[8]而斗诸侯[9]。于是秦人拱手[10]而取西河[11]之外。

　　孝公既没[12]，惠文、武、昭襄[13]蒙故业，因[14]遗策，南取汉中，西举巴、蜀，东割膏腴[15]之地，北收要害之郡[16]。诸侯恐惧，会盟而谋弱秦，不爱[17]珍器重宝肥饶之地，以致[18]天下之士，合从[19]缔交，相与为一。当此之时，齐有孟尝，赵有平原，楚有春申，魏有信陵。此四君[20]者，皆明智而忠信，宽厚而爱人，尊贤而重士，约[21]从离[22]衡，兼[23]韩、魏、燕、楚、齐、赵、宋、卫、中山之众。于是六国之士，有宁越、徐尚、苏秦、杜赫[24]之属为之谋，齐明、周最、陈轸、召滑、楼缓、翟景、苏厉、乐毅[25]之徒通其意，吴起、孙膑、带佗、倪良、王廖、田忌、廉颇、赵奢[26]之伦制[27]其兵。尝以十倍之地，百万之众，叩关[28]而攻秦。秦人开关延敌，九国之师，逡巡而不敢进[29]。秦无亡矢遗镞[30]之费，而天下诸侯已困矣。于是从散约败，争割地而赂秦。秦有余力而制其弊[31]，追亡逐北，伏尸百万[32]，流血漂橹。因利乘便[33]，宰割天下，分裂山河。强国请服，弱国入朝。延及孝文王、庄襄王，享国[34]之日浅，国家无事。

　　及至始皇，奋六世[35]之余烈，振长策而御[36]宇内，吞二周[37]而亡诸侯，履至尊而制六合[38]，执敲扑而鞭笞天下，威振[39]四海。南取百越[40]之地，以为桂林、象郡；百越之君，俯首系颈[41]，委命下吏[42]。乃使蒙恬北筑长城而守藩篱[43]，却匈奴七百余里。胡人不敢南下而牧马，士不敢弯弓而报怨。于是废先王[44]之道，焚百家之言[45]，以愚黔首；隳名城[46]，杀豪杰，收天下之兵，聚之咸阳，销锋镝[47]，铸以为金人十二，以弱[48]天下之民。然后践华为城，因河为池,据亿丈之城,临不测之渊^[49],以为固。良将劲弩守要害之处,信臣精卒陈利兵而谁何^[50]。天下已定,始皇之心,自以为关中^[51]之固,金城^[52]千里,子孙帝王^[53]万世之业也。

始皇既没,余威震于殊俗^[54]。然陈涉瓮牖绳枢^[55]之子,氓隶^[56]之人,而迁徙之徒^[57]也;才能不及中人^[58],非有仲尼、墨翟之贤,陶朱、猗顿之富;蹑足行伍^[59]之间,而倔起阡陌^[60]之中,率疲弊之卒,将数百之众,转而攻秦,斩木为兵,揭竿为旗,天下云集响应,赢粮而景从^[61]。山东豪俊遂并起而亡秦族矣。

且夫天下非小弱^[62]也,雍州之地,崤函之固,自若也。陈涉之位,非尊于齐、楚、燕、赵、韩、魏、宋、卫、中山之君也;锄耰棘矜^[63],非铦于钩戟长铩^[64]也;谪戍之众,非抗于九国之师也;深谋远虑,行军用兵之道,非及^[65]乡时之士也。然而成败异变,功业相反,何也?试使山东之国与陈涉度长絜^[66]大,比权量力,则不可同年而语矣。然秦以区区之地,致万乘^[67]之势,序八州^[68]而朝同列^[69],百有^[70]余年矣;然后以六合为家,崤函为宫;一夫作难而七庙隳,身死人手,为天下笑者,何也?仁义不施而攻守之势异也。

【注释】

[1]秦孝公:生于公元前381年,死于公元前338年,战国时秦国的国君,名渠梁。穆公十五世孙。他任用商鞅变法,使秦富国强兵。

[2]崤函:崤山和函谷关。崤山,在函谷关的东边。函谷关,在今河南省灵宝市。固,险要的地理位置。

[3]雍州:包括今陕西省中部和北部、甘肃省除去东南部的大部分地区、青海省的东南部和宁夏回族自治区一带地方。

[4]周室:这里指代天子之位的权势,并非实指周王室。战国初期,周王室已经十分衰弱,所统治的地盘只有三四十座城池,三万多人口。

[5]席卷天下:与下文"包举宇内、囊括四海、并吞八荒"是同义铺排。席,像用席子一样,名词作状语。下文的"包""囊"同此。

[6]八荒:原指八方荒远的偏僻地方,此指代"天下"。

[7]商君:即商鞅,约生于公元前390年,死于前338年。战国时卫人。姓公孙,名鞅。因封于商,号曰商君。先仕魏,为魏相公叔痤家臣。痤死后入秦,相秦十九年,辅助秦孝公变法,使秦国富强。孝公死,公子虔等诬陷鞅谋反,车裂死。

[8]外:对国外。连衡:也作"连横",是一种离间六国、使它们各自同秦国联合、从而实施各个击破的策略。"连衡"一句为虚笔,张仪相秦始于惠文王十年,即公元前328年,是商鞅死后十年的事。

[9]斗诸侯:使诸侯自相争斗。斗,使动用法。

[10]拱手:两手合抱,形容毫不费力。

[11]西河:又称河西,今陕西东部黄河西岸地区。秦孝公二十二年(公元前340年),
商鞅伐魏,魏使公子为将而击之。商鞅遗书公子,愿与为好会而罢兵。会盟既
已,商鞅房公子而袭夺其军。其后十年间,魏屡败于秦,魏王恐,乃使使割西河之
地献于秦以和。

[12]没:通"殁",死。

[13]惠文、武、昭襄:即惠文王、武王、昭襄王。惠文王是孝公的儿子,武王是惠文王的
儿子,昭襄王是武王的异母弟。

[14]因:动词,沿袭。

[15]膏腴:指土地肥沃。

[16]要害之郡:指政治、经济、军事上都非常重要的地区。

[17]爱:吝惜,吝啬。

[18]致:招致,招纳。

[19]合从:与秦"连横"之策相对,是联合六国共同对付秦国的策略。从,通"纵"。

[20]四君:指齐孟尝君田文、赵平原君赵胜、楚春申君黄歇、魏信陵君魏无忌。他们都
是当时仅次于国君的当政者,皆以招揽宾客著称。

[21]约:结。

[22]离:使离散。衡:通"横"。

[23]兼:兼并、统一。

[24]徐尚:宋人。苏秦:洛阳人,是当时的"合纵长"。杜赫:周人。

[25]齐明:东周臣。周最:东周君儿子。陈轸:楚人。召滑:楚臣。楼缓:魏相。翟景:
魏人。苏厉:苏秦的弟弟。乐毅:燕将。

[26]吴起:魏将,后入楚。孙膑:齐将。带佗:楚将。倪良、王廖:都是当时的兵家。田
忌:齐将。廉颇、赵奢:赵将。

[27]制:统领、统帅。

[28]叩关:攻打函谷关。叩,击。

[29]九国之师,逡巡而不敢进:九国,就是上文的韩、魏、燕、楚、齐、赵、宋、卫、中山。
逡巡,有所顾虑而徘徊或不敢前进。据《史记·六国表》载,并没有"九国之师"齐
出动的情况,"秦人开关延敌,九国之师,逡巡而不敢进"不尽合历史事实。

[30]亡:丢失,丢掉。镞:箭头。

[31]制:制裁,制服。弊:通"敝",困敝、疲敝。

[32]亡:逃亡的军队,在此用作名词。北:败北的军队,名词。伏尸百万:这说的不是
一次战役的死亡人数。秦击六国杀伤人数史书皆有记载,如前293年击韩伊阙,
斩首24万;前260年,破赵长平军,杀卒45万。

[33]因:趁着,介词。利:有利的形势,用作名词。

[34]享国:帝王在位的年数。

[35]六世:指秦孝公、惠文王、武王、昭襄王、孝文王、庄襄王。

[36]御:驾驭,统治。

[37]二周:在东周王朝最后的周赧王时,东西周分治。西周都于河南东部旧王城,东周则都巩,史称东西二周。西周灭于秦昭襄王五十一年,东周灭于秦庄襄王元年,不是始皇时事,作者只是为了行文方便才这样写的。

[38]履至尊:登帝位。制:控制。

[39]振:通"震",震惊(粤教版已直接用所通假的字)。

[40]南:向南。百越:古代越族居住在江、浙、闽、粤各地,每个部落都有名称,而统称百越,也叫百粤。

[41]俯首系颈:意思是愿意顺从投降。系颈,颈上系绳,表示投降。

[42]下吏:交付司法官吏审讯。

[43]北:在北方,方位名词作状语。藩篱:比喻边疆上的屏障。藩,篱笆。

[44]先王:本文指的是秦自孝公以来六代君王。先,已死去的长辈。

[45]焚百家之言:指秦始皇焚书坑儒。百家之言,诸子百家各学派的著作。言,言论,这里指著作。

[46]隳名城:毁坏高大的城墙。

[47]销锋镝:销毁兵器。销,熔化金属。锋,兵刃。镝,箭头。

[48]金人:《史记·秦始皇本纪》,"收天下兵,聚之咸阳,销以为钟鐻,金人十二,重各千斤,置廷宫中"。弱:使(天下百姓)衰弱。

[49]亿丈之城:指华山。不测之渊:指黄河。

[50]良将劲弩守要害之处,信臣精卒陈利兵而谁何:这两个句子用了互文的手法,应当理解为,"良将劲弩、信臣精卒,守要害之处,陈利兵而谁何"。信臣,可靠的大臣。谁何,呵问他是谁,就是缉查盘问的意思。何,通"呵",呵喝。

[51]关中:秦以函谷关为门户,关中即指秦雍州地。

[52]金城:坚固的城池。金,比喻坚固。

[53]子孙帝王:子子孙孙称帝称王。帝王,名词活用动词。

[54]殊俗:不同的风俗,指边远的地方。

[55]瓮牖绳枢:以破瓮作窗户,用草绳替代户枢系门板,形容家里贫穷。瓮,用瓮做。牖,窗户。绳,用绳子系。枢,门扇开关的枢轴。

[56]氓隶:农村中地位低下的人。陈涉少时为人佣耕,所以称他为"氓隶"。氓,古时指农村居民。隶,奴隶。

[57]迁徙之徒:被征发戍边的人,指陈涉在秦二世元年被征发戍守渔阳。

[58]中人:一般人。

[59]蹑足行伍:置身于戍卒的队伍中。蹑足,踏,用脚踏地,这里有"置身于……"的意思。行伍,古代军队编制,以五人为伍,二十五人为行,故以"行伍"代指军队。

[60]倔:通"崛",突起。阡陌:本是田间小道,这里代指民间。

[61]赢粮而景从:担着干粮如影随形地跟着。赢,担负。景,同"影"。

[62]且夫:复合虚词,表递进,相当"再说""而且"。小弱,变小变弱。

[63]櫌:古时的一种碎土平田用的农具,似耙而无齿。棘:酸枣木。矜:矛柄,这里指木棍。

[64]铦:锋利。钩:短兵器,似剑而曲。戟:以戈和矛合为一体的长柄兵器。铩:长矛。

[65]及:动词,赶得上,追得上。

[66]絜:衡量。

[67]万乘:兵车万辆,表示军事力量强大。周制,天子地方千里,出兵车万乘,故又以万乘代指天子。乘,古时车辆叫乘。

[68]序八州:给八州按次第排列座次。序,座次、次序,这里是排列次序的意思。八州,指兖州、冀州、青州、徐州、豫州、荆州、扬州、梁州。古时天下分九州,秦居雍州,六国分别居于其他八州。

[69]朝同列:使六国诸侯都来朝见。朝,使……来朝拜。同列,同在朝班,此指六国诸侯,秦与六国本来都是周王朝的同列诸侯。

[70]有:通"又",用于连接整数和零数。

【赏析】

秦汉之际是我国历史上政治、经济、文化发生剧变的时期。气吞六合、不可一世的秦帝国转眼间覆亡,成为中国最短命的王朝,引起当时及后人的深思。两汉时期许多政治家、文人都写过探讨秦朝兴亡原因的作品,试图总结教训,以作为后世之鉴戒。在这些作品里面,贾谊的《过秦论》最为世人所重。

《过秦论》共有上、中、下三篇,本文为其中的上篇,也是流传最广的一篇。本篇回顾秦国兴之历史,并在文章结尾总结出秦朝覆灭的根本原因。全文文笔酣畅而富于气势;语言颇具文采而骈散兼行;文字汪洋恣肆而淋漓酣畅,其所表现出来的慑人的气势,典型地体现出了汉初的文风。

《过秦论》上篇可分为三部分。第一部分自开始至"子孙帝王万世之业也",言秦勃兴之过程,篇幅占全文的一多半。其中又分成四个阶段来分别叙述秦孝公至秦始皇共七代帝王的业绩。第二部分写秦始皇死后,局势产生巨大变化。尽管秦始皇的"余威震于殊俗",但他自以为的"金城千里,子孙帝王万世之业"却败于"材能不及中庸"的"瓮牖绳枢之子,氓隶之人""迁徙之徒"。第三部分是根据前两部分中叙述的史实所作出的理性分析,从地理位置及领袖地位、武器装备、军队素质、用兵之道等各方面把陈涉与山东六国相比较,两者显然"不可同年而语",于是一个疑问自然而然地被提了出来:为什么秦王朝能战胜兵精将广、谋士如云的山东六国,却败于斩木为兵、揭竿为旗的陈涉之手呢?这里是全文的高潮,作者以简洁的十一个字作答:"仁义不施,而攻守之势异也。"指明秦王朝不施仁义,暴虐致亡,这是本文深刻之处。

本文在写作手法上,有两个最突出的特点:一是善于运用夸张和反衬,二是寓论断于叙事之中。文章中写秦国力战九国之师，"追亡逐北，伏尸百万，流血漂橹；因利乘便，宰割天下，分裂山河"，写秦统一天下后"践华为城，因河为池，据亿丈之城，临不测之渊，以为固"等，都是运用了夸张的手法。至于反衬，更是随处可见。写诸侯各国的地大物博、兵多将广、人才济济，是为了反衬秦国的强盛；写陈涉出身微贱、才能庸劣，农民起义队伍人少力薄，武器拙劣，是为了反衬秦朝危亡之势。作者开始历述孝公以来秦国的逐渐强盛，经过了七世君王的持续努力，也是为与后面写秦亡之速、之易形成强烈的对照。寓论断于叙事之中，主要表现在作者并未离开史实发议论，而是在行文中充分运用材料，表面上只是叙事，其实逻辑分析和说理论辩的基础已经构筑于其中。作者有意组织一些反差较大的材料，然后在后一部分提出一连串的反诘，使读者产生强烈的意念，似乎是难以解释，直到结尾，作者才落下点睛的浓重一笔："仁义不施，而攻守之势异也。"把积蓄已久的论点一下子亮出，令人如梦方醒，有豁然开朗之感。综观全文，真正的议论只有这结尾的一小部分，然而回过头来看，似乎全文处处都充满了论辩的力量。

【诵读分析】

总体基调：

雄辩有力、气势如虹、浓墨重彩。

声音状态：

第一段，"秦孝公据崤函之固"至"并吞八荒之心"，气足声实，声音偏重，音色明亮、有力；"当是时也"至"于是秦人拱手而取西河之外"，气沉声实，音量适中，音色冷静。

第二段，"孝公既没"至"北收要害之郡"，气足声实，后五句连贯，音量渐高，层层递进，补气及时；"诸侯恐惧"至"相与为一"，气沉声低，音量较低，音色紧张，补气及时；"当此之时"至"赵奢之伦制其兵"，气沉声实，音量适中、平稳，音色沉静；"尝以十倍之地"至"叩关而攻秦"，气足声实，声音有力，音色紧张，句间连贯，补气及时；"秦人开关延敌"至"争割地而赂秦"，气沉声低，音量偏低；"秦有余力而制其弊"至"流血漂橹"，气足声重，气息有力，声音低重；"因利乘便"至段末，气足声重，声音偏实，末句气沉声低。

第三段，"及至始皇"至"信臣精卒陈利兵而谁何"，气足声强，声音偏实、偏高，音量较强，句间连贯，补气及时，气势如虹；"天下已定"至"子孙帝王万世之业也"，气沉声低，气多声重，末句气多，直至气尽声收。

第四段，"始皇既没，余威震于殊俗"，气沉声低，声音平稳；"然陈涉瓮牖绳枢之子"至"陶朱、猗顿之富"，气沉声平，音量适中，音色平静；"蹑足行伍之间"

至"山东豪俊遂并起而亡秦族矣",气足声实,音量渐大,音色渐重,形成气势。

第五段,"且夫天下非小弱也"至"自若也",气沉声平,声音平稳,音色沉静;"陈涉之位"至"非及乡时之士也",气沉声平,声音逐句渐高,相对平稳,音色沉静;"然而成败异变,功业相反,何也?"气提声浮,气力较足,虚声偏多;"试使山东之国与陈涉度长絜大,比权量力,则不可同年而语矣",气沉声实,声音渐低;"然秦以区区之地"至"百有余年矣",气足声实,声音渐高,末句气虚声低;"然后以六合为家,崤函为宫",气沉声平,音色平稳;"一夫作难而七庙隳,身死人手,为天下笑者,何也?"气息由沉转浮,声音渐高;"仁义不施而攻守之势异也",句前吸气,气足声重,气尽声收。

节奏变化:

第一段:中速、平稳、舒缓型

第二段:中速、扬升、紧张型

第三段:中速、平稳、紧张型

第四段:慢速、降抑、舒缓型

第五段:慢速、平稳、舒缓型

难点处理:

1.本文篇幅略长,且有多段文字内容激越、节奏紧张、气势如虹,因而对诵读的音声能力和语言表达能力要求较高。诵读时,应多选用实声及明亮、厚重的音色,及时调整气息状态;语言表达中,有多处应运用上升语势与重复连接。因此,诵读前应充分备稿,锤炼音声和表达能力,打好基础。

2.本文中运用了大量对比、对偶、排比等写作手法,文采斐然。诵读时,应在这些地方着重处理,应准确表达对偶、对比句的重音,以体现作者的意图;准确运用停连及语势的推进来处理排比句,以显示内容的气势和文章的节奏。

字音提示:

崤(xiáo);膏腴(gāo yú);召(shào)滑;逡巡(qūn xún);阡陌(qiān mò);万乘(shèng)

（十七）报任安书(节选)

（司马迁）

古者富贵而名摩灭[1]，不可胜记，唯倜傥非常之人称焉[2]。盖文王拘而演《周易》；仲尼厄而作《春秋》；屈原放逐，乃赋《离骚》；左丘失明，厥有《国语》；孙子膑脚[3]，《兵法》修列；不韦迁蜀，世传《吕览》；韩非囚秦，《说难》《孤愤》；《诗》三百篇，此皆圣贤发愤之所为作也。此人皆意有所郁结，不得通其道，故述往事、思来者。乃如左丘无目，孙子断足，终不可用，退而论书策以舒其愤，思垂空文以自见[4]。

仆窃不逊，近自托于无能之辞，网罗天下放失旧闻，略考其行事，综其终始，稽其成败兴坏之纪，上计轩辕，下至于兹，为十表，本纪十二，书八章，世家三十，列传七十，凡百三十篇。亦欲以究天人之际，通古今之变，成一家之言。草创未就，会遭此祸，惜其不成，是以就极刑而无愠色。仆诚以著此书，藏之名山，传之其人，通邑大都，则仆偿前辱之责，虽万被戮，岂有悔哉？然此可为智者道，难为俗人言也！

【注释】
[1]摩灭：摩，通"磨"。
[2]倜傥：豪迈不受拘束。
[3]膑脚：膑，名词作动词，被截去膝盖骨，古代剔去膝盖骨的酷刑。
[4]自见：见，通"现"，表现。

【赏析】

作者司马迁是西汉史学家、文学家，他所创作的《史记》(原名《太史公书》)是中国第一部纪传体通史，被公认为中国史书的典范。该书记载了从上古传说中的黄帝时期，到汉武帝元狩元年，长达3000多年的历史，被鲁迅誉为"史家之绝唱，无韵之离骚"。《报任安书》是司马迁写给其友人任安的一封回信，司马迁以激愤的心情，陈述了自己的不幸遭遇，抒发了内心的痛苦。

节选部分说明作者受腐刑后隐忍苟活的原因，是为了完成《史记》。第一段列举古代被人称颂的"倜傥非常之人"受辱后"论书策,以舒其愤"的例子;第二段介绍《史记》的体例和宗旨,说明自己"就极刑而无愠色"是为了完成《史记》。

《报任安书》构思谋篇自出机杼,极尽曲折、顿挫之能事。作者每叙一事、每发一论、每抒一情,层次繁多但转接自然,以奔放的气机挟曲折的思路行文。这种曲折不仅未伤文章的奔放气势,反而以顿挫的力量加强了它。

【诵读分析】

总体基调:

气贯长虹、雄浑奔放、激扬喷薄。

声音状态:

第一段,"古者富贵而名摩灭,不可胜记,唯倜傥非常之人称焉",气沉声实,小实声,音量适中,音色沉静;"盖文王拘而演《周易》"到"此皆圣贤发愤之所为作也",气沉声低,音色沉静冷峻,逐渐转为气足声实,声音高低间错,语速渐快,补气及时,末句声音渐低;"此人皆意有所郁结"到"思垂空文以自见",气沉声低,气力偏弱,音色低沉,语速偏慢,气息托住,段末声竭。

第二段,"仆窃不逊"至"成一家之言",气沉声低,声音平稳,音色沉静、坚毅;"草创未就,会遭此祸,惜其不成,是以就极刑而无愠色",气沉声低,实声居多,其中间虚,音色低重;"仆诚以著此书"至"难为俗人言也!"气足声实,气力较强,音色偏重,末句气弱声收。

节奏变化:

第一段:中速、降抑、凝重型

第二段:慢速、平稳、舒缓型

难点处理:

1. 本文为《报任安书》节选。文中的情感较为错综复杂,其中既表达了作者遭遇极刑的深刻屈辱,又强调了创作完成《史记》的坚定信心,并列举众多历史上颇有成就者的不幸遭遇,与他们共情。诵读时,应深刻体会这些复杂的情感,拿捏好表达的分寸,使其呈现丰富而精准。

2. 文章中的经典片段论据充分、气贯长虹、一气呵成。诵读时,应将这些段落重点处理,运用灵活的换气技巧和连贯的语势,将其文字的气势表现出来。

字音提示:

倜(tì)傥(tǎng);膑(bìn)脚;自见(xiàn)

（十八）饮马长城窟行^[1]

（选自《乐府诗集》）

青青河畔草，绵绵思远道^[2]。
远道不可思^[3]，凤昔梦见之^[4]。
梦见在我傍，忽觉在他乡^[5]。
他乡各异县，展转不相见^[6]。
枯桑知天风，海水知天寒^[7]。
入门各自媚^[8]，谁肯相为言^[9]？
客从远方来，遗我双鲤鱼^[10]。
呼儿烹鲤鱼，中有尺素书^[11]。
长跪读素书^[12]，书中竟何如？
上言加餐食，下言长相忆^[13]。

【注释】

[1]饮马长城窟行：乐府旧题，原辞已不传，此诗与旧题没有关系。

[2]绵绵：连绵不断之貌。这里义含双关，由看到连绵不断的青青春草，而引起对征人缠绵不断的情思。远道：犹言"远方"。

[3]不可思：是无可奈何的反语。这句是说征人辗转远方，想也是白想。

[4]宿昔：一作"凤昔"，昨夜。《广雅》："昔，夜也。"

[5]"梦见"两句：刚刚还见他在我身边，一觉醒来，原是南柯一梦。觉，音教。

[6]展转：同"辗转"。不相见：一作"不可见"。

[7]枯桑知天风，海水知天寒：闻一多《乐府诗笺》，"喻夫妇久别，口虽不言而心自知苦。"

[8]媚：爱。

[9]言：《广雅》："言，问也。"这两句是说别人回到家里，只顾自己一家人亲亲热热，可又有谁肯来安慰我一声。

[10]遗我双鲤鱼：遗，赠与、送给。双鲤鱼，指信函。古人寄信是藏于木函中，函用刻为鱼形的两块木板制成，一盖一底，所以称之为"双鲤鱼"。以鱼象征书信，是中国古代习用的比喻。

[11]尺素:指书信。古人写信是用帛或木板,其长皆不过尺,故称"尺素"或"尺牍"。这句是说打开信函取出信。

[12]长跪:古代的一种跪姿。古人日常都是席地而坐,两膝着地,犹如今日之跪。长跪是将上躯直耸,以示恭敬。

[13]"上言"两句:餐饭,一作"餐食"。这两句是说:信里先说的是希望妻子保重,后又说他在外对妻子十分想念。

【赏析】

《饮马长城窟行》是写妻子对丈夫思念的最具代表性的诗篇。诗作开始以春草起兴,由青草及远道,到梦见亲人,一波三折,梦境、现实交错,充分写出了思妇怀念之情的缠绵悱恻。紧接着改变叙述方式,以比喻突接上文,叙述收到鲤鱼及素书的惊喜,进一步表现思妇的思情。诗作用现实与梦境相交错的表现手法,使得诗中情节似梦非梦、似真非真,从而将主人公因思念而情思恍惚、意象迷离的形象烘托得淋漓尽致。

诗作中塑造了一个对爱情执着的思妇形象,她会因无人说话而感到寂寞,会因思念至深而忧愁满腹,并只能在梦中实现自己的愿望,这种思念已经达到了无以复加的程度。两汉四百年,战乱不断,妻离子散、夫妻别离、魂断沙场都变成平常之事。诗作以思妇第一人称自叙的口吻写出,选择生活中的事件入诗,多处采用比兴的手法,语言清新通俗,不假雕琢,而且全诗波澜迭起、跌宕生姿。作为汉乐府中的爱情叙事诗,诗篇不仅情节曲折连贯,而且对人物的刻画可圈可点,甚至于对人物的心理、梦境都有所涉猎,拓展了叙事诗的叙述手法。

【诵读分析】

总体基调:

思念期待、低回缠绵、轻喜浓愁。

声音状态:

第一部分,开头至"辗转不相见"。"青青河畔草"到"宿昔梦见之",气沉声低,气息较弱,音量较低;"梦见在我傍"到"辗转不相见",气沉声轻,声音前高后低,音色前喜后悲。

第二部分,"枯桑知天风,海水知天寒"两句。气沉声低,音色暗淡、无力。

第三部分,从"入门各自媚"到结尾。"入门各自媚,谁肯相为言?"气沉声低转气足声重。"客从远方来,遗我双鲤鱼。"气足声高,音色愉悦;"呼儿烹鲤鱼,中有尺素书。"气稳声实,声音渐高,音色蕴含喜悦与惊疑;"长跪读素书,书中竟如何?"句前吸气,气沉声低,气力角度,声音较重;"上言加餐食,下言长相忆。"气沉声低,音色柔和,情意绵绵。

节奏变化:

第一部分:慢速、降抑、低沉型

第二部分:慢速、降抑、低沉型

第三部分:中速、扬升、舒缓型

难点处理:

1.本诗每句五字,韵律感强。诵读时,应以每句五字的"二三"节拍为表达基础,再在此基础上进行停连、快慢、轻重变化,以呈现全诗的节奏韵律。

2.本诗中主人公的思绪曲折回旋,由"思远道"而"不可思",由"梦见之"而"不想见",产生了丰富的情绪对比和转折。诵读时,应充分运用语气的变化,将这种情绪的区别与连贯表现出来。

字音提示:

相为(wèi)言;遗(wèi)我双鲤鱼

（十九）陌上桑[1]

（选自《乐府诗集》）

日出东南隅[2]，照我秦氏楼。秦氏有好女，自名为罗敷。罗敷喜蚕桑[3]，采桑城南隅。青丝为笼系[4]，桂枝为笼钩[5]。头上倭堕髻[6]，耳中明月珠。缃绮[7]为下裙，紫绮为上襦。行者见罗敷，下担捋髭须。少年[8]见罗敷，脱帽著帩头[9]。耕者忘其犁，锄者忘其锄。来归相怨怒，但坐[10]观罗敷。

使君[11]从南来，五马立踟蹰。使君遣吏往，问是谁家姝[12]？"秦氏有好女，自名为罗敷。""罗敷年几何？""二十尚不足，十五颇有余。"使君谢[13]罗敷："宁可共载不[14]？"罗敷前致辞："使君一何愚！使君自有妇，罗敷自有夫！"

"东方千余骑，夫婿居上头[15]。何用识夫婿？白马从骊驹，青丝系马尾，黄金络马头；腰中鹿卢剑[16]，可值千万余。十五府小吏，二十朝大夫，三十侍中郎[17]，四十专城居。为人洁白晰[18]，鬑鬑颇有须。盈盈[19]公府步，冉冉[20]府中趋。坐中数千人，皆言夫婿殊。"

【注释】

[1]陌：田间的路。桑：桑林。

[2]东南隅：指东方偏南。隅，方位、角落。中国在北半球，夏至以后日渐偏南，所以说日出东南隅。

[3]喜蚕桑：喜欢采桑。喜，有的本子作"善"，善于、擅长。

[4]青丝为笼系：用黑色的丝做篮子上的络绳。笼，篮子。系，络绳，缠绕篮子的绳子。

[5]笼钩：一种工具。采桑时用来钩桑枝，行走时用来挑竹筐。

[6]倭堕髻：即堕马髻，发髻偏在一边，呈坠落状。倭堕，叠韵字。

[7]缃绮：有花纹的浅黄色的丝织品。

[8]少年：古义十至二十岁的男子。

[9]帩头：帩头，古代男子束发的头巾。

[10]但：只是。坐：因为，由于。

[11]使君：汉代对太守、刺史的通称。

[12]姝:美丽的女子。

[13]谢:这里是"请问"的意思。

[14]不:通假字,通"否",音也为"否"的音。

[15]居上头:在行列的前端。意思是地位高,受人尊重。

[16]鹿卢剑:剑把用丝绦缠绕起来,像鹿卢的样子。鹿卢,即辘轳,井上汲水的用具。宝剑,荆轲刺秦王时带的就是鹿卢剑。

[17]侍中郎:出入宫禁的侍卫官。

[18]晰:同"晳"。

[19]盈盈:仪态端庄美好。

[20]冉冉:走路缓慢。

【赏析】

《陌上桑》是汉乐府叙事诗中的杰出诗篇,通过描写采桑女秦罗敷拒绝使君调戏的故事,歌颂了她的美貌与坚贞的情操。余冠英说:"这诗叙述一个太守侮弄一个采桑女子遭到抗拒的故事。诗中揭露了上层统治阶级荒淫无耻的面目,同时刻画了一个坚贞美丽的女性形象。"游国恩先生说:"充分地体现了人民反压迫、反剥削的斗争精神。"

诗中的故事情节很简单,语言也相当浅近。诗作分为三段,第一段写罗敷的容貌之美,后两段写罗敷的人格之美。故事发生在一个明媚的春日,情节还未展开,就对女主人公罗敷采用烘托、侧面描写等方式描述她外在的美丽,极尽比喻、铺陈、夸张之能事。八句诗虽无一句是从正面进行描写,但罗敷的美貌,却早已表现得动人心魄。作者成功地运用了衬托和夸张的手法,使诗歌富于浓郁的民歌风味和诙谐的喜剧效果。随着使君的出场,罗敷走上前来答话,智斗使君。诗作由描写罗敷的容貌转为表现她的性情与内涵。从她流利得体同时又带着调皮嘲弄的答语中,展现了她开朗、活泼、大方、机警、纯洁、刚毅、端正的品格以及她不慕荣华的美好的内心世界。在这节中,诗歌延续了先秦诗歌的对话体,但不是为了对话而对话,而是为了情节的发展,为了人物形象的塑造。最后一段罗敷极力地夸耀自己夫婿的地位、派头、风度。虽然这位人人称赞的夫婿似属虚构,却有力地嘲笑了太守的愚蠢、卑劣。诗歌语言活泼、幽默,富于轻松的喜剧色彩。在对罗敷及其"夫婿"进行描写时,用铺张的笔法详写了服饰、仪仗,来衬托他们的美丽、富贵,而极少直接描写其容貌、形体。这是汉代乐府诗刻画人物时常用的手法,这种写法可以让读者充分展开想象,去重塑人物。本诗所采用的这种叙事手法和表现手法,在艺术上别具一格,取得了以前文学作品所未有的效果,在叙事诗史上刻下了浓墨重彩的一笔,对后代的一些叙事诗产生了很大的影响。

这一首带有讽刺色彩的民间故事诗,成功地塑造了罗敷这个美丽坚贞、敢于同上流社会邪恶势力作斗争的女性形象,同时也揭露了汉代官吏横暴荒淫的面目。在这首诗歌中,还洋溢着浓郁的民间气息,民间文学特有的幽默打诨、诙谐夸张的风格渗透在作品中,整首诗充满喜剧化气氛,显得自然风趣、轻松活泼。罗敷那反应敏捷、伶牙俐齿、落落大方、镇定自若、风趣天然的性格特点,正是民间智慧女子的化身。

【诵读分析】

总体基调:

明朗轻快、风趣幽默、从容大方。

声音状态:

第一段,从开头至"但坐观罗敷"。前四句,气稳声实,音色明朗、朴实;"罗敷喜蚕桑"到"紫绮为上襦",气稳声实,实声居多,音色明朗、柔美;"行者见罗敷"至段末,气沉声实,声音平稳,音色中饱含喜悦、幽默。

第二段,从"使君东南来"到"罗敷自有夫"。前两句,气沉声低,音色偏暗;"使君遣吏往"至"宁可共载不",气声多变,高低相间,叙述声低,人声较高;"罗敷前致辞"至"罗敷自有夫",气沉声实,音色由慨叹转至冷静、严肃。

第三段,从"东方千余骑"到结尾。气足声实,音色明朗,充满骄傲与爱意。

节奏变化:

第一段:中速、扬升、轻快型

第二段:慢速、降抑、低沉型

第三段:中速、扬升、轻快型

难点处理:

1.本诗节奏鲜明、韵律生动。诵读时,应以每句五字的"二三"节拍为表达基础,在此基础上进行停连、快慢的变化,以表现乐府诗的生动韵律和音乐美感。

2.本诗幽默诙谐、通俗易懂、情节逼真、朗朗上口。诵读时,应在诗歌的韵律中,将故事的情节讲述清楚、生动。第一段较为轻松、节奏轻快,细致表现罗敷的美貌和路人的神态;第二段语气稍沉重,表现使君的到来所造成的沉重气氛;第三段语气明朗、舒展,表现罗敷的智慧与自信。

字音提示:

东南隅(yú);倭(wō)堕髻(jì);缃(xiāng)绮(qǐ);上襦(rú);帩(qiào)头;踟(chí)蹰(chú)

（二十）迢迢牵牛星

（选自《古诗十九首》）

迢迢牵牛星[1]，皎皎河汉女[2]。
纤纤擢素手[3]，札札弄机杼[4]。
终日不成章[5]，泣涕零如雨[6]。
河汉清且浅[7]，相去复几许[8]。
盈盈一水间[9]，脉脉不得语[10]。

【注释】

[1]迢迢：遥远的样子。牵牛星：河鼓三星之一，隔银河和织女星相对，俗称"牛郎星"，是天鹰星座的主星，在银河东。

[2]皎皎：明亮的样子。河汉女：指织女星，是天琴星座的主星，在银河西，与牵牛星隔河相对。河汉，即银河。

[3]纤纤：纤细柔长的样子。擢：引、抽，接近伸出的意思。素：洁白。

[4]札札：象声词，机织声。弄：摆弄。杼：织布机上的梭子。

[5]章：指布帛上的经纬纹理，这里指整幅的布帛。此句是用《诗经·小雅·大东》语意，说织女终日也织不成布。《诗经》原意是织女徒有虚名，不会织布。而这里则是说织女因相思而无心织布。

[6]涕：眼泪。零：落下。

[7]清且浅：清又浅。

[8]相去：相离，相隔。去，离。复几许：又能有多远。

[9]盈盈：水清澈、晶莹的样子。一说形容织女，《文选》六臣注："盈盈，端丽貌。"一水：指银河。间：间隔。

[10]脉脉：含情相视的样子。一作"眽眽"，默默地用眼神或行动表达情意。

【赏析】

《古诗十九首》是东汉时期的作品，因作者名字不传，诗歌的风格又较为接近，所以后人把它们编辑在一处，统称《古诗十九首》。此诗是《古诗十九首》的第十首，在《古诗十九首》中别具一格。诗中所咏为优美的神话传说，即牛郎与织女双星恋爱的故事。

诗歌以牛郎、织女的传说，表现相爱的人可望而不可即的情形。故事虽然发生在天上，视点却在地上，以第三者的视角观察他们夫妇的离别之苦，机声札札，但不成章，涕泣如雨，写尽了思妇想念丈夫而不得见的愁苦心情。

开头两句是环境描写，为秋夜即景，"迢迢"言其遥远，"皎皎"状其明亮。抒情主人公的观察点是在人间，不是站在织女星的本位上看牛郎。"纤纤擢素手"以下四句为一层，描写织女的形象与情思。"纤纤""札札"两句，写出了织女劳动时的形象。"终日不成章，泣涕零如雨"两句，为诗中的一个转折，写她心有所思，成天流泪，无心织锦。织女内心的悲哀，一虚写，一实写，已依稀可见。结尾四句，可视为"泣涕零如雨"的注脚，也是思妇触景生情所勾起的内心悲苦的写照。独居的思妇，仰望清浅的银河横在牵牛星与织女星中间，由于银河的阻隔，他们只能"金风玉露一相逢"，平时却只好含情脉脉地隔河相望。天上人间，不是同一悲慨吗？这四句为我们创造了一个可望而不可即的意境。结尾两句，隐隐兜收全篇，收结有力。

此诗在汉魏古诗中是不可多得的佳作，它可以说是秋夜即景之作，但又不是单纯地描绘秋夜之景。它写了牛郎织女的故事，但又不是故事的复述。全诗驰骋着丰富的想象，通过想象创造出美的形象和美的意境，把读者引入碧海青天的梦幻世界，同时使天上人间的爱情悲剧融为一体。反复吟咏，感到含蕴浑厚，余味无穷，又觉有无限寄托之意。

全诗一共十句，其中六句都用了叠音词，即"迢迢""皎皎""纤纤""盈盈""脉脉"。这些叠音词使这首诗质朴、清丽，情趣盎然。叠词的使用，明显地看出文人雕饰的气息。特别是后两句，一个饱含离愁的少妇形象若现于纸上；意蕴深沉风格浑成，风格质朴率真，颇具独特的审美意趣。

【诵读分析】

总体基调：

低沉忧伤、苦别愁离、悲痛无奈。

声音状态：

第一部分，1、2句。气多声虚，音色低沉，力度轻柔。

第二部分，3—6句。"纤纤擢素手，札札弄机杼。"气稳声实，音量适中，音色平静；"终日不成章，泣涕零如雨。"气沉声低，气多声重。

第三部分，7—10句。"河汉清且浅，相去复几许？"气沉声低，气多声虚；"盈盈一水间，脉脉不得语。"句前吸气，前句气稳声实，后句气多声虚，音量渐低，句末声竭。

节奏变化：

第一部分:慢速、平稳、舒缓型

第二部分:中速、降抑、凝重型

第三部分:慢速、降抑、低沉型

难点处理：

1.本诗篇幅较短,字数较少,诗句的意蕴比较凝练。诵读时,应保持相对较慢的语速,将诗句中的意象表达清楚、连贯,回味悠长。

2.本诗一共十句,其中六句用了叠音词:"迢迢""皎皎""纤纤""札札""盈盈""脉脉",使诗歌音韵和谐、质朴通俗。诵读时,应注意这些叠音词的处理变化,以准确地进行景象描写与抒发情感。

字音提示：

纤(xiān)纤擢(zhuó)素手;札(zhá)札弄机杼(zhù);脉(mò)脉

(二十一) 孔雀东南飞(节选)

(徐陵)

府吏闻此变,因求假暂归。未至二三里,摧藏马悲哀[1]。新妇识马声,蹑履相逢迎。怅然遥相望,知是故人来。举手拍马鞍,嗟叹使心伤:"自君别我后,人事不可量[2]。果不如先愿,又非君所详。我有亲父母,逼迫兼弟兄。以我应他人,君还何所望!"

府吏谓新妇:"贺卿得高迁! 磐石方且厚,可以卒千年;蒲苇一时纫,便作旦夕间。卿当日胜贵,吾独向黄泉!"

新妇谓府吏:"何意出此言! 同是被逼迫,君尔妾亦然。黄泉下相见,勿违今日言!"执手分道去,各各还家门。生人作死别,恨恨那可论?[3](!)念与世间辞,千万不复全!

府吏还家去,上堂拜阿母:"今日大风寒,寒风摧树木,严霜结庭兰。儿今日冥冥,令母在后单。故作不良计,勿复怨鬼神! 命如南山石,四体康且直!"

阿母得闻之,零泪应声落:"汝是大家子,仕宦于台阁。慎勿为妇死,贵贱情何薄! 东家有贤女,窈窕艳城郭,阿母为汝求,便复在旦夕。"

府吏再拜还,长叹空房中,作计乃尔立。转头向户里,渐见愁煎迫。

其日牛马嘶,新妇入青庐。奄奄黄昏后,寂寂人定初。"我命绝今日,魂去尸长留!"揽裙脱丝履,举身赴清池。

府吏闻此事,心知长别离。徘徊庭树下,自挂东南枝。

两家求合葬,合葬华山傍。东西植松柏,左右种梧桐。枝枝相覆盖,叶叶相交通。中有双飞鸟,自名为鸳鸯。仰头相向鸣,夜夜达五更。行人驻足听,寡妇起彷徨。多谢后世人,戒之慎勿忘!

【注释】

[1]摧藏:摧折心肝。藏,脏腑。

　　[2]人事不可量：人间的事不能预料。
　　[3]恨恨那可论：心里的愤恨哪里说得尽呢？

【赏析】

　　《孔雀东南飞》是中国文学史上第一部长篇叙事诗，也是乐府诗发展史上的高峰之作，后人盛称它与北朝的《木兰诗》为"乐府双璧"。本篇最早见于陈朝时徐陵编的《玉台新咏》，题作《古诗无名人为焦仲卿妻作》，后人常取此诗首句，称为《孔雀东南飞》。作为古代民间文学伟大的诗篇之一，《孔雀东南飞》以现实主义的表现方法，记录了一千七百年前人民的真实感情。本文主要讲述了焦仲卿、刘兰芝夫妇被迫分离并双双自杀的故事，控诉了封建礼教的残酷无情，对诗中主人公的不幸遭遇和反抗精神给予同情和加以赞扬，同时对人民追求美好生活的理想通过幻想的形式加以描绘和歌颂。

　　本诗主要写了两组四个人物：兰芝、仲卿两人为一组，焦母、刘兄两人为一组。前一组人物是受害者，后一组人物为迫害者。兰芝是前一组主要人物，作者极力描写她的自幼勤劳、聪明、美丽、有教养、尊老、爱幼、忠贞，而且对被遣迫嫁和不能重圆，有足够清醒的认识。然而就是这样好端端的女性，硬是被封建礼教和家长制迫得无路可走。仲卿对妻子是忠诚坚贞的，不幸的是他也无能反抗封建礼教。他曾经幻想母亲能够改变对兰芝的态度，有一天能够重圆。两人结果双双殉情，表达了他们对封建礼教和家长制的反抗和控诉。

【诵读分析】

总体基调：

凝重无奈、刚毅悲惨、凄凉悲伤。

声音状态：

第一部分（第1—3段），第1段，"府吏闻此变"至"摧藏马悲哀"，气沉声低，声音低实，音色低沉；"新妇识马声"至"嗟叹使悲伤"，气弱声轻，音量较小，音色轻柔；"自君别我后"至"君还何所望"，气沉声低，声区较低，气息不稳，略带哭腔。第2段，气足声重，音量较大，音色低重，饱含怨气。第3段，"新妇谓府吏"至"勿违今日言"，气足声重，气力较足，音量较大，音色低重，饱含怨气；"执手分道去"至"千万不复全"，气沉声低，实声居多，音量中低，音色无奈、遗憾。

第二部分（第4—6段），第4段，气沉声低，音量中低，音色悲伤、决绝。第5段，气足声重，气息不稳，带有哭腔，声区中低，音色焦急、悲伤。第6段，气沉声低，气力较弱，声区较低，音色低沉、暗淡。

第三部分(第 7—8 段),第 7 段,"其日牛马嘶"至"寂寂人定初",气沉声低,声音偏实,音色低沉、暗淡;"我命绝今日"至"举身赴清池",气足声强,声区偏高,音量较大,音色刚毅;末句声低。第 8 段,气沉声低,气力稍弱,声音低沉,音色暗淡。

第四部分(第 9 段),气沉声轻,音量较低,音色低沉。

节奏变化:

第一部分:中速、降抑、紧张型

第二部分:慢速、降抑、凝重型

第三部分:慢速、降抑、低沉型

第四部分:慢速、平稳、低沉型

难点处理:

1.本诗为五言叙事长诗,在规整的语言节奏中呈现故事情节。诵读时,应尊重诗体,在每句"二三"语节划分的基础上,结合故事情节的推进,进行快慢、停连、轻重的处理,使全篇听感节奏鲜明,韵律生动又富于变化。

2.本诗是中国文学史上第一部长篇叙事诗,情节曲折,情感丰富。本处节选的片段主要为人物语言及故事情节描述。诵读时,应注意把握人物语言语气的分寸感,表面看其情绪是怨,但其更深层则是爱,诵读时应将这种复杂的情感表达准确。此外,人物语言的处理应注重"神似"而非"形似"。

字音提示:

摧藏(zàng);人事不可量(liáng)

（二十二）短歌行

（曹操）

对酒当歌，人生几何！譬如朝露，去日苦多。慨当以慷，忧思难忘。
何以解忧？唯有杜康。青青子衿[1]，悠悠我心。但为君故，沉吟至今。
呦呦鹿鸣，食野之苹。我有嘉宾，鼓瑟吹笙。明明如月，何时可掇[2]？
忧从中来，不可断绝。越陌度阡，枉用相存。契阔谈䜩，心念旧恩。
月明星稀，乌鹊南飞。绕树三匝，何枝可依？山不厌高，海不厌深。
周公吐哺，天下归心。

【注释】

[1]衿：古式的衣领。

[2]掇：拾取，摘取。一说掇为通假字，通"辍"，即停止的意思。

【赏析】

作者曹操是东汉末年著名的文学家、政治家。《短歌行》是曹操的代表作之一，借乐府旧题来抒写政治抱负。全诗反映了曹操为实现统一全国的政治思想和渴望得到贤才帮助他建功立业的急切心情。全篇围绕"幽思"二字抒情述志，把直叙衷情同化用《诗经》成句、借用典故糅合在一起，使诗的表现力达到了很高的境界。

全诗分为四个部分。第一部分至"唯有杜康"，诗人对人生的短暂发出感慨和忧愁，并要借酒浇愁。接下来"青青子衿"至"鼓瑟吹笙"为第二部分，情味更加深厚缠绵，表达对贤才的渴求。"明明如月"至"心念旧恩"为第三部分，这是对前两节的强调和照应。前边说忧愁，强调和照应第一层；后边说礼遇贤才，强调和照应第二层。如此强调照应，使全诗有低昂抑扬、反复咏叹的效果。"月明星稀"至尾为第四部分，求贤如渴的思想感情进一步加深。最后"周公"句画龙点睛，希望人才都来归顺，点明了全诗的主旨。

该诗读来朗朗上口、意味悠长。七段诗词使用了六个韵脚，几乎每一段都有变化，整首诗的平仄也很讲究，另外还使用了比喻、拟人、倒装、反复、反问、对比、借代、联想等修辞手法,非常恰当。

【诵读分析】

总体基调:

低沉忧愁、诚挚恳切、坦荡豪放。

声音状态:

第一部分,"对酒当歌,人生几何!譬如朝露,去日苦多。"声音由实、强、放,转而虚、低、缓,表现诗人对人生短暂的感慨和忧愁。"慨当以慷,忧思难忘,何以解忧?唯有杜康。"用声由低、沉转而高、放。

第二部分,"青青子衿,悠悠我心。但为君故,沉吟至今。"声音平实、松弛。"呦呦鹿鸣,食野之苹。我有嘉宾,鼓瑟吹笙。"小实声,松弛、轻快。

第三部分,"明明如月,何时可掇?忧从中来,不可断绝。"声音由高转低,气沉声低,感慨绵长。"越陌度阡,枉用相存。契阔谈宴,心念旧恩。"声音转入实声,轻快、愉悦。

第四部分,"月明星稀,乌鹊南飞。绕树三匝,何枝可依?"用声松、低,气沉绵长,虚声慨叹。"山不厌高,海不厌深。周公吐哺,天下归心。"声音由虚转实,力度加强。

节奏变化:

第一部分:慢速、平缓、低沉型

第二部分:中速、平缓、轻快型

第三部分:慢速、平缓、低沉型

第四部分:中速、低沉、抒情型

难点处理:

1.诵读本文这类篇幅较短的古诗文时,应注意把握总体舒缓的诵读节奏,以呈现更加清晰、准确的文意,使诵读听感更加丰富、"有嚼头"。

2.韵律感的把握是诵读本文的另一难点。在尊重文意与情感的前提下,应充分运用"停""连""快""慢""扬""抑"的技巧,将"四字一句、八句一节、形式规整"的文句诵读得合理、丰富。同时,诵读时要突出韵脚,使诵读富于音乐性。

字音提示:

衿(jīn);掇(duō);辍(chuò)

（二十三）龟虽寿

（曹操）

神龟虽寿，犹有竟时。腾蛇乘雾[1]，终为土灰。老骥伏枥，志在千里。
烈士暮年，壮心不已。盈缩之期，不但在天；养怡之福，可得永年。
幸甚至哉，歌以咏志。

【注释】

[1]螣蛇：一作"腾蛇"，是一种会腾云驾雾的蛇，一种仙兽。

【赏析】

《龟虽寿》选自曹操组诗《步出夏门行》，《龟虽寿》为其中的第四篇，写作时间大约在公元207年末或208年初。此时曹操已经五十三岁，回想起自己人生路程，无限感慨，写下了这首富有人生哲理的抒怀言志之作。诗人虽然处于暮年，但并不悲观，他仍以不断进取的精神激励自己，建树功业。《龟虽寿》所表达的正是这样一个积极的主题。

诗歌开头以"神龟虽寿，犹有竟时。腾蛇乘雾，终为土灰"为喻，说明世间万物都不是永恒存在的，新陈代谢是大自然的根本规律。人亦如此，长命百岁，终将化为土灰。面对不可抗拒的自然规律，人到暮年该如何度过有生之年？"老骥伏枥，志在千里，烈士暮年，壮心不已"，蕴含着一种自强不息、老当益壮、锐意进取的豪迈气概。"盈缩之期，不但在天；养怡之福，可得永年"，表现出一种深沉委婉的风情，告诉大家人的寿命并不是完全出于天定，只要调养有方，是可以保持身心健康、延年益寿的。

这首诗运用借物喻人和托物言志的手法。诗人以神龟、螣蛇、老骥作比喻，表明宇宙万物有生必有死，是自然的规律，人应该利用有限之年，建功立业，始终保持昂扬乐观、积极进取的精神。

【诵读分析】

总体基调：

平静豁达、积极豪迈、坦荡豪放。

声音状态：

第一部分，"神龟虽寿，犹有竟时；螣蛇驾雾，终为土灰。"气沉声低，实声表达。最后一句可适当用虚声。

第二部分，"老骥伏枥，志在千里；烈士暮年，壮心不已。"前两句，气沉声直，声音明亮，语气坚定；后两句，气沉声叹，先实后虚，表达慨叹。

第三部分，"盈缩之期，不但在天；养怡之福，可得永年。"前两句，气稳声实，音量适中，声音平稳；后两句，气足声响，气尽声收。

第四部分，"幸甚至哉！歌以咏志。"句前吸气，气足声放，句间补气，气稳声实。

节奏变化：

第一部分：慢速、舒缓、低沉型

第二部分：中速、扬升、高亢型

第三部分：慢速、扬升、舒缓型

第四部分：慢速、扬升、高亢型

难点处理：

1.本诗篇幅较短，层次分明。诵读时，应注意把握舒缓的诵读节奏，以呈现清晰、准确的文意和层次之间的逻辑，表达出清晰的句意和句子之间的联系。

2.诵读时，应注意把握诗歌层次之间的情绪色彩及其转换。第一部分，遗憾中饱含平静；第二部分，坚定积极；第三部分，自信淡定，再加上诗末两句的奔放慨叹，整体应明暗有节、收放有度、转换自然。

字音提示：

螣(téng)蛇

（二十四）白马篇[1]

（曹植）

白马饰金羁[2]，连翩西北驰[3]。

借问谁家子，幽并游侠儿[4]。

少小去乡邑[5]，扬声沙漠垂[6]。

宿昔秉良弓[7]，楛矢何参差[8]。

控弦破左的[9]，右发摧月支[10]。

仰手接飞猱[11]，俯身散马蹄[12]。

狡捷过猴猿[13]，勇剽若豹螭[14]。

边城多警急，虏骑数迁移[15]。

羽檄从北来[16]，厉马登高堤[17]。

长驱蹈匈奴[18]，左顾陵鲜卑[19]。

弃身锋刃端[20]，性命安可怀[21]？

父母且不顾，何言子与妻！

名编壮士籍[22]，不得中顾私[23]。

捐躯赴国难[24]，视死忽如归！

【注释】

[1]白马篇：又名"游侠篇"，是曹植创作的乐府新题，属《杂曲歌·齐瑟行》，以开头二字名篇。

[2]金羁：金饰的马笼头。

[3]连翩：连续不断，原指鸟飞的样子，这里用来形容白马奔驰的俊逸形象。

[4]幽并：幽州和并州。在今河北、山西、陕西一带。

[5]去乡邑：离开家乡。

[6]扬声：扬名。垂：同"陲"，边境。

[7]宿昔：早晚。秉：执、持。

[8]楛矢：用楛木做成的箭。何：多么。参差：长短不齐的样子。

[9]控弦：开弓。的：箭靶。

[10]摧：毁坏。月支：箭靶的名称。

[11]接:接射。飞猱:飞奔的猿猴。猱,猿的一种,行动轻捷,攀缘树木,上下如飞。

[12]散:射碎。马蹄:箭靶的名称。

[13]狡捷:灵活敏捷。

[14]勇剽:勇敢剽悍。螭:传说中形状如龙的黄色猛兽。

[15]虏骑:指匈奴、鲜卑的骑兵。数迁移:指经常进兵入侵。数,经常。

[16]羽檄:军事文书,插鸟羽以示紧急,必须迅速传递。

[17]厉马:扬鞭策马。

[18]长驱:向前奔驰不止。蹈:践踏。

[19]顾:看。陵:压倒,这里有踩或踏的意思。一作"凌"。鲜卑:中国东北方的少数民族,东汉末成为北方强族。

[20]弃身:舍身。

[21]怀:爱惜。

[22]编:一作"在"。籍:名册。

[23]中顾私:心里想着个人的私事。中,内心。

[24]捐躯:献身。赴:奔赴。

【赏析】

《白马篇》是曹植的早期代表作之一。曹植的一生以公元220年曹丕称帝为界,分为前后两期。前期抱有远大理想,满怀建功立业的雄心壮志,诗歌多是吐露自己的政治抱负和志趣的作品;后期诗歌主要是表达由理想与现实的矛盾所激起的悲愤。《白马篇》即是他前期诗歌中的名作。

年轻时的曹植,随父曹操南征北战,军旅生活的陶冶,使得诗人精神昂扬奋发,对自己的前途、事业充满美好的憧憬。这首诗正是这一时期作者思想感情的真实写照。"白马饰金羁,连翩西北驰。"诗一开头就使人感到气势磅礴。诗歌只见马,不见人,而写马正是为了写人,用了烘托的手法,既写出了游侠儿娴熟的骑术,也表现了边情的紧急;接下来"借问"四句紧承前两句,作者故设问答,补叙来历,使诗歌富于变化;诗人接着铺陈游侠儿的超群武艺,写游侠儿驰骋沙场、英勇杀敌的情景,用了一连串的对偶句,使诗歌语言显得铿锵有力、富于气势;诗歌的最后八句揭示游侠儿的内心世界,赞扬他具有崇高的思想品德。诗人把他全部的激情都倾注到他在诗中所塑造的人物"游侠儿"身上,赞美边塞游侠儿的机智勇敢、武艺超群,歌颂他们忠勇爱国、捐躯赴难的献身精神,他赞美他、歌颂他,向往着能够成为一位这样的英雄,也借此抒发自己为解救国难、为建功立业不惜抛弃一切的勇敢豪迈精神。游侠的勇敢机灵和爱国豪情,实际上正是诗人的自我写照。

此诗立意高远,感情激荡,风格雄健,语言豪壮,充分体现出建安诗风慷慨悲壮的特点。此外,诗歌辞采华茂,音节铿锵和谐,对仗工整,比喻新颖恰切。

【诵读分析】

总体基调:

豪迈雄放、英姿飒爽、坚毅酣畅。

声音状态:

第一部分,开头两句,"白马饰金羁,连翩西北驰",气足声实,气力较大,声音明亮、有力。

第二部分,从"借问谁家子"到"勇剽若豹螭"。"借问谁家子,幽并游侠儿",气沉声实,音色明朗、有力;"少小去乡邑,扬声沙漠垂",气沉声实,前轻后重;"宿昔秉良弓,楛矢何参差",气沉声低;从"控弦破左的"到"勇剽若豹螭",气足声实,音量渐大,音色稳重、有力。

第三部分,从"边城多警急"到"左顾凌鲜卑"。气足声厉,音量较大,音色偏重、渐强。

第四部分,从"弃身锋刃端"到"视死忽如归"。前四句,气沉声叹,音色偏虚、偏重;后四句,气足声实,音色明亮、渐重、奔放。

节奏变化:

第一部分:中速、扬升、紧张型

第二部分:中速、降抑、紧张型

第三部分:快速、扬升、紧张型

第四部分:慢速、扬升、高亢型

难点处理:

1.本诗运用豪迈张扬的语言,刻画了一位武艺高强、英勇爱国的青年英雄形象,整体基调沉稳豪放、富有张力,对诵读的用气发声和语言表现力提出了较高的要求。诵读时,应灵活调整气息的力度和灵活度,以满足强控制用声和较快语速下连贯用气发声的需要。

2.第二部分和第三部分是本诗的重点,用气发声的变化和语言表达的张力较大,应重点处理。第四部分为作者抒发内心感慨,诵读时注意转换语气与语态。

3.诗中非常用字较多,诵读前应充分查阅资料,明确字音与字义。

字音提示:

楛(hù)矢;控弦(xián)破左的(dì);飞猱(náo);勇剽(piāo)若豹螭(chī);虏骑(qí)数(shuò)迁移;羽檄(xī)

（二十五）出师表

（诸葛亮）

先帝创业未半而中道崩殂[1]，今天下三分，益州疲弊，此诚危急存亡之秋也。然侍卫之臣不懈于内，忠志之士忘身于外者，盖追先帝之殊遇，欲报之于陛下也。诚宜开张圣听，以光先帝遗德，恢弘志士之气，不宜妄自菲薄，引喻失义，以塞忠谏之路也。

宫中府中，俱为一体；陟罚臧否[2]，不宜异同：若有作奸犯科及为忠善者，宜付有司论其刑赏，以昭陛下平明之理；不宜偏私，使内外异法也。

侍中、侍郎郭攸之、费祎、董允等，此皆良实，志虑忠纯，是以先帝简拔以遗陛下[3]：愚以为宫中之事，事无大小，悉以咨之，然后施行，必能裨补阙漏[4]，有所广益。

将军向宠，性行淑均[5]，晓畅军事，试用于昔日，先帝称之曰"能"，是以众议举宠为督：愚以为营中之事，悉以咨之，必能使行阵和睦[6]，优劣得所。

亲贤臣，远小人，此先汉所以兴隆也；亲小人，远贤臣，此后汉所以倾颓也。先帝在时，每与臣论此事，未尝不叹息痛恨于桓、灵也。侍中、尚书、长史、参军，此悉贞良死节之臣，愿陛下亲之信之，则汉室之隆，可计日而待也。

臣本布衣，躬耕于南阳，苟全性命于乱世，不求闻达于诸侯。先帝不以臣卑鄙，猥自枉屈，三顾臣于草庐之中，咨臣以当世之事，由是感激，遂许先帝以驱驰。后值倾覆，受任于败军之际，奉命于危难之间：尔来二十有一年矣。

先帝知臣谨慎，故临崩寄臣以大事也。受命以来，夙夜忧叹，恐托付不效，以伤先帝之明；故五月渡泸，深入不毛。今南方已定，兵甲已足，当奖率三军，北定中原，庶竭驽钝，攘除奸凶，兴复汉室，还于旧都。此臣所以报先帝而忠陛下之职分也。至于斟酌损益，进尽忠言，则攸之、祎、允之任也。

愿陛下托臣以讨贼兴复之效，不效，则治臣之罪，以告先帝之灵。若无兴德之言，则责攸之、祎、允等之慢，以彰其咎；陛下亦宜自谋，以咨诹善道[7]，察纳雅言，深追先帝遗诏。臣不胜受恩感激。

今当远离，临表涕零，不知所言。

【注释】

[1]崩殂：死。崩，古时指皇帝死亡。殂，死亡。

[2]陟：提升，奖励；罚：惩罚；臧否：善恶，这里用作动词，意思是评论人物好坏。

[3]遗：给予。

[4]阙：通"缺"，缺点，疏漏。

[5]性行淑均：性情善良，品德端正。

[6]行阵：指部队。

[7]诹：询问，咨询。

【赏析】

诸葛亮字孔明，号卧龙，三国时期蜀汉政治家。早年隐居襄阳，后出山辅佐刘备，奠定蜀汉基业；刘备去世，辅佐后主刘禅。"表"是中国古代向帝王上书陈情言事的一种特殊文体。《出师表》是三国时期蜀汉丞相诸葛亮在北伐中原之前给后主刘禅上书的表文，阐述了北伐的必要性以及对后主刘禅治国寄予的期望，言辞恳切，写出了诸葛亮的一片忠诚之心。

文章共分两大部分，第一部分分析了"天下三分，益州疲弊"的形势，并据此提出改革时弊、励精图治的建议。作者对内政提出三项建议：第一项建议是"开张圣听"，只要"开张圣听"，就能发挥"侍卫之臣""忠志之士"的积极作用，巩固、发展蜀汉政权。第二项建议是赏罚严明，"宫中府中，俱为一体"。第三项建议是"亲贤臣，远小人"。第二部分叙述了作者二十年来以身许国的经历，表露出作者勤于国事、鞠躬尽瘁的一片忠忱，以使后主体念先帝创业的艰难，从而发愤图强，振兴蜀汉天下。

此文的语言最显著的特点是率直质朴，表现恳切忠贞的感情。全文既不借助于华丽的辞藻，又不引用古老的典故，每句话不失臣子的身份，也切合长辈的口吻。

【诵读分析】

总体基调：

委婉恳切、坚定忠贞、质朴率直。

声音状态：

第一部分（第1—5段）。第1段，气稳声实，实中间虚，语速适中，诚恳劝谏；第2、3、4段，气稳声实，音量稍强，诚恳明朗；第5段，气稳声实，实中间虚，语速稍慢。

第二部分（第6—7段）。第6段，气沉声收，音量稍低，实中间虚。抒情句用声偏虚，音量偏低；第7段，气沉声稳，情感较浓，声音偏虚。

第三部分（第8—9段）。气沉声低，声音偏虚，力度暗涌，语气诚恳。

节奏变化：

第一部分：中速、扬升、舒缓型

第二部分：慢速、平稳、舒缓型

第三部分：慢速、降抑、抒情型

难点处理：

1.本文言辞恳切，逻辑清晰。诵读时，应注意将"抒情"与"说理"的语言样态巧妙结合，语气诚恳真挚，分析有理有据，准确表现作者以身许国、鞠躬尽瘁的忠贞之心。同时，充分建立诵读的"身份感"和"对象感"也很必要，诵读时应想象、体会作者写作时的心境与目的，用恰当的语气，表现出准确的情感。

2.诵读古文的一大难点在于使听者的听感舒适、自然，并能够较容易地听懂文意。因此，诵读时，切忌拿腔拿调，在有声语言中融入现代白话文的语感，将文句"说"给听众，或许能够解决这一问题。

字音提示：

崩殂（cú）；陟（zhì）；臧否（pǐ）；遗（wèi）；阙（quē）；性行（xíng）淑均；行（háng）阵；诹（zōu）

（二十六）诫子书

（诸葛亮）

  夫君子之行[1]，静以修身，俭以养德。非淡泊无以明志[2]，非宁静无以致远。夫学须静也，才须学也，非学无以广才，非志无以成学。淫慢则不能励精[3]，险躁则不能治性。年与时驰，意与日去，遂成枯落，多不接世，悲守穷庐[4]，将复何及！

【注释】

[1]行：指操守、品德、品行。

[2]淡泊：清静而不贪图功名利禄。

[3]淫慢：过度的享乐、懈怠。

[4]穷庐：穷困潦倒之人住的陋室。

【赏析】

  《诫子书》是诸葛亮晚年写给他儿子诸葛瞻的一封家书。诸葛亮一生为国，鞠躬尽瘁，死而后已。这篇文章的主旨是诸葛亮劝勉儿子修身养性、勤学立志，必须从淡泊宁静中下功夫，忌讳懈怠险躁，在对儿子的殷殷教诲中饱含着父亲的深切期望。

  文章概括了修身治学的经验，着重围绕一个"静"字加以论述，同时把失败归结为一个"躁"字，对比鲜明。用"静以修身""非宁静无以致远""夫学须静也"，论证宁静淡泊的重要性；用"淫慢则不能励精，险躁则不能治性"指明了放纵怠慢、偏激急躁的危害。

  在文章中，诸葛亮不仅讲明修身养性的途径和方法，还指明了立志与学习的关系，不但在大的原则方面对其子严格要求、循循善诱，而且在一些具体事情上也体现出对孩子无微不至的关怀。诸葛亮教给儿子"淡泊明志，宁静致远"的人生哲学，既展示出"父母之爱子，必为之计深远"的深切父爱，又表达出古代伟人高远通达的立世哲学。

【诵读分析】

总体基调：

严肃郑重、诚恳亲切、深情劝说。

声音状态：

第一部分，从开头到"非宁静无以致远"，气稳声实，音色沉稳，力度适中。

第二部分，从"夫学须静也"到"险躁则不能治性"，气稳声实，气息稍多，音色总体沉稳、有力，适当虚声，体现变化。

第三部分，从"年与时驰"到"将复何及"，气沉声低，用声总体较沉、偏虚。最后两句，气息较多，虚声明显。

节奏变化：

第一部分：中速、平稳、舒缓型

第二部分：中速、扬起、舒缓型

第二部分：慢速、平稳、舒缓型

难点处理：

1.本文语言朴实，道理深刻，句式多样，对偶句多。诵读时，应注意在叙述中体现文章的节奏，讲述意思自然、准确，对偶句的节奏对比鲜明，意义清晰。

2.文章的层次感较强，诵读时，应注意运用语气的变化体现这一点。前两部分的声音较为稳实，语气相对严肃，用情相对较淡；最后一部分，用气较多，声音较虚，语气更加鲜明，情感更为浓烈。

字音提示：

淡泊(bó)；遂(suì)

(二十七) 兰亭集序

（王羲之）

　　永和九年,岁在癸丑,暮春之初,会于会稽山阴之兰亭[1],修禊事也[2]。群贤毕至[3],少长咸集。此地有崇山峻岭,茂林修竹,又有清流激湍,映带左右[4],引以为流觞曲水[5],列坐其次。虽无丝竹管弦之盛,一觞一咏,亦足以畅叙幽情。

　　是日也,天朗气清,惠风和畅。仰观宇宙之大,俯察品类之盛,所以游目骋怀,足以极视听之娱,信可乐也。

　　夫人之相与,俯仰一世。或取诸怀抱,悟言一室之内;或因寄所托,放浪形骸之外。虽趣舍万殊,静躁不同,当其欣于所遇,暂得于己,快然自足,不知老之将至。及其所之既倦,情随事迁,感慨系之矣。向之所欣,俯仰之间,已为陈迹,犹不能不以之兴怀。况修短随化,终期于尽。古人云:"死生亦大矣!"岂不痛哉!

　　每览昔人兴感之由,若合一契,未尝不临文嗟悼,不能喻之于怀。固知一死生为虚诞,齐彭殇为妄作。后之视今,亦犹今之视昔,悲夫!故列叙时人,录其所述。虽世殊事异,所以兴怀,其致一也。后之览者,亦将有感于斯文。

【注释】

[1]会稽:郡名,今浙江绍兴。山阴:今绍兴越城区。

[2]修禊事也:(为了做)禊礼这件事。古代习俗,于阴历三月上旬的巳日(魏以后定为三月三日),人们群聚于水滨嬉戏洗濯,以祓除不祥和求福。实际上这是古人的一种游春活动。

[3]群贤:诸多贤士能人。指谢安等三十二位社会名流。贤:形容词做名词。

[4]激湍:流势很急的水。映带左右:辉映点缀在亭子的周围。映带,映衬、围绕。

[5]流觞曲水:用漆制的酒杯盛酒,放入弯曲的水道中任其漂流,杯停在某人面前,某人就引杯饮酒。这是古人一种劝酒取乐的方式。

【赏析】

作者王羲之,东晋时期著名书法家,有"书圣"之称。《兰亭集序》又名《兰亭序》,作品描绘了兰亭的景致和王羲之等人集会的乐趣,抒发了作者对盛事不常、"修短随化,终期于尽"的感叹。

文章以情感为线索,叙中有情,以情说理。第一段在清丽的境界中,着重写一"乐"字,由乐而转入沉思,引出第二段的"痛"字,在经过一番痛苦的思考后,不由感到无限的悲哀,最后以一"悲"字作结。情感色彩迥乎不同,前后过渡却妥帖自然。东晋是名士风流的时代,他们崇尚老庄,大谈玄理,不务实际,思想虚无,寄情山水,笑傲山野;他们思想消极,行动无为,就像浮萍之于海水,随波荡漾,飘到哪里就是哪里。这篇文章体现了王羲之积极入世的人生观,和老庄学说主张的无为形成了鲜明的对比。

这篇文章具有清新朴实、不事雕饰的风格。语言流畅,清丽动人,与魏晋时期雕章琢句、华而不实的文风形成鲜明对照。句式整齐而富于变化,以短句为主,在散句中参以偶句,韵律和谐,悦耳动听。

【诵读分析】

总体基调:

淡雅清丽、愉悦欢畅、低沉悲痛。

声音状态:

第一部分(第1、2段),从"永和九年"到"少长咸集",气稳声实,平实叙述;"此地有崇山峻岭"至"亦足以畅叙幽情",气足声朗,音色明丽。"是日也,天朗气清,惠风和畅",气足声明,用声实虚结合;"仰观宇宙之大"至段末,气足声叹,先强后弱,多用慨叹。

第二部分(第3段),从"夫人之相与"至"终期于尽",气稳声实,音量适中,用声有度,述论有据;"古人云:'死生亦人矣!'岂不痛哉!"气足声叹,音节较长,感慨较深。

第三部分(第4段),从"每揽昔人兴感之由"到"不能喻之于怀",气缓声低;"固知一死生为虚诞"至文末,气弱声低,用声低虚。

节奏变化:

第一部分:中速、扬升、轻快型

第二部分:慢速、降抑、低沉型

第三部分:慢速、降抑、低沉型

难点处理：

1.本文前两段记叙时间、地点、环境等，主要表现优美的环境、人们聚会所带来的"乐"；第三段从现实的角度抒发人生短暂，表达了"痛"的情感；第四段表现人生代代相痛、永无休止之"悲"。诵读时，应注意把握各部分的情感色彩，将其进行区分与联系，呈现出自然转换的情感基调。

2.本文前两段主要为对活动的记叙与环境的描写，后两段主要为作者对人生道理的阐述以及内心情感的抒发。诵读时，前两段应主要选用"讲述式"的语言样态，后两段可多运用朗诵式的语言样态，以准确表现文章内容，呈现自然的听感。

3.文章篇幅不长，诵读时，可适当选用中速的语速，不宜过快，以使文意的呈现更加清晰。

字音提示：

会稽（kuàijī）；修禊（xiè）事也；流觞（shāng）曲（qū）水

（二十八）桃花源记

（陶渊明）

晋太元中，武陵人捕鱼为业。缘溪行，忘路之远近。忽逢桃花林，夹岸数百步，中无杂树，芳草鲜美，落英缤纷。渔人甚异之。复前行，欲穷其林。

林尽水源，便得一山，山有小口，仿佛若有光。便舍船，从口入。初极狭，才通人。复行数十步，豁然开朗。土地平旷，屋舍俨然，有良田美池桑竹之属。阡陌交通，鸡犬相闻。其中往来种作，男女衣着，悉如外人。黄发垂髫[1]，并怡然自乐。

见渔人，乃大惊，问所从来，具答之。便要还家，设酒杀鸡作食。村中闻有此人，咸来问讯。自云先世避秦时乱，率妻子邑人来此绝境，不复出焉，遂与外人间隔。问今是何世，乃不知有汉，无论魏晋。此人一一为具言所闻，皆叹惋。余人各复延至其家，皆出酒食。停数日，辞去。此中人语云："不足为外人道也。"

既出，得其船，便扶向路，处处志之。及郡下，诣太守，说如此。太守即遣人随其往，寻向所志，遂迷，不复得路。

南阳刘子骥，高尚士也，闻之，欣然规往。未果，寻病终，后遂无问津者。

【注释】

[1]黄发垂髫：老人和小孩。黄发，旧说是长寿的象征，用以指老人。垂髫，垂下来的头发，用来指小孩子。髫，小孩垂下的短发。

【赏析】

《桃花源记》是东晋文人陶渊明的代表作之一，作者在文中虚构了一个宁静安乐的世外桃源，那里没有压迫、没有战乱，人人安居乐业、自由安乐，彼此和睦相处。这是一个与黑暗现实社会相对立的美好境界，寄托了陶渊明的社会及政治理想，也反映了当时人民的美好意愿。"桃花源"是个虚构的理想社会,既反映了人民反对剥削压迫、反对战争的愿望,也批判了当时的黑暗现实,具有一定的积极意义,但这在当时阶级社会中只是一种不能实现的空想,又是作者隐逸、逃避现实的思想反映。

作者借用小说笔法,以一个捕鱼人的经历为线索展开故事,像小说一样描述了溪行捕鱼、桃源仙境、重寻迷路三段故事。

本文艺术构思精巧,采用虚写、实写相结合手法,借武陵渔人行踪这一线索,把现实和理想境界联系起来。文章开头交代年代、渔人的籍贯,都写得十分肯定,似乎真有其事,这就缩短了读者与作品的心理距离,把读者从现实世界引入迷离惝恍的桃花源。"不足为外人道也"及渔人返寻所志,迷不得路,使读者从这朦胧飘忽的化外世界退回到现实世界,心中依旧充满了对它的依恋。文末南阳刘子骥规往不果一笔,又使全文有余意不穷之趣。

【诵读分析】

总体基调:

神秘奇美、安乐祥和、失望遗憾。

声音状态:

第一部分,从"晋太元中"到"欲穷其林"。首句至"忘路之远近",声音松弛、平实;"忽逢桃花林",气提声浮,体现悬念;"夹岸数百步"至段末,声音偏高,音色明亮、愉悦。

第二部分,从"林尽水源"到"不足为外人道也"。段首至"才通人",气提声轻,悬念丛生;"复行数十步"至段末,气足声朗,从容开阔,音色喜悦平和。"见渔人"到"具答之",气提声疑,表示惊奇;"便要还家"至"遂与外人间隔",气稳声朗,热情从容;"问今是何世,乃不知有汉,无论魏晋",气提声疑,亦可惊叹。"此人一一为具言所闻"至段末,气足声虚,热情慨叹。

第三部分,从"既出"到"后遂无问津者"。段首至"说如此",气提声实,平实讲述;"太守即遣人随其往"至"不复得路",气提声低,满怀遗憾;"南阳刘子骥"至"欣然规往",气稳声朗;"未果,寻病终,后遂无问津者。"气叹声低,遗憾不已。

节奏变化:

第一部分:中速、扬升、舒缓型

第二部分:中速、扬升、轻快型

第三部分:慢速、降抑、低沉型

难点处理:

1.且不论本"记"的内容是否属实,其行文的记叙性毋庸置疑,读来具有极强的流畅性与真实感。运用"讲述式"的语言样态,成为诵读本文的要点之一。将古文"讲"给现代人,让他们瞬时听懂,就成为诵读的难点之一。诵读时,基于文意,融入白话文的讲述语感,是克服这一难点的要领。

2.本文写作语言朴实生动,形象性、画面感极强,部分段落蕴含强烈的欣悦情感与和谐氛围。诵读时,应充分运用"情景再现"的技巧,通过有声语言,着力表现文章的画面感和情感,以声传情,以情感人。

字音提示:

夹(jiā)岸;俨然(yǎn);黄发垂髫(tiáo)

（二十九）饮酒（其五）

（陶渊明）

结庐在人境[1]，而无车马喧。
问君何能尔[2]？心远地自偏。
采菊东篱下，悠然见南山。
山气日夕佳，飞鸟相与还[3]。
此中有真意，欲辨已忘言。

【注释】

[1]结庐：建造住宅，这里指居住的意思。

[2]何能尔：为什么能这样。

[3]相与还：结伴而归。

【赏析】

《饮酒·结庐在人境》是晋朝大诗人陶渊明创作的组诗《饮酒二十首》的第五首诗。陶渊明从二十九岁起开始出仕，任官十三年，一直厌恶官场，向往田园。他四十一岁时最后一次出仕，做了八十多天的彭泽县令即辞官回家。这首诗表现诗人弃官归田后隐居生活的情趣，表现了作者悠闲自得的心境和对宁静自由的田园生活的热爱。

这首诗可分为两部分。前四句为第一部分，写诗人摆脱世俗烦恼后的感受。开头两句叙述诗人身处"人境"而独享安闲的生活。自己虽然置身人境，却无世俗之事的烦扰，原因何在？因为"心远地自偏"，心中远离官场，即使身居闹市，也如同住在偏僻的山村。

后六句为第二部分，描写南山的美好晚景和诗人悠然自得的心情。"采菊东篱下，悠然见南山"中"采菊"表现诗人超尘脱俗的高雅品格，"悠然"写出了作者那种恬淡闲适、陶醉于大自然的心境。"山气日夕佳，飞鸟相与还"含蓄寄托着诗人与归鸟为伴、与山林为伍的情意。"此中有真意，欲辨已忘言"这两句抒情，诗人从大自然的美景中领悟到了人生的意趣，同时表露出诗人对隐居生活的由衷喜爱。

【诵读分析】

总体基调：

平静舒缓、轻盈闲适、洒脱超然。

声音状态：

第一部分，前四句。"结庐在人境，而无车马喧"，气沉声轻，音量较小，音色松弛、轻柔；"问君何能尔?"气提声高，气量较足，音量较大；"心远地自偏"，气沉声柔，声音较低。

第二部分，后六句。"采菊东篱下，悠然见南山"，气稳声轻，声音轻柔、飘逸、愉悦；"山气日夕佳，飞鸟相与还"，气足声柔，音色愉悦；"此中有真意，欲辨已忘言"，句前吸气，气足声实，由实转虚。

节奏变化：

第一部分：慢速、扬升、轻快型

第二部分：中速、扬升、轻快型

难点处理：

1.本诗语言朴实，情感鲜明，理解和感受难度相对较低，但体会诗中的意境及其更深层次的哲学思想，仍需要花费一番心思。诵读时，应透过文字，感知、体会作者的情志，表现出诗歌的意境和思想。

2.诵读节奏和韵律的处理是本诗的重点之一。诵读时，应在总体相对较慢的语速中，将"二三"的语言节拍表现出来，并在此基础上进行快慢、停连的处理，使听感层次丰富，避免单调。

字音提示：

车马喧(xuān)；相与还(huán)

（三十）归园田居(其一)

（陶渊明）

少无适俗韵[1]，性本爱丘山。
误落尘网中[2]，一去三十年。
羁鸟恋旧林[3]，池鱼思故渊。
开荒南野际，守拙归园田[4]。
方宅十余亩，草屋八九间。
榆柳荫后檐，桃李罗堂前。
暖暖远人村，依依墟里烟。
狗吠深巷中，鸡鸣桑树颠。
户庭无尘杂，虚室有余闲。
久在樊笼里，复得返自然。

【注释】

[1]适俗：适应世俗。

[2]尘网：指尘世，官府生活污浊而又拘束，犹如网罗。这里指仕途。

[3]羁鸟：笼中之鸟。

[4]守拙：不随波逐流，固守节操。

【赏析】

《归园田居》五首是陶渊明辞官归田第二年写的一组诗，本篇是其中第一首。诗歌描写了诗人重归田园时的新鲜感受和由衷喜悦，真切表达了诗人对污浊官场的厌恶，对山林隐居生活的无限向往与怡然陶醉。

诗人在开篇两句点明自己的性格，本来就不喜欢官场那种钻营取巧的生态，只留恋绿水青山，这是诗人辞官归隐的最根本原因。接着追悔自己"误入尘网中"，把自己为官比喻成"羁鸟""池鱼"，表达了自己对官场的厌恶，对田园生活的向往。

接下来，诗中描写了美好的田园风光。诗人没有刻意描绘，只是罗列了一些乡村中常见的景物,朴实无华,但是生动形象。"方宅""草屋"显出主人生活的简朴,村落、炊烟给人以平静安详的感觉,"狗吠""鸡鸣"一下子令这幅美好的田园画活了起来。

全诗最后两句是点题之笔,与开头两句照应。一开始从厌恶官场写到优美的田园风光,最后表达了作者摆脱官场后重返田园的那种愉悦和如释重负的感觉。

这首诗最突出的是写景,描写园田风光时运用白描手法,远景近景交相辉映,有声有色。再有语言明白清新,如同白话,质朴无华。

【诵读分析】

总体基调:

追悔压抑、欢愉惬意、明朗达观。

声音状态:

第一部分,前6句。气沉声低,气力偏弱,声区偏低、偏虚,音色暗淡,带有悔意。

第二部分,7—18句。气足声明,气力较大,补气灵活,声音中高,高低间错,音色明媚,怡然自乐。

第三部分,19—20句。句前吸气,气足声实,气息较沉,声音由高渐低,音色满足、愉悦。

节奏变化:

第一部分:慢速、降抑、低沉型

第二部分:中速、扬升、轻快型

第三部分:慢速、平稳、舒缓型

难点处理:

1.本诗语言质朴清新,情感主线鲜明。诵读时,应运用有声语言将作者的情感运动表现出来,由第一部分的压抑追悔,至第二部分描写自己居处的安静自然所带来的安然,再到总括回归自然心情的舒畅,音色应有明显的变化与推进。

2.诵读节奏和韵律的处理是本诗的重点之一。诵读时,应在总体较慢的语速中,将"二三"的语言节拍表现出来,并在此基础上进行快慢、停连、抑扬、轻重的处理,以呈现出全篇的节奏、韵律。

字音提示:

羁(jī);暧(ài)暧

（三十一）五柳先生传

（陶渊明）

　　先生不知何许人也,亦不详其姓字。宅边有五柳树,因以为号焉[1]。闲静少言,不慕荣利。好读书,不求甚解[2];每有会意,便欣然忘食。性嗜酒,家贫不能常得。亲旧知其如此,或置酒而招之。造饮辄尽[3],期在必醉[4];既醉而退,曾不吝情去留。环堵萧然[5],不蔽风日,短褐穿结,箪瓢屡空,晏如也。常著文章自娱,颇示己志。忘怀得失,以此自终。

　　赞曰:黔娄之妻有言[6]:"不戚戚于贫贱[7],不汲汲于富贵[8]。"其言兹若人之俦乎[9]?衔觞赋诗[10],以乐其志,无怀氏之民欤[11]?葛天氏之民欤?

【注释】

[1]因以为号焉:就以此为号。

[2]不求甚解:这里指读书只求领会要旨,不在一字一句的解释上过分探究。

[3]造饮辄尽:去喝酒就喝个尽兴。造,往,到。辄,就。

[4]期在必醉:希望一定喝醉。期,期望。

[5]环堵萧然:简陋的居室里空空荡荡。

[6]黔娄:战国时期齐稷下先生,齐国有名的隐士和著名的道家学,无意仕进,屡次辞去诸侯聘请。他死后,曾子前去吊丧,黔娄的妻子称赞黔娄"甘天下之淡味,安天下之卑位,不戚戚于贫贱,不汲汲于富贵。求仁而得仁,求义而得义"。

[7]戚戚:忧愁的样子。

[8]汲汲:极力营求、心情急切的样子。

[9]俦:辈,同类。

[10]觞:酒杯。

[11]无怀氏:与下面的"葛天氏"都是传说中的上古帝王。据说在那个时代,人民生活安乐,恬淡自足,社会风气淳厚朴实。

【赏析】

《五柳先生传》是晋宋之际文学家陶渊明创作的自传文。文章从思想性格、爱好、生活状况等方面塑造了一位独立于世俗之外的隐士形象,赞美了他安贫乐道的精神。

文章共分两段。第一段是正文,第二段是赞语。

正文部分又可分为四个小节。第一小节自开头到"因以为号焉",交代"五柳先生"名号的由来。晋代是很讲究门第的,而五柳先生竟与这种风气背道而驰,这就暗示五柳先生是一位与世无争的隐士。

第二小节自"闲静少言"到"便欣然忘食",写五柳先生爱读书的志趣。五柳先生"好读书,不求甚解"。他读书的目的,不是追求名利,只求精神上获得满足,所以"每有会意,便欣然忘食"。

第三小节自"性嗜酒"到"曾不吝情去留",写"五柳先生"的饮酒嗜好。五柳先生嗜酒是出于天性,尽管家贫也没能改变这一嗜好。饮酒是他在那种时代环境里使自己得到解脱的一种方法。

第四小节自"环堵萧然"至"以此自终",写"五柳先生"的第三个志趣——著文章。尽管居室破漏、衣食不足,却安然自得,"常著文章自娱"。

第二段文章结尾也仿史家笔法,加个赞语。引用黔娄之妻的两句话"不戚戚于贫贱,不汲汲于富贵"赞美五柳先生。陶渊明正是通过五柳先生"颇示己志",表达自己的思想感情。

【诵读分析】

总体基调:

轻快愉悦、随性自由、怡然自乐。

声音状态:

第一段,"先生不知何许人也,亦不详其姓字,宅边有五柳树,因以为号焉",气稳声实,声音平缓,音量适中;"闲静少言,不慕荣利",气稳声实,音量渐高;"好读书,不求甚解;每有会意,便欣然忘食",气稳声足,前实后虚,前高后低;"性嗜酒,家贫不能常得。亲旧知其如此,或置酒而招之;造饮辄尽,期在必醉。既醉而退,曾不吝情去留",气稳声足,前实后虚,前高后低;"环堵萧然,不蔽风日;短褐穿结,箪瓢屡空,晏如也",气沉声低,气稳声实;"常著文章自娱,颇示己志。忘怀得失,以此自终",气稳声实,前实后虚,前高后低。

第二段,"赞曰:黔娄之妻有言:'不戚戚于贫贱,不汲汲于富贵。'"气足声实,音色坚定、愉悦;"其言兹若人之俦乎?"气提声抬,音量渐高;"衔觞赋诗,以乐其志",气稳声实,音量适中;"无怀氏之民欤?葛天氏之民欤?"句前吸气,气多声放,感叹力足。

节奏变化：

第一段：中速、扬升、轻快型

第二段：慢速、扬升、轻快型

难点处理：

1.本文为陶潜写作的自传，文字简洁，情绪酣畅，虽字数不多，但层次丰富，从多个层面描写了"五柳先生"的志趣等。诵读时，应注意各层次之间的区分与联系，层次内部，语言对人物的刻画要清晰、丰满；层次之间，应有语气上的区分与衔接，使整体听感曲折丰富、自然流畅，呈现丰富、统一的人物形象。

2.诵读这类古文时，应在充分理解文意的基础上，融入白话文的表达语感，并在语言的停连、抑扬等层面体现出来。

3.第二段中有一处引用的句子，诵读时，应注意语气的转换。

字音提示：

辄（zhé）；黔（qián）娄；俦（chóu）；觞（shāng）；曾（zēng）不吝情去留；箪（dān）瓢（piáo）屡空

（三十二）木兰辞

（选自《乐府诗集》）

　　唧唧复唧唧，木兰当户织。不闻机杼声，唯闻女叹息。

　　问女何所思，问女何所忆。女亦无所思，女亦无所忆。昨夜见军帖，可汗大点兵[1]，军书十二卷，卷卷有爷名。阿爷无大儿，木兰无长兄，愿为市鞍马，从此替爷征。

　　东市买骏马，西市买鞍鞯[2]，南市买辔头[3]，北市买长鞭。旦辞爷娘去，暮宿黄河边，不闻爷娘唤女声，但闻黄河流水鸣溅溅。旦辞黄河去，暮至黑山头，不闻爷娘唤女声，但闻燕山胡骑鸣啾啾。

　　万里赴戎机，关山度若飞。朔气传金柝，寒光照铁衣。将军百战死，壮士十年归。

　　归来见天子，天子坐明堂。策勋十二转[4]，赏赐百千强。可汗问所欲，木兰不用尚书郎，愿驰千里足，送儿还故乡。

　　爷娘闻女来，出郭相扶将；阿姊闻妹来，当户理红妆；小弟闻姊来，磨刀霍霍向猪羊。开我东阁门，坐我西阁床。脱我战时袍，著我旧时裳。当窗理云鬓，对镜帖花黄。出门看火伴，火伴皆惊忙：同行十二年，不知木兰是女郎。

　　雄兔脚扑朔，雌兔眼迷离；双兔傍地走，安能辨我是雄雌？

【注释】

[1]可汗：古代北方少数民族对君主的称呼。

[2]鞯：马鞍下的垫子。

[3]辔头：驾驭马的嚼子、笼头和缰绳。

[4]转：勋级每升一级叫一转。

【赏析】

　　《木兰诗》又叫《木兰辞》《木兰歌》，是一首长篇叙事诗歌，代表了北朝乐府民歌杰出的成就。最早著录于南朝陈释智匠所编《古今乐录》的《梁鼓角横吹曲》中，属于战争一类题材。它的产生年代及作者不详，一般认为，大约产生于北魏后期，创作于民间。《木兰诗》讲述了一个叫木兰的女孩，女扮男装，替父从军，在战场上建立功勋，回朝后不愿做官，但求回家团聚的故事，热情赞扬了这位奇女子勤劳善良的品质、保家卫国的热情、英勇战斗的精神。

《木兰诗》采用的是顺叙手法。作品大致可分为四个部分。第一部分是出征前。第二部分是从军生活。第三、四部分是立功归来。作为一首叙事诗，剪裁精当，结构严谨。从木兰决心代父从军写起，到其回归故乡结束，中间是漫长的十载军旅生涯。作者对军中的征战生活很简括，而对于征前及立功归来则着墨较多。这样的叙述方式，不仅使读者看到金戈铁马的战争，而且也体会到木兰对父母、故乡的细腻情感，成功刻画出木兰亦柔亦刚的英雄形象。

此诗运用了较多的修辞手法，主要是对偶、排比及互文。其中互文是此诗极有特色的修辞手法，在刻画人物心理、塑造人物形象、渲染气氛等方面起了很大作用。诗中用拟问作答来刻画心理活动，细致深刻；用铺张排比来描述行为情态，神气跃然；而运用精练的口语，不仅道出一个女子的口吻，也增强了叙事气氛，更显民歌风味。

【诵读分析】

总体基调：

伤感无奈、坚定豪迈、坚强勇敢。

声音状态：

第一部分（第1—3段）。第1段，气多声虚，音色暗淡，无力无奈。第2段，气沉声低，饱含无奈；转而气足声强，决心坚定。第3段，前四句，气足声朗，补气及时，音量较强，显示人物动作与内心的力量；"且辞爷娘去，暮宿黄河边"，气沉声低，显示旅途艰难；"不闻爷娘唤女声"至段末，气足声坚，显示艰难、恶劣环境中木兰的孤勇气魄。

第二部分（第4段）。气足声高，音色明亮，力度较强。

第三部分（第5—6段）。第5段，前四句，气稳声实，从容淡定；后四句，气多声长，转气多声柔，显示木兰还家的决心与女子的柔情。第6段，气稳声欢，末四句，气提声疑。

第四部分（第7段）。气稳声实，逐渐抬高，收束全篇。

节奏变化：

第一部分：中速、降抑、低沉型

第二部分：快速、扬升、紧张型

第三部分：慢速、平稳、舒缓型

第四部分:慢速、扬升、轻快型

难点处理:

1.作为脍炙人口的乐府民歌,本诗的修辞特征明显,较多运用对偶、排比、互文等修辞手法。诵读时,应注意通过有声语言体现诗歌的这些特点,呈现鲜明的节奏感和韵律感。对五言诗句的处理,应在以"二三"划分语节的基础上,结合文意进行快慢、抑扬、停连的处理,使全篇听感节奏鲜明,变化生动。

2.本诗是长篇叙事诗,情节曲折、情感丰富、画面感强。诵读时,应注意运用"情景再现"的技巧,对故事的情节、人物、环境等进行深入感受,合理想象,并在声音的变化中,表现出故事情节、人物命运的基本色彩。

字音提示:

可汗(kèhán);鞍鞯(jiān);辔(pèi)头;转(zhuǎn)

（三十三）西洲曲

（选自《乐府诗集》）

忆梅下西洲，折梅寄江北。
单衫杏子红，双鬓鸦雏色。
西洲在何处？两桨桥头渡。
日暮伯劳飞[1]，风吹乌臼树。
树下即门前，门中露翠钿[2]。
开门郎不至，出门采红莲。
采莲南塘秋，莲花过人头。
低头弄莲子，莲子清如水。
置莲怀袖中，莲心彻底红。
忆郎郎不至，仰首望飞鸿[3]。
鸿飞满西洲，望郎上青楼。
楼高望不见，尽日栏杆头。
栏杆十二曲，垂手明如玉。
卷帘天自高，海水摇空绿。
海水梦悠悠，君愁我亦愁。
南风知我意，吹梦到西洲。

【注释】

[1]伯劳：鸟名，仲夏始鸣，喜欢单栖。

[2]翠钿：用翠玉做成或镶嵌的首饰。

[3]望飞鸿：这里暗含有望书信的意思，因为古代有鸿雁传书的传说。

【赏析】

《西洲曲》是南朝无名氏创作的乐府民歌，是南朝乐府民歌中最长的抒情诗篇，历来被视为南朝乐府民歌的代表作。《乐府诗集》将本篇列于"杂曲歌辞"，大约是南朝乐府民歌发展到成熟阶段、经过文人润色加工过的作品。

这首诗描写了一位居住在西洲附近的少女从初春到深秋、从现实到梦境对所爱男子的执着思念。

其主要艺术特点一是善于在动态中表达人物的思想感情。比如,开头连用"忆""下""折""寄"四个动词,表现女子急切的心情。"门中露翠钿"的一个"露"字,生动形象地表达出女子听到门外风吹乌桕树的响声,急于出门看看是否是自己心上人来访的心情。而"采莲南塘秋"六句,通过"采莲""弄莲""置莲"三个动作,极有层次地写出人物感情的变化,动作心理描写细致入微,真情感人。二是叠字和顶真的运用。"开门迎郎"场景中,四个"门"字的叠用,强化了女子急切盼望心上人的到来,而不时从门缝向外张望的焦虑心情。全诗三十二句,以四句为一节,基本上也是四句一换韵,节与节之间用南朝民歌惯用的"接字"法相勾连,读来音调和美、声情并茂。

【诵读分析】

总体基调:

沉静伤惋、焦灼期待、缠绵悠长。

声音状态:

第一部分(第1—6句)。"忆梅下西洲,折梅寄江北",气沉声轻,音色轻柔;"单衫杏子红,双鬓鸦雏色",气稳声平,声音偏实;"西洲在何处? 两桨桥头渡",气力增加,声音渐实,力度渐强。

第二部分(第7—10句)。"日暮伯劳飞,风吹乌臼树",气虚声低,音色偏暗;"树下即门前,门中露翠钿",气提声抬,声音轻巧。

第三部分(第11—18句)。"开门郎不至",气沉声低,音色暗淡;"出门采红莲",气足声抬;"采莲南塘秋"至"莲心彻底红",气足声实,音色偏实,力度稍轻,声音偏柔。

第四部分(第19—26句)。"忆郎郎不至,仰首望飞鸿",气沉声低,音色暗淡;"鸿飞满西洲,望郎上青楼",气足声抬,音量渐强;"楼高望不见,尽日栏杆头。栏杆十二曲,垂手如明玉",气多声虚,音色暗淡。

第五部分(第27—32句)。"卷帘天自高,海水摇空绿",气足声实,声音较强;"海水梦悠悠,君愁我亦愁",气足声实,气量较大,声音较强;"南风知我意,吹梦到西洲",气足声实,音量适中。

节奏变化:

第一部分:中速、平稳、舒缓型

第二部分:慢速、降抑、低沉型

第三部分:中速、扬升、轻快型

第四部分：慢速、降抑、低沉型

第五部分：慢速、降抑、舒缓型

难点处理：

1.诗中的时空场景比较多变，人物的心情也多变，或焦虑，或温情，或惆怅。诵读时，应注意运用有声语言的变化，将各时空场景的细节描述生动，将人物的动作、心情表达准确。

2.此诗以"难解"著称，如有关诗歌的叙述视角，就存在诸多探讨。有人从女子的视角理解，有人从男子的视角理解。诵读时，可以结合自己的身份和理解，选择自身更有感受的一种视角进行感受，并站在相应的"身份感"上进行诵读。

字音提示：

乌臼（jiù，现在写作"乌桕"）；翠钿（diàn）

（三十四）与朱元思书[1]

（吴均）

 风烟俱净[2]，天山共色。从流飘荡，任意东西[3]。自富阳至桐庐一百许里，奇山异水，天下独绝。

 水皆缥碧[4]，千丈见底。游鱼细石，直视无碍。急湍甚箭[5]，猛浪若奔。

 夹岸高山，皆生寒树[6]，负势竞上[7]，互相轩邈[8]，争高直指，千百成峰。泉水激石，泠泠作响；好鸟相鸣，嘤嘤成韵。蝉则千转不穷，猿则百叫无绝。鸢飞戾天者[9]，望峰息心；经纶世务者[10]，窥谷忘反。横柯上蔽[11]，在昼犹昏；疏条交映，有时见日。

【注释】

[1]书：古代的一种文体。

[2]风烟俱净：烟雾都消散尽净。风烟，指烟雾。俱，全，都。净，消散尽净。

[3]东西：方向，在此做动词，向东漂流，向西漂流。

[4]缥碧：原作"漂碧"，据其他版本改为此，青白色，淡青色。

[5]急湍甚箭：急流的水比箭还快。甚，胜过，超过。为了字数整齐，中间的"于"字省略了。

[6]寒树：使人看了有寒意的树，形容树密而绿。

[7]负势竞上：高山凭依高峻的地势，争着向上。负，凭借。竞，争着。上，向上。这一句说的是"高山"，不是"寒树"，这从下文"千百成峰"一语可以看得出来。

[8]轩邈：意思是这些高山仿佛都在争着往高处和远处伸展。轩，向高处伸展。邈，向远处伸展。这两个词在这里是形容词活用为动词。

[9]鸢飞戾天：出自《诗经·大雅·旱麓》。老鹰高飞入天，这里比喻追求名利极力攀高的人。鸢，俗称老鹰，善高飞，是一种凶猛的鸟。戾，至。

[10]经纶世务者：治理社会事务的人。经纶，筹划，治理。世务，政务。

[11]横柯上蔽：横斜的树木在上面遮蔽着。柯，树木的枝干。上，方位名词作状语，在上面。蔽，遮蔽。

【赏析】

吴均(469—520)，字叔庠，南北朝时期梁代的文学家、史学家，吴兴故鄣(今浙江安吉)人。他所写的这篇《与朱元思书》和其他两篇《与施从事书》《与顾章书》并称为"吴均三书"，都是描写山水的名篇。

《与朱元思书》是吴均写给他的朋友朱元思(一作宋元思)的一封书信中的一个片段。叙述作者乘船自桐庐至富阳途中所见，描绘了富春江的秀美风光。所描述的意境清新自然，令人神往，仿佛在作者的带领下一同领略了山水之美。同时也表现了作者喜爱自然的生活情趣，抒发了作者厌弃尘俗和寄情山水的思想感情。

第一段总写全景，描绘富春江山水之美。接下来两段分别写了水色与山光。第二段动静结合，显示出富春江水的秀丽之美和壮观之美，突出地表现了一个"异"字。第三段紧扣一个"奇"字，分别描写山形、山色、山中之声等，接着借景言志，传达出作者对功名利禄的鄙弃、对官场政务的厌倦和纵情山水、淡泊名利之心志。

作者抓住特征，把动与静、声与色、光与影巧妙结合，从视觉、听觉、感觉上描绘出一幅充满生命力的山水图。

【诵读分析】

总体基调：

清新明快、轻松淡雅、欢乐和谐。

声音状态：

第一段，从开头到"天下独绝"。"风烟俱净，天山共色"，气足声放，声音明朗，句间补气及时；"从流飘荡，任意东西"，气足声虚，音色放松、愉悦；"自富阳至桐庐一百许里，奇山异水，天下独绝"，气足声实，声音渐高渐强，音色明朗、愉悦。

第二段，从"水皆缥碧"到"猛浪若奔"。前四句，气稳声柔，音色愉悦、柔美；"急湍甚箭，猛浪若奔"，气足声实，声音高亢、明亮。

第三段，从"夹岸高山"到结尾。"夹岸高山"到"千百成峰"，气足声实，声音明亮，音量渐大；"泉水激石"到"嘤嘤成韵"，气沉声柔，音色欣悦、明朗；"蝉则千转不穷，猿则百叫无绝"，气足声朗，音色明亮；"鸢飞戾天者"到"窥谷忘反"，气稳声实，音色陶醉；"横柯上蔽"到"有时见日"，气沉声柔，气量较大，音色偏虚。

节奏变化：

第一段：中速、扬升、轻快型

第二段：慢速、平稳、轻快型

第三段：中速、扬升、高亢型

难点处理：

1.本文为骈体文，尤其后半部分，总体为四字句和六字句，句式工整，文字清丽。诵读时，应以文字的节奏为全篇节奏处理的基础，并凸显其韵律美感，进而进行快慢、停连、高低、轻重的变化处理。

2.本文主要内容为对富阳至桐庐一带"山""水"等风景的描写，并由此表现作者愉悦的心情。诵读时，应充分调动视觉思维和听觉思维等，对水的清澈、游鱼的活泼、山的高耸、枝条的繁茂以及泉水声音的灵动等进行全方位感受，并运用语言和声音的变化将其表现出来。

字音提示：

缥（piǎo）碧；急湍（tuān）甚箭；轩邈（miǎo）；鸢（yuān）飞戾（lì）天；泠（líng）泠；千转（zhuàn）不穷

（三十五）滕王阁序

（王勃）

　　豫章故郡，洪都新府。星分翼轸[1]，地接衡庐。襟三江而带五湖，控蛮荆而引瓯越。物华天宝，龙光射牛斗之墟；人杰地灵，徐孺下陈蕃之榻。雄州雾列，俊采星驰。台隍枕夷夏之交，宾主尽东南之美。都督阎公之雅望，棨戟遥临[2]；宇文新州之懿范[3]，襜帷暂驻[4]。十旬休假，胜友如云；千里逢迎，高朋满座。腾蛟起凤，孟学士之词宗；紫电青霜，王将军之武库。家君作宰，路出名区；童子何知，躬逢胜饯。

　　时维九月，序属三秋。潦水尽而寒潭清，烟光凝而暮山紫。俨骖騑于上路[5]，访风景于崇阿。临帝子之长洲，得天人之旧馆。层峦耸翠，上出重霄；飞阁流丹，下临无地。鹤汀凫渚，穷岛屿之萦回；桂殿兰宫，即冈峦之体势。

　　披绣闼，俯雕甍[6]，山原旷其盈视，川泽纡其骇瞩。闾阎扑地[7]，钟鸣鼎食之家；舸舰弥津，青雀黄龙之舳。云销雨霁[8]，彩彻区明。落霞与孤鹜齐飞，秋水共长天一色。渔舟唱晚，响穷彭蠡之滨[9]，雁阵惊寒，声断衡阳之浦。

　　遥襟甫畅，逸兴遄飞。爽籁发而清风生，纤歌凝而白云遏。睢园绿竹，气凌彭泽之樽；邺水朱华[10]，光照临川之笔。四美具，二难并。穷睇眄于中天[11]，极娱游于暇日。天高地迥，觉宇宙之无穷；兴尽悲来，识盈虚之有数。望长安于日下，目吴会于云间[12]。地势极而南溟深，天柱高而北辰远。关山难越，谁悲失路之人；萍水相逢，尽是他乡之客。怀帝阍而不见[13]，奉宣室以何年？

　　嗟乎！时运不齐，命途多舛[14]。冯唐易老，李广难封。屈贾谊于长沙，非无圣主；窜梁鸿于海曲，岂乏明时？所赖君子见机，达人知命。老当益壮，宁移白首之心？穷且益坚，不坠青云之志。酌贪泉而觉爽，处涸辙以犹欢。北海虽赊，扶摇可接；东隅已逝，桑榆非晚。孟尝高洁,空余报国之情;阮籍猖狂,岂效穷途之哭!

勃,三尺微命,一介书生。无路请缨,等终军之弱冠;有怀投笔,慕宗悫之长风[15]。舍簪笏于百龄[16],奉晨昏于万里。非谢家之宝树,接孟氏之芳邻。他日趋庭,叨陪鲤对;今兹捧袂,喜托龙门。杨意不逢,抚凌云而自惜;钟期既遇,奏流水以何惭?

呜乎!胜地不常,盛筵难再;兰亭已矣,梓泽丘墟。临别赠言,幸承恩于伟饯;登高作赋,是所望于群公。敢竭鄙怀,恭疏短引;一言均赋,四韵俱成。请洒潘江,各倾陆海云尔。

滕王高阁临江渚,佩玉鸣鸾罢歌舞。

画栋朝飞南浦云,珠帘暮卷西山雨。

闲云潭影日悠悠,物换星移几度秋。

阁中帝子今何在?槛外长江空自流。

【注释】

[1]星分翼轸:古人习惯以天上星宿与地上区域对应,称为"某地在某星之分野"。(洪州)属于翼、轸二星所对着的地面区域。

[2]棨戟,外有赤黑色缯作套的木戟,古时官吏出行时用作前导的一种仪仗。

[3]懿范:好榜样。

[4]襜帷:车上的帷幕,这里代指车马。

[5]骖騑:驾车的马匹。

[6]披绣闼,俯雕甍:打开精美的阁门,俯瞰雕饰的屋脊。

[7]闾阎:里门,这里代指房屋。

[8]销:通"消",消散。

[9]彭蠡:古代大泽,即现在的鄱阳湖。

[10]邺:今河北临漳,是曹魏兴起的地方。

[11]睇眄:看。

[12]吴会:古代绍兴的别称。

[13]帝阍:原指天帝的守门者,这里指皇帝的宫门。

[14]舛:不顺。

[15]宗悫:据《宋书·宗悫传》,宗悫字元干,南朝宋南阳人,年少时向叔父自述志向,云"愿乘长风破万里浪"。后因战功受封。

[16]簪笏:这里代指官职。簪,束发戴冠用来固定帽子的簪。笏,朝见皇帝时用来记事的手版。

【赏析】

作者王勃,字子安,六岁能文,青年时代"迫乎家贫,道未成而受禄",出仕后又两次被废官,27 岁时去交趾看望父亲,溺水受惊而死。王勃与杨炯、卢照邻、骆宾王并称"初唐四杰",四杰中当以王勃成就最大。

本文原题为《秋日登洪府滕王阁饯别序》,全文运思谋篇,都紧扣这个题目。全文共分五部分,第一段为第一部分,写洪都雄伟的地势、游玩的时间、珍异的物产、杰出的人才以及尊贵的宾客,紧扣题中"洪府"二字来写。第二、三段为第二部分,展示一幅流光溢彩的滕王阁秋景图,近观远眺,都是浓墨重彩,写出了滕王阁壮美而又秀丽的景色,紧扣题目"秋日""登滕王阁"六字来写。第四、五段为第三部分,由对宴会的描写转而引出人生的感慨,紧扣题目中"饯"字来写。第四部分自叙旅程和志向,对宾主的知遇表示感谢,对参加宴会并饯别作序表示荣幸,这是紧扣题中"别""序"二字来写。最后一部分为诗作。全文层次井然,脉络清晰;由地及人,由人及景,由景及情,可谓丝丝入扣,层层扣题。

全文充分发挥了骈文的特点,辞采华美,融对偶、声韵、用典等手法于一文,表现了比较丰富的内容,流露出作者的真情实感,具有很强的艺术感染力。

【诵读分析】

总体基调:

壮丽雄伟、宏大高雅、心酸悲怆。

声音状态:

第一部分(第 1 段)。气足声实,气稳声明。句内补气及时,音高、音强总体稳定。

第二部分(第 2—3 段)。第 2 段前四句,气徐声柔,音色柔美;后转气足声强,音色明亮,气舒声展;第三段前 8 小句,气稳声实,音量适中。"云销雨霁"至"秋水共长天一色",气多声虚,抒描性强;"渔舟唱晚"至"声断衡阳之浦",气足声放,音量较大。

第三部分(第 4—5 段)。第 4 段,气足声明,句内补气及时,较为连贯;"穷睇眄于中天"至"天柱高而北辰远",气足声放,气息舒展,声音较强;"关山难越"至段末,气沉声叹,声音渐低,发出慨叹。第 5 段,气足声叹,虚声较多,抒发感慨。

第四部分(第 6—7 段)。第 6 段,气稳声实,音量适中;第 7 段,气足声放,抒发感慨。

第五部分,诗作。前 4 句,气稳声实;后四句,气多声虚。

节奏变化:

第一部分:中速、扬升、轻快型

第二部分：慢速、扬升、轻快型

第三部分：中速、平稳、抒情型

第四部分：慢速、降抑、抒情型

第五部分：慢速、平稳、轻快型

难点处理：

本文为骈体文，多四字句、六字句、七字句，句式错落、节奏分明，辞采优美。诵读时，通过有声语言表现其节奏韵律之美应成为重点之一。可结合文句字数与语意对其进行语节划分，对句的诵读节奏应基本相同，并有所变化，进而形成全篇的诵读节奏。

字音提示：

星分翼轸（zhěn）；棨（qǐ）戟；懿（yì）范；襜（chān）帷；骖（cān）騑（fēi）；披绣闼（tà），俯雕甍（méng）；闾（lú）阎（yán）；彭蠡（lǐ）；邺（yè）；睇（dì）眄（miǎn）；吴会（kuài）；帝阍（hūn）；舛（chuǎn）；宗悫（què）；簪（zān）笏（hù）

（三十六）送杜少府之任蜀州

（王勃）

城阙辅三秦[1]，风烟望五津[2]。

与君离别意，同是宦游人[3]。

海内存知己，天涯若比邻。

无为在歧路[4]，儿女共沾巾。

【注释】

[1]城阙：即城楼，指唐代京师长安城。三秦：泛指长安城附近的关中之地，即今陕西省潼关以西一带。

[2]五津：指四川省从灌县以下到犍为一段的岷江五个渡口（白华津、万里津、江首津、涉头津、江南津）。

[3]宦游：出外做官。

[4]歧路：岔路。古人送行常在大路分岔处告别。

【赏析】

《送杜少府之任蜀州》是唐代文学家王勃的诗作，是诗人在长安时创作的。诗中姓杜的少府即将到四川上任，王勃在长安相送，是临别时赠送给友人的送别诗，意在慰勉友人不要在离别的时候悲伤。

首联"城阙辅三秦，风烟望五津"描绘出送别地与友人任职地的地形风貌，其中隐含送别之意。诗人站在京城郊外，看到雄伟的长安城被辽阔的三秦之地所拱卫，向远处眺望，在风烟迷蒙的地方便是杜少府要赴任的四川"五津"。这一开笔就创造出雄浑壮阔的气象。

颔联"与君离别意，同是宦游人"是在劝慰友人：彼此都是远离故土、宦游他乡之人，离别乃常事，不必悲伤。诗人在这里用两人的处境相似、感情一致来宽慰友人，借此减轻友人的悲伤。

颈联"海内存知己，天涯若比邻"两句的境界从狭小转为宏大。远离分不开知己，只要同在四海之内，就是天涯海角也如同邻居一样。这两句表明友谊不受时间的限制和空间的阻隔,是永恒的,无所不在的,给人以莫大的安慰和鼓舞,因而成为脍炙人口的千古名句。

尾联"无为在歧路,儿女共沾巾"点出"送"的主题,以劝慰杜少府作结。这是诗人临别时对朋友的叮咛,也是自己情怀的吐露。

【诵读分析】

总体基调:
壮阔旷达、深沉凄恻、豪迈乐观。

声音状态:
首联,气沉声实,气足声强,音色浑厚、有力。
颔联,气沉声虚,气量较大,音色低沉、虚轻。
颈联,气足声实,音量较大,音色明朗、高亢。
尾联,气沉声低,音量较轻,音色低沉、内敛。

节奏变化:
首联:中速、扬升、轻快型
颔联:慢速、降抑、舒缓型
颈联:中速、扬升、高亢型
尾联:慢速、降抑、低沉型

难点处理:

1.本诗是一首送别诗,它有别于以往送别诗中的悲苦缠绵,而是清新高远、豪迈旷达。诵读时,应具体分析诗作的内容和背景,把握准确的情感基调,尤其是各部分之间的情绪转换与衔接,应细致、合理,呈现"放—收—放—收"的情感运动,并将"海内存知己,天涯若比邻"这一千古名句的情绪精确体现。

2.节奏是诗歌的生命,也是诵读处理的难点。诵读本诗时,应充分体现古诗的节奏感,划分好语言节拍,并将其有变化地呈现出来。

字音提示:
城阙(què);宦(huàn)游人;歧(qí)路

（三十七）春江花月夜

（张若虚）

春江潮水连海平，海上明月共潮生。
滟滟随波千万里，何处春江无月明[1]！
江流宛转绕芳甸，月照花林皆似霰[2]；
空里流霜不觉飞，汀上白沙看不见。
江天一色无纤尘，皎皎空中孤月轮。
江畔何人初见月？江月何年初照人？
人生代代无穷已，江月年年只相似。
不知江月待何人，但见长江送流水。
白云一片去悠悠，青枫浦上不胜愁。
谁家今夜扁舟子？何处相思明月楼？
可怜楼上月徘徊，应照离人妆镜台。
玉户帘中卷不去，捣衣砧上拂还来[3]。
此时相望不相闻，愿逐月华流照君。
鸿雁长飞光不度，鱼龙潜跃水成文。
昨夜闲潭梦落花，可怜春半不还家。
江水流春去欲尽，江潭落月复西斜。
斜月沉沉藏海雾，碣石潇湘无限路[4]。
不知乘月几人归，落月摇情满江树。

【注释】

[1]滟滟：波光荡漾的样子。

[2]芳甸：开满花草的郊野。甸，郊外之地。霰：天空中降落的白色不透明的小冰粒。
形容月光下春花晶莹洁白。

[3]捣衣砧：捣衣石、捶布石。

[4]碣石、潇湘：一南一北，暗指路途遥远，相聚无望。

【赏析】

《春江花月夜》是唐代诗人张若虚的诗作。此诗运用富有生活气息的清丽之笔,以月为主体,以江为场景,描绘了一幅幽美邈远、惝恍迷离的春江月夜图,抒写了游子思妇真挚动人的离情别绪以及富有哲理意味的人生感慨。

全诗紧扣春、江、花、月、夜的背景来写,而又以月为主体,以写月作起,以写月落结。"月"是诗中情景兼容之物,它跳动着诗人的脉搏,在全诗中犹如一条生命纽带,贯通上下,诗情随着月轮的升落而起伏曲折。从明月、江流、青枫、白云到水纹、落花、海雾等众多的景物,以及客子、思妇种种细腻的感情,通过环环紧扣、连绵不断的结构方式组织起来。由春江引出海,由海引出明月,又由江流明月引出花林,引出人物,转情换意,前后呼应,若断若续,使诗歌既完美严密,又有反复咏叹的艺术效果。

诗歌前半部重在写景,是写实,但如"何处春江无月明""空里流霜不觉飞"等句子,同时也体现了人物的想象和感觉。后半部重在抒情,这情是在景的基础上产生的,如长江流水、青枫白云、帘卷不去、拂砧还来等句,景中亦自有情,结尾一句,更是情景交融的名句。

全诗共三十六句,每四句一换韵,通篇融诗情、画意、哲理为一体,洗净了六朝宫体的浓脂腻粉,具有极高的审美价值,素有"孤篇盖全唐"之誉。被闻一多先生誉为"诗中的诗,顶峰上的顶峰"。

【诵读分析】

总体基调:
宏伟壮观、清雅优美、凄苦寂寞。

声音状态:
第一部分,从"春江潮水连海平"到"汀上白沙看不见"。前四句气足声放,音色明亮,宏伟壮丽。后四句气徐声柔,转气弱声轻。

第二部分,从"江天一色无纤尘"到"但见长江送流水"。"江天一色无纤尘,皎皎空中孤月轮",气稳声平,小实声;后转气沉声叹,气缓声虚。

第三部分,从"白云一片去悠悠"到"落月摇情满江树"。气缓声平,偏虚小实声;最后两句气徐声低,收束全篇。

节奏变化:
第一部分:中速、扬升、轻快型
第二部分:慢速、平缓、低沉型
第三部分:中速、平缓、低沉型

难点处理：

1.诵读本诗,处理好七言诗句的节奏感是一大难点。诵读时,应对诗句进行合理停顿,或"二二三"式,或"四三"式。结合句意和诗情,对划分好的语节进行扬抑、快慢、停连的处理,形成丰富、合理的语流和自然、舒适的听感,避免语势单调、乏味。

2.诵读本诗的另一难点在于"押韵"。本诗三十六句,四句一换韵,共换九韵。诵读时,在尊重诗作层次的基础上,应自然地将每四句组合成小层次,将韵脚适当突出,形成有区分、有变化的韵律感。

3.将诗意表达清晰是诵读本诗的又一难点。诵读时,应对诗作中的各意象进行充分想象、联想,深入理解、感受,将凝练的字句形成准确的情感和画面,呈现"春""江""花""月""夜"的生动多姿。

字音提示：

滟(yàn)滟;芳甸(diàn);霰(xiàn);捣衣砧(zhēn);碣(jié)石

（三十八）过故人庄

（孟浩然）

故人具鸡黍[1]，邀我至田家。

绿树村边合，青山郭外斜。

开轩面场圃，把酒话桑麻[2]。

待到重阳日，还来就菊花。

【注释】

[1]具：准备，置办。鸡黍：指农家待客的丰盛饭食（字面指鸡和黄米饭）。

[2]把酒：端着酒具，指饮酒。话桑麻：闲谈农事。桑麻，桑树和麻，这里泛指庄稼。

【赏析】

《过故人庄》是唐代诗人孟浩然创作的一首五言律诗，描写诗人隐居鹿门山时应邀到一位乡村老朋友家做客的经过。《过故人庄》是一首田园诗，描写了农家恬静闲适的生活情景，也描写了与老朋友的深厚情谊。通过对田园生活风光的描写，表现出诗人对这种生活的向往。

全诗描绘了幽美的山村风光和恬静的田园生活，用语平淡无奇，叙事自然流畅，没有雕琢的痕迹，然而感情真挚、诗意醇厚，成为田园诗篇中的佳作。

"故人具鸡黍，邀我至田家"从应邀写起，朋友之间不用客套，不讲排场，待客之道简朴、真诚。"绿树村边合，青山郭外斜"是描写山村风光的名句，绿树环绕，青山横斜，犹如一幅清淡的水墨画，清淡而又幽静。"开轩面场圃，把酒话桑麻"写山村生活的情趣。面对场院菜圃，边饮酒边谈论庄稼，富有强烈的农村风味和劳动生活气息。"待到重阳日，还来就菊花"以重阳节还来相聚写出友情之深，言有尽而意无穷。

【诵读分析】

总体基调：

轻快愉悦、真诚朴实、明朗豁达。

声音状态：

首联，气足声高，音量适中，音色明朗、愉悦

颔联，气稳声实，实中间虚，音色朴实、柔美

颈联，气足声强，气息量大，音色明亮、有力

尾联，句前吸气，前句气足声实，后句气强声虚，音色柔美、愉悦，收束全篇

节奏变化：

首联：中速、扬升、轻快型

颔联：慢速、平稳、轻快型

颈联：中速、扬升、轻快型

尾联：慢速、波峰、轻快型

难点处理：

1.本诗篇幅较短，语言朴实，情感鲜明。理解和诵读的难度相对较易。但由于文字简洁、内涵丰富，诵读时，应注意用语言的细微变化，表现故人相聚的丰富情节和环境的层次变化。

2.从另一个角度看，篇幅较短也给本诗的诵读带来了一定难度。诵读时，语速应适当放慢，在每句"二三"语节划分的基础上，运用快慢、停连等技巧，于变化中体现诗歌的韵律感。

字音提示：

具鸡黍（shǔ）；郭外斜（xiá）；还（huán）来

（三十九）蜀道难

（李白）

　　噫吁嚱[1]，危乎高哉！蜀道之难，难于上青天！蚕丛及鱼凫[2]，开国何茫然[3]！尔来四万八千岁[4]，不与秦塞通人烟[5]。西当太白有鸟道[6]，可以横绝峨眉巅[7]。地崩山摧壮士死，然后天梯石栈相钩连[8]。上有六龙回日之高标，下有冲波逆折之回川[9]。黄鹤之飞尚不得过[10]，猿猱欲度愁攀援[11]。青泥何盘盘[12]，百步九折萦岩峦[13]。扪参历井仰胁息[14]，以手抚膺坐长叹[15]。

　　问君西游何时还[16]？畏途巉岩不可攀[17]。但见悲鸟号古木[18]，雄飞雌从绕林间。又闻子规啼夜月，愁空山。蜀道之难，难于上青天，使人听此凋朱颜[19]！连峰去天不盈尺[20]，枯松倒挂倚绝壁。飞湍瀑流争喧豗[21]，砯崖转石万壑雷[22]。其险也如此，嗟尔远道之人胡为乎来哉[23]！

　　剑阁峥嵘而崔嵬[24]，一夫当关，万夫莫开。所守或匪亲[25]，化为狼与豺。朝避猛虎，夕避长蛇；磨牙吮血，杀人如麻。锦城虽云乐[26]，不如早还家。蜀道之难，难于上青天，侧身西望长咨嗟[27]！

【注释】

[1]噫吁嚱：惊叹声，蜀方言，表示惊讶的声音。

[2]蚕丛、鱼凫：传说中古蜀国两位国王的名字。

[3]何：多么。茫然：完全不知道的样子。

[4]尔来：从那时以来。四万八千岁：极言时间之漫长，夸张而大约言之。

[5]秦塞：秦的关塞，指秦地。通人烟：人员往来。

[6]西当：在西边的。当，在。太白：太白山。鸟道：指连绵高山间的低缺处，只有鸟能飞过，人迹所不能至。

[7]横绝：横越。峨眉巅：峨眉顶峰。

[8]天梯：非常陡峭的山路。石栈：栈道。

[9]冲波：水流冲击腾起的波浪，这里指激流。逆折：水流回旋。回川：有漩涡的河流。

[10]黄鹤：即黄鹄，善飞的大鸟。尚：尚且。得：能。

［11］猿猱：蜀山中最善攀援的猴类。

［12］青泥：青泥岭，在今甘肃徽县南，陕西略阳县北。盘盘：曲折回旋的样子。

［13］百步九折：百步之内拐九道弯。萦：盘绕。岩峦：山峰。

［14］扪参历井：参、井是二星宿名。扪，用手摸。历，经过。胁息：屏气不敢呼吸。

［15］膺：胸。坐：徒，空。

［16］君：入蜀的友人。

［17］畏途：可怕的路途。巉岩：险恶陡峭的山壁。

［18］但见：只听见。号古木：在古树木中大声啼鸣。

［19］凋朱颜：红颜带忧色，如花凋谢。凋，使动用法，使……凋谢，这里指脸色由红润变成铁青。

［20］去：距离。盈：满。

［21］飞湍：飞奔而下的急流。喧豗：喧闹声，这里指急流和瀑布发出的巨大响声。

［22］砯崖：水撞石之声。砯，水冲击石壁发出的响声，这里作动词用，冲击的意思。转：使滚动。壑：山谷。

［23］嗟：感叹声。尔：你。胡为：为什么。来：指入蜀。

［24］剑阁：又名剑门关，在四川剑阁县北，是大、小剑山之间的一条栈道，长约三十里。峥嵘、崔嵬：都是形容山势高大雄峻的样子。

［25］所守：指把守关口的人。或匪亲：倘若不是可信赖的人。匪，同"非"。

［26］锦城：成都古代以产棉闻名，朝廷曾经设官于此，专收棉织品，故称锦城。

［27］咨嗟：叹息。

【赏析】

《蜀道难》是中国唐代伟大诗人李白的代表作品，大约是唐玄宗天宝初年，李白第一次到长安时写的。此诗以浪漫主义的手法，展开丰富的想象，艺术地再现了蜀道峥嵘、突兀、强悍、崎岖等奇丽惊险和不可凌越的磅礴气势，借以歌咏蜀地山川的壮秀，显示出祖国山河的雄伟壮丽，充分显示了诗人的浪漫气质和热爱自然的感情，并从中透露了对社会的某些忧虑和关切。

诗人大体按照由古及今、自秦入蜀的线索，抓住各处山水特点来描写，以展示蜀道之难。全诗共三段，以"蜀道之难难于上青天"为核心句，串起全文。这句点题诗句，直抒胸臆，高声慨叹蜀道之难，像交响乐的主旋律在全诗三段中依次出现，激荡人心，有层递强化、一唱三叹之妙。第一段紧扣"蜀道难"的题旨，将历史传说与生动描写融为一体，将蜀道之难写得神奇之至。第二段写蜀道之险，第三段落笔蜀中要塞——剑阁，写剑阁之险恶。

这首令人荡气回肠的乐府古诗，用浪漫主义手法，以变化莫测的笔法、神奇魔幻的神话传说、天马行空的想象、恣意的夸张、酣畅淋漓的描摹，艺术地展现了古老蜀道的高峻、艰险、奇恶之象，创造出雄奇阔大的艺术境界，寄寓了诗人强烈的感慨,具有极高的艺术造诣。

【诵读分析】

总体基调:

气势磅礴、豪放洒脱、热情赞叹。

声音状态:

第一段,"噫吁嚱,危乎高哉! 蜀道之难,难于上青天!"气足声强,声音有力,音节较长,气息托住。"蚕丛及鱼凫"至段末,气沉声低,逐渐转气足声强,实声居多,声音高亢、音色明亮、有力。

第二段,气沉声叹进而气沉声低,气息较沉,声音偏低,力度偏重,音色暗淡。

第三段,"剑阁峥嵘而崔嵬"至"不如早还家"。气足声强,实声居多,声音较高,音色明亮、有力;"蜀道之难,难于上青天,侧身西望常咨嗟",气沉声叹,气力较强,声音放开,末句缓慢收尾。

节奏变化:

第一段:中速、扬升、高亢型

第二段:慢速、平稳、舒缓型

第三段:快速、降抑、紧张型

难点处理:

1.本文从多个层面描述了蜀道的险要,气势磅礴,内容绚丽。诵读时,需要用到较高的音声规格和语言规格,声音洪亮、力度强重,语势张扬,起伏较大。因此,做好充分的气息准备、音声准备、语言准备就显得尤为重要。气息要足而有力,呼吸自如;声音要能高能强,明亮集中;语言要起得来、下得去。

2.全诗二百九十四字,律体与散文间杂,文具参差,一唱三叹,令人读来酣畅淋漓。诵读时,应注意"律"体与"散"体在有声语言上的结合,律句律动有节,散句表达流畅,语意清晰,两者有机结合,形成本诗独特的节奏感。

字音提示:

噫(yī)吁(xū)嚱(xī);鱼凫(fú);秦塞(sài);峨眉巅(diān);石栈(zhàn);黄鹄(hú);猿猱(náo);萦(yíng);扪(mén)参(shēn)历井;膺(yīng);巉(chán)岩;号(háo)古木;飞湍(tuān);喧豗(huī);砯(pīng)崖;壑(hè);嗟(jiē);崔(cuī)嵬(wéi);匪(fěi)亲;咨(zī)嗟

(四十) 将进酒[1]

(李白)

君不见，黄河之水天上来，奔流到海不复回。
君不见，高堂明镜悲白发，朝如青丝暮成雪。
人生得意须尽欢，莫使金樽空对月。
天生我材必有用，千金散尽还复来。
烹羊宰牛且为乐，会须一饮三百杯。
岑夫子，丹丘生，将进酒，杯莫停[2]。
与君歌一曲，请君为我倾耳听。
钟鼓馔玉不足贵，但愿长醉不复醒[3]。
古来圣贤皆寂寞，惟有饮者留其名。
陈王昔时宴平乐，斗酒十千恣欢谑[4]。
主人何为言少钱，径须沽取对君酌。
五花马、千金裘，
呼儿将出换美酒，与尔同销万古愁！

【注释】

[1] 将进酒:请饮酒。乐府古题,原是汉乐府短箫铙歌的曲调。

[2] 岑夫子:岑勋。丹丘生:元丹丘。两人均为李白的好友。

[3] 钟鼓:富贵人家宴会中奏乐使用的乐器。馔玉:形容食物如玉一样精美。

[4] 陈王:指陈思王曹植。平乐:观名。在洛阳西门外,为汉代富豪显贵的娱乐场所。

恣:纵情任意。谑:戏。

【赏析】

《将进酒》是唐代大诗人李白的名篇。此诗思想内容非常深沉,艺术表现非常成熟,在同题作品中影响最大。诗人豪饮高歌,借酒消愁,抒发了忧愤深广的人生感慨。全诗情感饱满,无论喜怒哀乐,其奔涌迸发均如江河流泻,不可遏止,且起伏跌宕,变化剧烈。

诗篇开头就是两组整齐的长句,如挟天风海雨向读者迎面扑来。"君不见,黄河之水天上来,奔流到海不复回"为空间范畴的夸张,"君不见,高堂明镜悲白发,朝如青丝暮成雪"为时间范畴的夸张。两组长句以河水一去不复返比喻人生易逝,如此,应及时行乐,莫负光阴。"天生"十六句,写人生富贵不能长保,因而"千金散尽""且为乐"。同时指出"自古圣贤皆寂寞",只有"饮者留名"千古,并以陈王曹植为例,抒发了诗人内心的不平。"主人"六句结局,写诗人酒兴大作,"五花马""千金裘"都不足惜,只图一醉方休,表达了诗人旷达的胸怀。"天生我材必有用"句,是诗人自信为人的自我价值,也流露怀才不遇和渴望用世的积极思想感情。

《将进酒》篇幅不算长,却五音繁会、气象不凡。它笔酣墨饱,情极悲愤而作狂放,语极豪纵而又沉着。诗篇具有震动古今的气势与力量,这诚然与夸张手法不无关系,比如诗中屡用巨额数目字("千金""三百杯"等)表现豪迈诗情,同时,又不给人空洞浮夸感,其根源就在于它那充实深厚的内在感情,那潜在酒话底下如波涛汹涌的郁怒情绪。

【诵读分析】

总体基调:

失望忧愤、豪纵旷达、自信狂放。

声音状态:

第一部分,开头四句。气足声强,声音奔放、豪纵,声气结合,形成咏叹。

第二部分,从"人生得意须尽欢"到"请君为我侧耳听"。气足声欢,虚实相间。逐渐气足声实,明亮有力。

第三部分,"钟鼓馔玉不足贵,但愿长醉不复醒",气提声收,转气足声虚;"古来圣贤皆寂寞,惟有饮者留其名",顺上句,气收声轻,转气多声叹;"陈王昔时宴平乐,斗酒十千恣欢谑",气稳声平,转气足声重。

第四部分,从"主人何为言少钱"到"与尔同销万古愁",气足声放,补气及时,句子连贯,声音强而更强,至末句音量最大,狂放宣泄。

节奏变化:

第一部分:中速、扬升、高亢型

第二部分:中速、扬升、高亢型

第三部分:中速、平稳、高亢型

第四部分:快速、扬升、高亢型

难点处理:

1.本诗的主体情感奔放、激越,情感浓度高、音声张力大。诵读时,需基本保持高亢的节奏,对用气发声的要求较高。"情取其高、气取其深"在诵读本诗时体现得较为明显。响亮的用声需要具备扎实的用气能力与换气技巧,如在诵读第四部分时候,不但每一小句都要气足声放,还应吸气及时,快速连接下一句,才能形成紧张节奏、表达狂放的情感。

2.把握好情感分寸与用声的尺度,是诵读本文的另一难点。"狂"至几成、"放"至几分才最恰当?需要诵读者细致体会诗作的情感与诗句的情绪,切忌处理成"一喊到底""空洞无味"。

字音提示:

将(qiāng)进酒;馔(zhuàn)玉;平乐(lè);恣欢谑(xuè)

（四十一）梦游天姥吟留别

（李白）

海客谈瀛洲[1]，烟涛微茫信难求，越人语天姥[2]，云霞明灭或可睹。天姥连天向天横，势拔五岳掩赤城[3]。天台一万八千丈，对此欲倒东南倾。

我欲因之梦吴越，一夜飞渡镜湖月。湖月照我影，送我至剡溪[4]。谢公宿处今尚在[5]，渌水荡漾清猿啼[6]。脚著谢公屐，身登青云梯。半壁见海日，空中闻天鸡。千岩万转路不定，迷花倚石忽已暝。熊咆龙吟殷岩泉[7]，栗深林兮惊层巅。云青青兮欲雨，水澹澹兮生烟[8]。列缺霹雳[9]，丘峦崩摧，洞天石扉[10]，訇然中开[11]。青冥浩荡不见底[12]，日月照耀金银台[13]。霓为衣兮风为马，云之君兮纷纷而来下。虎鼓瑟兮鸾回车[14]，仙之人兮列如麻。忽魂悸以魄动[15]，恍惊起而长嗟。惟觉时之枕席，失向来之烟霞[16]。

世间行乐亦如此，古来万事东流水。别君去兮何时还？且放白鹿青崖间[17]，须行即骑访名山。安能摧眉折腰事权贵[8]，使我不得开心颜！

【注释】

[1]瀛洲：古代传说中的东海三座仙山之一（另两座叫蓬莱和方丈）。

[2]越人：指浙江一带的人。

[3]赤城：和下文的"天台"都是山名，在今浙江天台北部。

[4]剡溪：水名，在浙江嵊州南面。

[5]谢公：指南朝诗人谢灵运。

[6]渌：清。

[7]殷：这里用作动词，震响。

[8]澹澹：波浪起伏的样子。

[9]列缺：指闪电。

[10]洞天：仙人居住的洞府。扉：门扇。

[11]訇然：形容声音很大。

[12]青冥：指天空。

[13]金银台：金银铸成的宫阙，指神仙居住的地方。

[14]鸾回车：鸾鸟驾着车。

[15]魂悸：心跳。

[16]失向来之烟霞：刚才梦中所见的烟雾云霞消失了。向来，原来。

[17]白鹿：传说神仙或隐士多骑白鹿。青崖：青山。

[18]摧眉折腰：低头弯腰，即卑躬屈膝。摧眉，即低眉。

【赏析】

《梦游天姥吟留别》是唐代伟大诗人李白的诗作。唐玄宗天宝三年(744)，李白在长安受到排挤，被放出京。第二年，他将从东鲁（今山东省）南游吴越，写了这首描绘梦中游览天姥山情景的诗，留给东鲁的朋友。

这是一首记梦诗，也是一首游仙诗。此诗以记梦为由，抒写了诗人对光明、自由的渴求，对黑暗现实的不满，表现了诗人蔑视权贵、不卑不屈的叛逆精神。

全诗分为三个段落。第一段是引子，写入梦的缘由。第一段凡三换韵脚，实即有三层转折。第一、二句看似与三、四句对举，实为陪笔。诗人认为"海客"谈论神山，实际上未必能真临其境；而越人所说的天姥山，尽管因为云霞明灭而时隐时现，却是实有其地。第三层"天姥连天"四句，用对比、夸张的手法，写天姥山高奇险峻。

第二段是主干，以全力写梦境。从诗的韵脚看，第二段凡七换韵，短则两句一韵，长则六句或八句一韵。换韵多意味着转折变化多，七次换韵有七层转折。第一层写入梦即到剡中。第二层八句为一韵，写夜行之景，宛如梦境。第三层两句一韵，写所见之变化迅疾。第四层用楚骚句法，所闻如熊咆龙吟，感到身居高危之地，不免惊栗。第五层写到震耳欲聋的霹雳声，山崩地裂声。第六层两句写了仙人纷至沓来的动态，情景俱变。第七层随即写由梦境而惊醒，又回到了现实的人间。

最后一段是结语，只有两层。第一层是诗人总结出来的哲理。"古来万事东流水"，虽有消极意味，然而是现实给他的启发。第二层则为述志。自己绝不会依附豪门，摧眉折腰而辱身降志。

全诗构思精巧，意境宏伟，内容丰富，感慨深沉，富有浪漫主义色彩。

【诵读分析】

总体基调：

热烈奔放、磅礴雄伟、酣畅淋漓。

声音状态：

第一段，"海客谈瀛洲，烟涛微茫信难求"，气足声实、气力较大、声音较高；"越人语天姥，云霞明灭或可睹"，气提声虚，音色虚实相间；从"天姥连天向天横"到"对此欲倒东南倾"，气足声实，气力较足，音量较大，气势磅礴。

第二段，"我欲因之梦吴越，一夜飞渡镜湖月"，气足声实，气量较大，音色愉悦；"湖月照我影，送我至剡溪"，气提声扬，音色较柔；"谢公宿处今尚在，渌水荡漾清猿啼"，气沉声强；"脚著谢公屐，身登青云梯"，气足声放，气量较多；"半壁见海日，空中闻天鸡"，气足声实，音色明朗；"千岩万转路不定，迷花倚石忽已暝"，气渐弱，声渐低；"熊咆龙吟殷岩泉"至"洞天石扉，訇然中开"，气足声重，音量渐强；"青冥浩荡不见底，日月照耀金银台"，气足声朗，音色明亮；"霓为衣兮风为马，云之君兮纷纷而来下"，气多声虚，气力较强，音色较柔；"虎鼓瑟兮鸾回车，仙之人兮列如麻"，气足声实，气多声强；"忽魂悸以魄动"气提声促；"恍惊起而长嗟"气足声叹；"惟觉时之枕席，失向来之烟霞"，气多声虚，气量较大，音色低沉。

第三段，"世间行乐亦如此，古来万事东流水"，句前吸气，气足声叹，声音较实、低沉；最后两句，气足声实，音量坚强，音色坚定。

节奏变化：

第一段：中速、扬升、轻快型

第二段：快速、扬升、高亢型

第三段：慢速、降抑、低沉型

难点处理：

1.本诗是一首记梦诗，作者想象夸张，超脱现实，内容五彩斑斓、气势磅礴。在诵读，尤其在诵读前两部分时，应在语气和声音上体现这一点，发挥浪漫主义色彩，不可太"现实"。

2.第二段是本文的重点部分。尤其从"半壁见海日"至"仙之人兮列如麻"这段，内容气势磅礴，较为连贯，诵读的难度较大。应运用较强的声音和灵活的气息进行诵读处理。

字音提示：

瀛（yíng）洲；天台（tāi）；剡（shàn）溪；渌（lù）水；殷（yǐn）；澹（dàn）澹；扉（fēi）；訇（hōng）然

（四十二）把酒问月·故人贾淳令予问之

（李白）

青天有月来几时？我今停杯一问之。

人攀明月不可得，月行却与人相随。

皎如飞镜临丹阙[1]，绿烟灭尽清辉发[2]。

但见宵从海上来，宁知晓向云间没[3]？

白兔捣药秋复春[4]，嫦娥孤栖与谁邻？

今人不见古时月，今月曾经照古人。

古人今人若流水，共看明月皆如此。

唯愿当歌对酒时，月光长照金樽里。

【注释】

[1]丹阙：朱红色的宫殿。

[2]绿烟：指遮蔽月光的浓重云雾。

[3]没：隐没。

[4]白兔捣药：神话传说月中有白兔捣仙药。

【赏析】

《把酒问月》是唐代伟大诗人李白应友人之请创作的一首咏月抒怀诗。诗人以纵横恣肆的笔触，多侧面、多层次描摹了孤高的明月形象，从饮酒问月开始，以邀月临酒结束，反映了诗人对世事推移、人生短促的感叹。

全诗十六句，每四句一换韵。前两句以倒装句式统摄全篇，以疑问句表达诗人"青天有月来几时"的困惑。明月高高挂在天上，会使人生出"人攀明月不可得"之感。然而当你无意于追攀时，她却会万里相随，依依不舍。"皎如"两句写月色之美。诗人以"飞镜"为喻，以"丹阙""绿烟"为衬，将皎皎明月写得光彩夺目。"但见"两句借明月的夜出晓没现象感叹时光易逝。明月夜间从东海升起，拂晓时消逝于西天，如此循环不已。这两句表达了诗人对明月踪迹难寻的惊异。

"嫦娥"两句,诗人驰骋想象,就月中的白兔、嫦娥发问。月中白兔年复一年不辞辛劳地捣药,为的什么?碧海青天夜夜独处的嫦娥,该是多么寂寞?在对神物、仙女寂寞命运的同情中,流露出诗人自己孤苦的情怀。"今人"两句,在回环唱叹中抒发人生有限而宇宙无穷的感叹。后两句在前两句基础上进一步把明月长在而人生短暂之意渲染得酣畅淋漓。最后两句则归结到及时行乐的主题上来。

全诗感情饱满奔放,语言流畅自然,极富回环错综之美。全诗由酒写到月,又从月归到酒,在空间和时间的主观感受中,表达对宇宙和人生的哲理思考。

【诵读分析】

总体基调:

困惑不解、同情孤寂、潇洒飘逸。

声音状态:

第一部分,前两句。气足声实。首句声音渐高,二句音量渐弱,总体平稳。

第二部分,从"人攀明月不可得"到"绿烟灭尽清辉发"。"人攀明月不可得"气沉声低,自我沉思,表达内在;"月行却与人相随"气提声扬,声音渐高,内含疑惑;"皎如飞镜临丹阙"气足声实,音色明朗;"绿烟灭尽清辉发"气沉声低,气多声虚。

第三部分,从"但见宵从海上来"到"嫦娥孤栖与谁邻"。前两句由气沉声实转而气提声弱,后两句由气沉声实转而气提声疑,形成由低到高、再由低到高的回环。

第四部分,从"今人不见古时月"到"共看明月皆如此"。前两句气沉声低,声音实中偏虚;后两句气足声低,气力较大,音色较虚,气尽声没。

第五部分,最后两句。前句气足声实,声音明朗,气力较大,音量较强;后句音量渐弱,收束全篇。

节奏变化:

第一部分:慢速、扬升、轻快型

第二部分:慢速、平稳、轻快型

第三部分:中速、扬升、轻快型

第四部分:中速、降抑、低沉型

第五部分:慢速、波峰、轻快型

难点处理:

1.本诗的韵律感较强。诵读时,应注意在有声语言中体现这一点。具体做法为：在"二二三""四三"语节划分的基础上，再进行停连、快慢、高低、轻重的变化，使变中有序，节奏鲜明。

2.本诗前半部分主要为作者面对月亮所发出的多重疑问，后半部分表达了人生短暂、应及时行乐的感慨，风格潇洒飘逸，诵读时，应注意把握准确的情感基调。

字音提示：

临丹阙（què）；金樽（zūn）；没（mò）

（四十三）石壕吏

（杜甫）

暮投石壕村,有吏夜捉人。老翁逾墙走,老妇出门看。吏呼一何怒,妇啼一何苦。听妇前致词,三男邺城戍[1]。一男附书至,二男新战死。存者且偷生,死者长已矣。室中更无人,惟有乳下孙。有孙母未去,出入无完裙。老妪力虽衰[2],请从吏夜归。急应河阳役,犹得备晨炊。夜久语声绝,如闻泣幽咽。天明登前途,独与老翁别。

【注释】

[1]邺城:即相州,在今河南安阳。戍:防守,这里指服役。
[2]老妪:老妇人。

【赏析】

《石壕吏》是"诗圣"杜甫的一首杰出的现实主义叙事诗,诗歌深刻反映了安史之乱使老百姓痛失亲人、流离失所这一事实,基调十分悲痛,表达了诗人的无奈、悲愤和对战争的痛恨。这首诗是当时战乱中苦难百姓的真实写照,见证了那一段凄风苦雨的岁月,是安史之乱时期的一面镜子,堪称"诗史"。

前四句可看作第一部分,是事件发生的序幕。"暮投石壕村"一句交代诗人自己的行止和事件发生的时间地点。接着写官吏黑夜"捉人"和人们仓皇应变的惊骇场面,笔墨十分精练。从"吏呼一何怒"到"犹得备晨炊"这十六句,可看作第二部分,是诗的主要部分。它以老妇的对话为中心,反映了差吏抓人的全过程。老妇人的话可分为三层:首先陈述了战争夺去了儿子的沉重悲哀;继而老妇人申明家中已无应征之人;最后老人主动请求应役。在这里差吏的话全被略去,但通过老妇的对话,从侧面暗示了差吏的凶狠残暴。然而,差吏并不听老妇人的申诉和哀求,还是要征走老妇人的媳妇。老妇为了保全儿媳和孙子,只好挺身而出,被迫应役。末尾四句是最后一部分,是诗的尾声,写老妇被捉走后的凄凉情景。

在写作手法上,这首诗最突出的一点是寓主观于客观的描写。全篇句句叙事,无抒情语,亦无议论语,但实际上,诗人鲜明的爱憎感情,是通过所描写的情节和场面表现出来的。诗人巧妙地通过叙事抒了情、发了议论,爱憎十分强烈,倾向性十分鲜明。

【诵读分析】

总体基调：
悲痛悲愤、沉重悲哀、凄凉无奈。

声音状态：
第一部分,从"暮投石壕村"到"老妇出门看"。声音由稳实逐渐提起。

第二部分,"吏呼一何怒"到"犹得备晨炊"。第一句气足声实,后转而气沉声低,音色低暗;"存者且偷生,死者长已矣",气虚声暗,无力无奈;"请从吏夜归。急应河阳役,犹得备晨炊",气足声厉,明亮有力。

第三部分,从"夜久语声绝"到"独与老翁别"。气弱声低,进而气颤声抖。末句音量渐弱、音色渐暗。

节奏变化：
第一部分:中速、扬升、紧张型
第二部分:中速、降抑、凝重型
第三部分:慢速、降抑、低沉型

难点处理：

1. 本诗节奏鲜明、韵律感强,且具有较强的叙事性。诵读时,应在五言诗诵读语节和押韵的基础上,将故事的起承转合和故事细节"讲清楚",呈现律动的讲述感。

2. 第二部分是本诗的重点。老妇的诉说凄惨悲苦,诵读时应深刻体会、声情并茂。其又包含多个层次,诵读时,应充分运用"停连"和"语气"的技巧将这些层次区分清晰,在讲述中体现真实感。

字音提示：
邺（yè）城戍（shù）;老妪（yù）;急应（yìng）

（四十四）茅屋为秋风所破歌

（杜甫）

八月秋高风怒号，卷我屋上三重茅[1]。茅飞渡江洒江郊，高者挂罥长林梢[2]，下者飘转沉塘坳[3]。

南村群童欺我老无力，忍能对面为盗贼[4]，公然抱茅入竹去。唇焦口燥呼不得，归来倚杖自叹息。

俄顷风定云墨色[5]，秋天漠漠向昏黑[6]。布衾多年冷似铁[7]，娇儿恶卧踏里裂[8]。床头屋漏无干处，雨脚如麻未断绝[9]。自经丧乱少睡眠[10]，长夜沾湿何由彻？[11]

安得广厦千万间[12]，大庇天下寒士俱欢颜[13]，风雨不动安如山！呜呼！何时眼前突兀见此屋[14]，吾庐独破受冻死亦足[15]！

【注释】

[1]三重茅：几层茅草。三，泛指多。

[2]挂罥：挂着，挂住。罥：挂。长：高。

[3]塘坳：低洼积水的地方（即池塘）。

[4]忍能对面为盗贼：竟忍心这样当面做"贼"。忍能，忍心如此。

[5]俄顷：不久，一会儿，顷刻之间。

[6]秋天漠漠向昏黑：指秋季的天空阴沉迷蒙，渐渐黑了下来。

[7]布衾：布质的被子。衾，被子。

[8]恶卧：睡相不好。裂：使动用法，使……裂。

[9]雨脚如麻：形容雨点不间断，像下垂的麻线一样密集。雨脚，雨点。

[10]丧乱：战乱，指安史之乱。

[11]沾湿：潮湿不干。何由彻：如何才能挨到天亮。彻：彻晓。

[12]安得：如何能得到。广厦：宽敞的大屋。

[13]大庇：全部遮盖、掩护起来。寒士："士"原指士人，即文化人，但此处是泛指贫寒的士人们。

[14]突兀：高耸的样子，用来形容广厦。见：通"现"，出现。

[15]庐：茅屋。亦：一作"意"。足：值得。

【赏析】

《茅屋为秋风所破歌》是唐代伟大诗人杜甫旅居四川成都草堂期间创作的一首歌行体古诗。公元760年春天，杜甫求亲告友，在成都浣花溪边盖起了一座茅屋作为栖身之所。不料到了八月，大风破屋，大雨接踵而来。诗人彻夜难眠，写下来这篇典范之作。诗歌叙述了诗人的茅屋被秋风所破以致全家遭雨淋的痛苦经历，抒发了自己内心的感慨，体现了诗人忧国忧民的崇高思想境界。

全诗主题明确、节奏鲜明。以七言句式为主，其间，杂有九言句式。长句表现出沉郁顿挫之美，短句表现出奔放之美，两者结合，使得诗歌具有表现鲜明的音韵之美。其次，记叙、描写和议论结合。第一段以描写为主，"卷""飞""渡""洒""挂""飘"，一个接一个的动态组成一幅牵动人心的图画。第二段是前一段的发展，也是对前一段的补充。茅屋被风所破，茅草也无法收回，只得回家"倚杖自叹息"。第三段写屋破又遭遇连夜雨，情绪含蓄压抑。第四段以抒情为主，直抒忧民之情，情绪激越轩昂。

这首诗语言朴素、生动，不用典故，语言明白如话，而且读起来朗朗上口，极富有感染力和表现力。

【诵读分析】

总体基调：

焦急怨愤、愁惨无奈、奔腾铿锵。

声音状态：

第一段，从"八月秋高风怒号"到"下者飘转沉塘坳"。气足声实，音量较大，声音铺开。

第二段，从"南村群童欺我老无力"到"归来倚杖自叹息"。声音沉重、有力，由实渐虚。

第三段，"俄顷风定云墨色"到"长夜沾湿何由彻"。气提声浮，转而低沉、虚弱、无力。

第四段，从"安得广厦千万间"到"吾庐独破受冻死亦足"。气足声高，实声为主，明亮有力，进而气推声放。

节奏变化：

第一段：中速、扬升、高亢型

第二段：快速、平稳、低沉型

第三段：中速、降抑、凝重型

第四段：中速、扬升、高亢型

难点处理：

1.本诗的第一段画面宏大，最后一段情感奔放。诵读时，气息应深而有力，声音通畅、明亮，力度强。第三段情感愁惨无奈，亦需要诵读者具备较强的气息基础和声音弹性，有一定难度，需要诵读者具备扎实的用气发声基本功。

2.本诗大部分语句为七言，第二段和第四段中有九言句。诵读时，应结合语意，处理好七言句的语节，以"二二三""四三"为基础进行停顿处理，九言句以"四二三""二四三"为基础划分语节，做到表意清晰、节奏合理、顺畅。

字音提示：

三重（chóng）茅；挂罥（juàn）；长（cháng）；塘坳（ào）；俄顷（qǐng）；布衾（qīn）；丧（sāng）乱；广厦（shà）；大庇（bì）；突兀（wù）；见（xiàn）

（四十五）登高

（杜甫）

风急天高猿啸哀[1]，渚清沙白鸟飞回[2]。

无边落木萧萧下，不尽长江滚滚来。

万里悲秋常作客[3]，百年多病独登台。

艰难苦恨繁霜鬓[4]，潦倒新停浊酒杯[5]。

【注释】

[1]猿啸哀:指长江三峡中猿猴凄厉的叫声。

[2]渚:水中的小洲。沙:江边沙滩。鸟飞回:鸟在急风中飞舞盘旋。回,回旋。

[3]万里:指远离故乡。常做客:长期漂泊他乡。

[4]繁霜鬓:增多了白发,如鬓边着了霜雪。

[5]潦倒:衰颓,失意。这里指衰老多病,志不得伸。新停:新近停止。

【赏析】

《登高》是唐代伟大诗人杜甫的诗作,作于唐代宗大历二年(767),杜甫此时五十六岁,身居夔州。一天,诗人独自登上夔州白帝城外的高台,登高远眺萧瑟的秋江景色,倾诉了诗人长年漂泊、老病孤愁的悲哀。

诗歌前四句写景,描述登高见闻。首联为局部近景。"风急天高猿啸哀,渚清沙白鸟飞回"两句动静结合,构造出一幅以冷色调着墨、冷淡惨白的画面。颔联为整体远景。"无边落木萧萧下,不尽长江滚滚来"两句集中表现了夔州秋天的典型特征。"无边""不尽",使"萧萧""滚滚"更加生动形象,使人联想到落木窸窣之声、长江汹涌之状,无形中传达出诗人对时光易逝、壮志难酬的感叹。

后四句抒情,写登高所感。颈联"万里悲秋常作客,百年多病独登台"两句联系诗人常年客居他乡、年老多病、孤独潦倒的身世,将前四句写景所蕴含的比兴、象征、暗示之意揭出。尾联"艰难苦恨繁霜鬓,潦倒新停浊酒杯"两句再作申述,连用四个字"艰""难""苦""恨",极尽笔墨突出诗人内心哀愁病苦之情。

全诗八句皆对。"一篇之中,句句皆律,一句之中,字字皆律。"不只"全篇可法",而且"用句用字","皆古今人必不敢道,决不能道者"(见《诗薮》)。

【诵读分析】

总体基调:

慷慨激越、雄浑悲凉、忧愁悲伤。

声音状态:

第一部分,前四句。"风急天高猿啸哀",气息较足,声音由强渐弱、由高转低;"渚清沙白鸟飞回",气息低沉、虚柔,声音松弛、力度较轻;"无边落木萧萧下",气力暗涌,声音较低,力度较重;"不尽长江滚滚来",句前吸气,气量较足,整句宣泄,一气呵成,声音沉重、激越。

第二部分,后四句。"万里悲秋常作客",气沉声低,气虚声弱;"百年多病独登台",气足声低,声力略大,音色沉重;"艰难苦恨繁霜鬓",气足声实,音量渐大,声音渐高;"潦倒新停浊酒杯",气沉声低,音量较轻,句间补气,宣泄至句尾。

节奏变化:

第一部分:中速、降抑、低沉型

第二部分:慢速、降抑、凝重型

难点处理:

1.本诗寓情于景、情感浓烈,且篇幅较短。诵读时,不宜运用过快的语速,而应总体采用中、慢速节奏,以使作品的声音呈现更加准确、丰满,使人听懂,有所回味。

2.韵律感的处理是本诗诵读的一个难点。诵读时,应划分好语节,以"二二三""四三"为句子停顿的基本节奏,并在此基础上进行快慢、停连、抑扬和轻重的处理,以体现诗的节奏、韵律。

3.本诗前半部分写景,后半部分抒情,寓情于景,借景抒情。诵读时不应将其割裂,而应以情感体验为基础,对诗人的所见之景进行描述,使情景相融,以情感人。

字音提示:

渚(zhǔ);繁霜鬓(bìn)

（四十六）琵琶行

（白居易）

　　元和十年，予左迁九江郡司马[1]。明年秋，送客湓浦口，闻舟中夜弹琵琶者，听其音，铮铮然有京都声[2]。问其人，本长安倡女[3]，尝学琵琶于穆、曹二善才[4]，年长色衰，委身为贾人妇[5]。遂命酒[6]，使快弹数曲。曲罢悯然[7]，自叙少小时欢乐事，今漂沦憔悴[8]，转徙于江湖间。予出官二年[9]，恬然自安[10]，感斯人言，是夕始觉有迁谪意[11]。因为长句，歌以赠之，凡六百一十二言，命曰《琵琶行》[12]。

　　浔阳江头夜送客，枫叶荻花秋瑟瑟。主人下马客在船，举酒欲饮无管弦。醉不成欢惨将别，别时茫茫江浸月。忽闻水上琵琶声，主人忘归客不发。寻声暗问弹者谁，琵琶声停欲语迟。移船相近邀相见，添酒回灯重开宴[13]。千呼万唤始出来，犹抱琵琶半遮面。

　　转轴拨弦三两声，未成曲调先有情。弦弦掩抑声声思[14]，似诉平生不得志。低眉信手续续弹[15]，说尽心中无限事。轻拢慢捻抹复挑，初为《霓裳》后《六幺》。大弦嘈嘈如急雨，小弦切切如私语。嘈嘈切切错杂弹，大珠小珠落玉盘。间关莺语花底滑[16]，幽咽泉流冰下难[17]。冰泉冷涩弦凝绝[18]，凝绝不通声暂歇。别有幽愁暗恨生[19]，此时无声胜有声。银瓶乍破水浆迸，铁骑突出刀枪鸣。曲终收拨当心画，四弦一声如裂帛。东船西舫悄无言，唯见江心秋月白。

　　沉吟放拨插弦中，整顿衣裳起敛容[20]。自言本是京城女，家在虾蟆陵下住[21]。十三学得琵琶成，名属教坊第一部。曲罢曾教善才服，妆成每被秋娘妒[22]。五陵年少争缠头[23]，一曲红绡不知数[24]。钿头银篦击节碎[25]，血色罗裙翻酒污。今年欢笑复明年，秋月春风等闲度。弟走从军阿姨死，暮去朝来颜色故[26]。门前冷落鞍马稀，老大嫁作商人妇。商人重利轻别离，前月浮梁买茶去。去来江口守空船，绕船月明江水寒。夜深忽梦少年事，梦啼妆泪红阑干[27]。

　　我闻琵琶已叹息，又闻此语重唧唧。同是天涯沦落人，相逢何必曾相识！我从去年辞帝京，谪居卧病浔阳城。浔阳地僻无音乐，终岁不闻丝竹声。住近湓江地低湿，黄芦苦竹绕宅生。其间旦暮闻何物？杜鹃啼血猿哀鸣。春江花朝秋月夜，往往取酒还独倾。岂无山歌与村笛？呕哑嘲哳难为听。今夜闻君琵琶语，如听仙乐耳暂明。莫辞更坐弹一曲，为君翻作《琵琶行》。感我此言良久立，却坐促弦弦转急。凄凄不似向前声，满座重闻皆掩泣。座中泣下谁最多？江州司马青衫湿。

【注释】

[1]左迁：贬官，降职。与下文所言"迁谪"同义。古人尊右卑左，故称降职为左迁。

[2]铮铮：形容金属、玉器等相击声。京都声：指唐代京城流行的乐曲声调。

[3]倡女：歌女。倡，古时歌舞艺人。

[4]善才：当时对琵琶师或曲师的通称。是"能手"的意思。

[5]委身：托身，这里指嫁的意思。为：做。贾人：商人。

[6]命酒：叫（手下人）摆酒。

[7]悯然：悲愁的神色。一作"悯默"。

[8]漂沦：漂泊沦落。

[9]出官：（京官）外调。

[10]恬然：淡泊宁静的样子。

[11]迁谪：贬官降职或流放。

[12]命：命名，题名。

[13]回灯：重新拨亮灯光。一作"移灯"。

[14]掩抑：掩蔽，遏抑。思：悲伤的情思。

[15]信手：随手。指很纯熟自然。续续弹：连续弹奏。

[16]间关：象声词，这里形容"莺语"声（鸟鸣婉转）。

[17]幽咽：遏塞不畅状。冰下难：泉流冰下阻塞难通，形容乐声由流畅变为冷涩。

[18]凝绝：凝滞。凝，一作"疑"。

[19]幽愁暗恨：潜藏在内心的愁恨。

[20]敛容：收敛（深思时悲愤深怨的）面部表情。

[21]虾蟆陵：在长安城东南，曲江附近，是当时有名的游乐地区。虾，通"蛤"。

[22]秋娘：唐时歌舞妓常用的名字。泛指当时貌美艺高的歌伎。

[23]五陵：在长安城外，指长陵、安陵、阳陵、茂陵、平陵五个汉代皇帝的陵墓，是当时富豪居住的地方。缠头：用锦帛之类的财物送给歌舞妓女。指古代赏给歌舞女子的财礼，唐代用帛，后代用其他财物。

[24]绡：精细轻美的丝织品。红绡：一种生丝织物。

[25]钿头：两头装着花钿的发篦。银篦：一说"云篦"，用金翠珠宝装点的首饰。击节：打拍子。歌舞时打拍子原本用木制或竹制的板。

［26］颜色故：容貌衰老。

［27］梦啼妆泪：梦中啼哭，匀过脂粉的脸上带着泪痕。

【赏析】

《琵琶行》作于白居易被贬官到江州的第二年，原作《琵琶引并序》。"行"，又叫"歌行"。"歌""行""引"本来是古代歌曲的三种形式，源于汉魏乐府，是乐府曲名，后来成为古代诗歌中的一种体裁。艺术作品《琵琶行》为白居易《琵琶行》诗词增添了直观的画面。

《琵琶行》的内容，如"序"中所说，诗中所写的是诗人由长安被贬到九江期间，在船上听一位长安故倡弹奏琵琶、诉说身世的情景。作品借着叙述琵琶女的高超演技和她的凄凉身世，抒发作者个人政治上受打击、遭贬斥的抑郁悲凄之情。在诗中，诗人把一个倡女视为自己的风尘知己，与她同病相怜，写人写己，哭己哭人，宦海的浮沉、生命的悲哀，融为一体，使作品具有不同寻常的感染力。

全诗正文可分为四个部分。第一部分写琵琶女的出场，用"犹抱琵琶半遮面"的肖像描写来表现她的难言之痛。第二部分通过描写琵琶女及其演奏的琵琶曲，揭示琵琶女的内心世界。第三部分琵琶女自诉其辛酸的经历和眼下的不幸遭遇，深刻地揭示了封建社会中被侮辱、被损害的乐伎们、艺人们的悲惨命运。第四部分写诗人深沉的感慨，抒发与琵琶女的同病相怜之情。

本诗用形象类比法把琵琶女和诗人之间的悲愤情感、不幸遭遇等进行类比，最后融合为一，从而推出两个艺术形象都有怀才不遇、沦落天涯的感慨的结论，相互映衬，相互补充，富有极强的艺术感染力。

【诵读分析】

总体基调：

失意怅惘、悲凉凄切、孤独寂寞。

声音状态：

第一部分，序言。声音偏实、低沉、松弛，力度适中偏弱。

第二部分，从"浔阳江头夜送客"到"犹抱琵琶半遮面"。声音低沉，音色偏暗，用声偏虚，音量较小。

第三部分，从"转轴拨弦三两声"到"唯见江心秋月白"。声音强弱、高低、轻重、长短、虚实变化丰富，气息转换自如。

第四部分，从"沉吟放拨插弦中"到"梦啼妆泪红阑干"。声音偏实，音色沉重。

第五部分,从"我闻琵琶已叹息"到"江州司马青衫湿"。气多声开,音色低沉、偏实,有力度。

节奏变化:

第一部分:中速、平稳、叙述型

第二部分:慢速、平稳、抒描型

第三部分:快速、多变、夸张型

第四部分:慢速、降抑、凝重型

第五部分:中速、降抑、低沉型

难点处理:

1.第一部分为本文的序言,记叙了本诗的写作时间和缘由。诵读时,应运用"讲述"的语言样态对这一段进行表达,语势平稳,叙事清楚,与正文的韵文表达方式相区分。

2.本诗的主体部分篇幅较长,记叙内容丰富,情绪转换较多。诵读时,应充分运用"情景再现"的技巧,对琵琶女演奏乐声的丰富变幻及作者听赏的心情变化进行体验,并运用声音和语言的自然变化将其表现出来。尤其是从"转轴拨弦三两声"到"唯见江心秋月白"一段,描写了生动、丰富的琵琶乐声,诵读时,应作为重点段落进行感受和处理。

字音提示:

湓(pén)浦;贾(gǔ)人;漂(piāo)沦;荻(dí)花;迁谪(zhé);幽咽(yè);嘲(zhāo)哳(zhā);虾(há)蟆陵;钿(diàn)头;银篦(bì)

（四十七）卖炭翁

（白居易）

卖炭翁，伐薪烧炭南山中。

满面尘灰烟火色[1]，两鬓苍苍十指黑。

卖炭得钱何所营[2]？身上衣裳口中食。

可怜身上衣正单，心忧炭贱愿天寒！

夜来城外一尺雪，晓驾炭车辗冰辙[3]。

牛困人饥日已高，市南门外泥中歇。

翩翩两骑来是谁[4]？黄衣使者白衫儿[5]。

手把文书口称敕[6]，回车叱牛牵向北[7]。

一车炭，千余斤，宫使驱将惜不得[8]！

半匹红纱一丈绫[9]，系向牛头充炭直[10]！

【注释】

[1]烟火色：烟熏黑的脸。此处突出卖炭翁的辛劳。

[2]得：得到。何所营：做什么用。营，经营，这里指需求。

[3]辗：同"碾"，压。辙：车轮滚过地面辗出的痕迹。

[4]翩翩：轻快洒脱的情状。这里形容得意忘形的样子。骑：骑马的人。

[5]黄衣使者白衫儿：黄衣使者，指皇宫内的太监。白衫儿，指太监手下的爪牙。

[6]把：拿。敕：皇帝的命令或诏书。

[7]回：调转。叱：喝斥。牵向北：指牵向宫中。

[8]驱：赶着走。将：语助词。惜不得：舍不得。

[9]半匹红纱一丈绫：唐代商务交易，绢帛等丝织品可以代货币使用。当时钱贵绢贱，
半匹纱和一丈绫，比一车炭的价值相差很远。这是官方用贱价强夺民财。

[10]系：绑扎。这里是挂的意思。直：通"值"，指价格。

【赏析】

《卖炭翁》是唐代诗人白居易创作的组诗《新乐府五十首》中的第三十二首
诗。此诗通过卖炭翁的遭遇，深刻地揭露了"宫市"的腐败本质，对统治者掠夺

人民的罪行给予了有力抨击,讽刺了当时黑暗的社会现实,表达了诗人对下层劳动人民的深切同情。

在内容上,可分为三个部分。第一部分由开头至"心忧"句,交代卖炭翁生活的艰辛和愿望。第二部分自"夜来"句至"市南"句,描述他进城卖炭。第三部分自"翩翩"句至结尾,写炭被掠夺。

此诗开头四句,写卖炭翁的炭来之不易。"可怜身上衣正单,心忧炭贱愿天寒"是脍炙人口的名句,在冻得发抖的时候,一心盼望天气更冷,能使炭卖个好价钱。

"夜来城外一尺雪,晓驾炭车辗冰辙。"这场大雪总算盼到了! 一大早就赶着牛车沿着那结了冰的车道向集市赶去。结果却遇上了"手把文书口称敕"的"宫使",千余斤炭就这样被太监拉走,留给老翁的不过是半匹红纱一丈绫而已。卖炭翁所盘算的一切、所希望的一切,全都化为泡影。

这首诗在表现手法上很有特色,灵活地运用了反衬,以"两鬓苍苍"突出年迈,以"满面尘灰烟火色"突出"伐薪、烧炭"的艰辛。而就全诗来说,前面表现希望之火的炽烈,正是为了反衬后面希望化为泡影的可悲可痛。

【诵读分析】

总体基调:

沉重压抑、关切同情、痛恨愤怒。

声音状态:

第一部分,从"卖炭翁"到"身上衣裳口中食"。气沉声低,气徐声轻,音色松弛、低沉、暗淡、虚弱,刻画卖炭翁烧炭的环境和外貌。

第二部分,从"可怜身上衣正单"到"市南门外泥中歇"。"可怜身上衣正单",气沉声低,气多声虚;"心忧炭贱愿天寒",气渐足,声渐强,进而转低弱,表现矛盾心理;"夜来城外一尺雪,晓驾炭车碾冰辙",气沉声低,声力暗涌,音色体现环境的艰难;"牛困人饥日已高,市南门外泥中歇",气息低沉,声音由高转低,由实转虚。

第三部分,从"翩翩两骑来是谁"到"系向牛头充炭直"。"翩翩两骑来是谁? 黄衣使者白衫儿",气提声轻,疑后有答;"手把文书口称敕,回车叱牛牵向北",气足声低,音量较大,音色中体现蛮横无理;"一车炭,千余斤,宫使驱将惜不得",气多声虚,力度较大,无奈满怀;"半匹红纱一丈绫,系向牛头充炭直",句前吸气,由气足声强,转气虚声弱。

节奏变化:

第一部分:慢速、降抑、低沉型

第二部分：中速、平稳、低沉型

第三部分：中速、降抑、凝重型

难点处理：

1.本诗具有完整而曲折的叙事性。诵读时，应注意表现"烧炭—运炭—抢炭"等各层次的叙事重点和层次间的转换，运用音色的调整和语气的变化，呈现故事的情节画面和情感色彩。如卖炭翁的外貌与衣着所折射的艰难生活、运炭路途的艰难、抢炭人的蛮横无理与卖炭翁内心的无奈等。

2.本叙事诗具有较强的韵律感。诵读时，除了要清晰地表现故事情节，还应该注意语言的节奏感，在"二二三"与"四三"语言节拍的基础上进行快慢、停连处理，使听感有序、有节、有变化。

字音提示：

碾（niǎn）冰辙；两骑（jì）；敕（chì）；系（jì）

（四十八）观刈麦[1]

（白居易）

田家少闲月，五月人倍忙。

夜来南风起，小麦覆陇黄[2]。

妇姑荷箪食[3]，童稚携壶浆[4]。

相随饷田去[5]，丁壮在南冈[6]。

足蒸暑土气，背灼炎天光[7]。

力尽不知热，但惜夏日长[8]。

复有贫妇人，抱子在其旁[9]。

右手秉遗穗[10]，左臂悬敝筐[11]。

听其相顾言[12]，闻者为悲伤[13]。

家田输税尽[14]，拾此充饥肠。

今我何功德[15]，曾不事农桑[16]。

吏禄三百石[17]，岁晏有余粮[18]。

念此私自愧[19]，尽日不能忘[20]。

【注释】

[1]刈：割。题下注"时任盩厔县尉"。

[2]覆陇黄：小麦黄熟时遮盖住了田埂。覆：盖。陇：同"垄"，指农田中种植作物的土埂，这里泛指麦地。

[3]妇姑：媳妇和婆婆，这里泛指妇女。荷箪食：用竹篮盛的饭。荷：背负，肩担。箪食：装在箪筒里的饭食。《左传·宣公二年》："而为之箪食与肉，寘诸橐以与之。"

[4]童稚携壶浆：小孩子提着用壶装的汤与水。浆：古代一种略带酸味的饮品，有时也可以指米酒或汤。

[5]饷田：给在田里劳动的人送饭。前蜀韦庄《纪村事》诗："数声牛上笛，何处饷田归？"

[6]丁壮：青壮年男子。《史记·循吏列传》："（子产）治郑二十六年而死，丁壮号哭，老人儿啼，曰：'子产去我死乎！民将安归？'"南冈：地名。

[7]足蒸暑土气，背灼炎天光：双脚受地面热气熏蒸，脊背受炎热的阳光烘烤。

[8]但:只。惜:盼望。

[9]其:指代正在劳动的农民。旁:同"傍"。

[10]秉遗穗:拿着从田里拾取的麦穗。秉,拿着。遗穗,指收获农作物后遗落在田的谷穗。

[11]悬:挎着。敝筐:破篮子。

[12]相顾言:互相看着诉说。顾:视,看。

[13]闻者:白居易自指。为悲伤:为之悲伤(省略"之")。

[14]输税:缴纳租税。输,送达,引申为缴纳、献纳。《梁书·张充传》:"半顷之地,足以输税,五亩之宅,树以桑府。"

[15]我:指作者自己。

[16]曾不事农桑:一直不从事农业生产。曾:一直、从来。事:从事。农桑:农耕和蚕桑。

[17]吏禄三百石:当时白居易任周至县尉,一年的薪俸大约是三百石米。石:古代容量单位,十斗为一石。吏禄:官吏的俸禄。《史记·平准书》:"量吏禄,度官用,以赋于民。"

[18]岁晏:一年将尽的时候。晏,晚。

[19]念此:想到这些。

[20]尽日:整天,终日。

【赏析】

《观刈麦》是唐代诗人白居易任县尉时,有感于当地人民艰辛劳作而生活贫困所创作的一首诗。这首诗以朴实通俗又朗朗上口的语言、真切形象的画面、清晰自然的结构,揭示了深刻鲜明的主题,是一首脍炙人口的叙事讽刺诗。

作品通过三幅画面的描写:烈日下农民抢收麦子"足蒸暑土气,背灼炎天光";贫妇因"家田输税尽"而"右手秉遗穗,左臂悬敝筐","拾此充饥肠";诗人"念此私自愧,尽日不能忘",真实地反映了农民生活的艰难与痛苦,反映了中唐时期残酷的社会现实,表现出作者对生活在苦难中的劳动人民的深切同情和怜悯,对造成人民贫困之源的繁重租税提出指责,对自己不事农桑却享用吏禄颇感愧疚和自责。

诗歌将叙事与抒情有机结合。在描写了农民在酷热的夏天抢收麦子的艰辛与痛苦之后,作者触景生情,联想到了自己。"今我何功德,曾不事农桑",但是"吏禄三百石,岁晏有余粮",因而"念此私自愧,尽日不能忘"。作为朝廷官员,看到农民面对丰收景象却出现如此悲惨境遇,他深感自疚自愧,这样的联想和对比,表现出了作者的思想境界,也突出了诗歌主题的深度与高度。

【诵读分析】

总体基调：

低沉凝重、同情关切、深切愧疚。

声音状态：

第一部分，从"田家少闲月"到"小麦覆陇黄"。气沉声低，气徐声暗，音色松弛、低沉、暗淡，奠定全篇基调。

第二部分，从"妇姑荷箪食"到"但惜夏日长"。前四句，气提声抬，气稳声实，声音由弱渐强；"足蒸暑土气，背灼炎天光"，气足声实，音色中体现割麦人的辛苦与作者对其的同情；"力尽不知热，但惜夏日长"，气息由足变少，声音由强渐弱、由高渐低。

第三部分，从"复有贫妇人"到"拾此充饥肠"。前四句，气提声轻，声音松弛，气力较弱，音量较低；"听其相顾言，闻者为悲伤"，气沉声低，音量适中；"家田输税尽，拾此充饥肠"，气沉声低，气力较强，声音沉重。

第四部分，从"今我何功德"到"尽日不能忘"。前四句，气提声叹，气力适中，音量偏弱；后两句，句前吸气，气足声长，用气较多，气尽声没。

节奏变化：

第一部分：慢速、降抑、低沉型

第二部分：中速、音色、凝重型

第三部分：中速、降抑、低沉型

第四部分：慢速、降抑、凝重型

难点处理：

1.本诗的叙事性较强，前三个部分用简洁精到的文字描写了收割小麦的忙碌场景与割麦人的辛劳不易。诵读时，应充分调动形象思维，对这些场景及其情感进行感受，形成具体、连续、生动的画面感，并将自己的多重体验用准确的音色和恰当的语气表达出来。

2.本诗前三个部分是作者对割麦人的丰富观察与生动记叙，第四部分是自己的内心自省与感喟。诵读时，应注意叙述视角和身份感的转换，运用恰当的语气，将"由物及己"的视角转换表达出来。

字音提示：

刈（yì）麦；荷（hè）箪（dān）食；饷（xiǎng）田；为（wèi）悲伤；吏（lì）禄（lù）三百石（dàn）；岁晏（yàn）

（四十九）陋室铭

（刘禹锡）

山不在高,有仙则名。水不在深,有龙则灵。斯是陋室,惟吾德馨[1]。苔痕上阶绿[2],草色入帘青。谈笑有鸿儒[3],往来无白丁[4]。可以调素琴,阅金经。无丝竹之乱耳,无案牍之劳形[5]。南阳诸葛庐,西蜀子云亭。孔子云:何陋之有?

【注释】

[1]惟吾德馨:只是我的品德高尚,(就不感到简陋了)。惟,只。吾,我,这里指住屋的人自己。馨,香气,这里指品德高尚。

[2]上:动词,长到,漫到。

[3]鸿儒:即大学问家,这里指博学而又品德高尚的人。鸿,大。

[4]白丁:平民,这里指没有什么学问的人。

[5]案牍:官府的公文。

[6]劳形:使身体劳累(使动用法)。

【赏析】

《陋室铭》是唐代诗人刘禹锡创作的一篇托物言志骈体铭文。从立意看,《陋室铭》以衬托手法托物言志,并以反向立意的方式,只字不提陋室之"陋",只写陋室"不陋"的一面,而"不陋"是因为"德馨",从而自然地达到了抒怀的目的,表达了作者洁身自好、不慕富贵的节操和安贫乐道的情趣,以及不与世俗同流合污的情感。

本文在写作上的特点是巧妙地运用比兴手法,含蓄地表达主题。开头四句"山不在高,有仙则名。水不在深,有龙则灵",既是比,又是兴,言山水引出陋室,言仙、龙引出德馨,言名、灵暗喻陋室不陋。用南阳诸葛庐、西蜀子云亭类比陋室,表达了作者政治、文学的两大理想,最后引孔子的话作结,又暗含"君子居之"的深意。其次,运用排比、对偶的修辞手法,排比句能造成一种磅礴的文势,如开头几句排比,使全篇文气畅通,确立了一种骈体文的格局。对偶句易形成内容的起伏跌宕,如中间的六句对偶,既有描写又有叙述,言简意丰,节奏感强。

【诵读分析】

总体基调:

高洁自乐、安然平和、愉悦轻快。

声音状态:

第一部分,从"山不在高"到"惟吾德馨"。气足声实,声音松弛、明亮,逐渐变强。

第二部分,从"苔痕上阶绿"到"无案牍之劳形"。气息松弛,声音由虚渐实,逐渐明亮。

第三部分,"南阳诸葛庐,西蜀子云亭。"声音松弛,音量适中。

第四部分,"孔子云:何陋之有?"气息足,声音实,较明亮,有力度。

节奏变化:

第一部分:中速、扬升、轻快型

第二部分:慢速、平稳、抒描型

第三部分:中速、平稳、叙述型

第四部分:慢速、音色、抒情型

难点处理:

1.本文为骈体铭文,是一种押韵文体,对仗工整,韵律感强。在诵读时,应结合文意,体现文章的节奏和韵律。如第二部分、第三部分可基本按"五字分二三"的方法划分语节。层内其他字数的语句,也应顺应本节奏,使整体和谐。其他层次可结合语意进行停连处理,做到表意清晰。

2.诵读本文中对仗工整的语句时,应充分运用"重音"的技巧,将其不同之处予以凸显,如"山"与"水"的对比、"仙"与"龙"的对比、"陋"与"德"的呼应等,以表达准确、清晰的语意。

3.鉴于本篇古文篇幅较短、言简意丰,诵读时,整体节奏不宜过快,以达到描述清晰、情绪准确的效果。

字音提示:

案牍(dú)

（五十）师说

（韩愈）

古之学者必有师。师者，所以传道受业解惑也。人非生而知之者，孰能无惑？惑而不从师，其为惑也，终不解矣。生乎吾前，其闻道也固先乎吾，吾从而师之；生乎吾后，其闻道也亦先乎吾，吾从而师之。吾师道也，夫庸知其年之先后生于吾乎？是故无贵无贱，无长无少，道之所存，师之所存也。

嗟乎！师道之不传也久矣！欲人之无惑也难矣！古之圣人，其出人也远矣，犹且从师而问焉；今之众人，其下圣人也亦远矣，而耻学于师。是故圣益圣，愚益愚。圣人之所以为圣，愚人之所以为愚，其皆出于此乎？爱其子，择师而教之；于其身也，则耻师焉，惑矣。彼童子之师，授之书而习其句读者，非吾所谓传其道解其惑者也。句读之不知，惑之不解，或师焉，或不焉[1]，小学而大遗，吾未见其明也。巫医乐师百工之人，不耻相师。士大夫之族，曰师曰弟子云者，则群聚而笑之。问之，则曰："彼与彼年相若也，道相似也。位卑则足羞，官盛则近谀。"呜呼！师道之不复可知矣。巫医乐师百工之人，君子不齿，今其智乃反不能及，其可怪也欤！

圣人无常师。孔子师郯子、苌弘、师襄、老聃[2]。郯子之徒，其贤不及孔子。孔子曰："三人行，则必有我师。"是故弟子不必不如师，师不必贤于弟子，闻道有先后，术业有专攻，如是而已。

李氏子蟠[3]，年十七，好古文，六艺经传皆通习之[4]，不拘于时，学于余。余嘉其能行古道，作《师说》以贻之。

【注释】

[1]不：同"否"。

[2]郯子：春秋时郯国国君，相传孔子曾向他请教官职。苌弘：东周敬王时候的大夫，相传孔子曾向他请教古乐。师襄：春秋时鲁国的乐官，名襄，相传孔子曾向他学琴。老聃：即老子，春秋时楚国人，思想家，道家学派创始人。

    [3]李氏子蟠:李家的孩子名蟠。李蟠,韩愈的弟子。

    [4]六艺:指六经,即《诗》《书》《礼》《乐》《易》《春秋》六部儒家经典。传:古称解释经文
       的著作为传。

【赏析】

    《师说》是唐代文学家韩愈创作的一篇议论文,写于唐贞元十八年(802)韩愈任四门博士时,这篇文章是韩愈写给他的学生李蟠的。文章阐说了教师的重要作用、从师求学的重要性以及选择老师的原则,批判了士大夫之族"耻学于师"的错误观念,教育青年,起到转变社会风气的作用。同时,文章表现出作者非凡的勇气和斗争精神,也表现出作者不顾世俗、独抒己见的精神。

    全文共分四段。第一段提出中心论点"古之学者必有师",从正面论述从师学习的重要性和择师的标准。第二段指出今人不从师的恶果、表现和原因,批判不重师道的错误态度和耻于从师的不良风气,从反面论述从师的重要性,突出了文章的中心思想。第三段以孔子对待老师的言行为例,进一步说明从师的重要性和应有的态度,也阐明了教与学的关系以及能者为师的道理。第四段交代写作本文的原因,从表扬李蟠,再到肯定从师,总结全文,点明主题。

    本文在写作上的特点是运用对比的方法,反复论证,并辅以感叹句和反问句,加强说服力。论述时先从正面立论阐述,再从反面提出驳议,驳议时使用对比手法。除开头立论部分外,每一部分都摆事实、讲道理,很有说服力。此外,文中运用了大量的对偶句式,大大增强了文章的气势。

【诵读分析】

总体基调:

冷静客观、热忱慨叹、严谨说理。

声音状态:

    第一段,从"古之学者必有师"到"师之所存也"。整体用实声,平实说理,音量适中,不高不低。其中的疑问句和感叹句,如"人非生而知之者,孰能无惑?""吾师道也,夫庸知其年之先后生于吾乎?""道之所存,师之所存也"等,气息较足,声音铺开,实中有虚。

    第二段,"嗟乎! 师道之不传也久矣!"到"其可怪也欤"。本部分慨叹与说理间错并行,用气发声,实虚相间。慨叹处,气息足,声音重,情感浓;说理处,小实声,声音平,理性足。

    第三段,从"圣人无常师"到"闻道有先后,术业有专攻,如是而已",气息平稳,声音平实,音量适中。

第四段，从"李氏子蟠"至文末，气息平稳，声音平实，音量适中。文末一句，音量渐弱。

节奏变化：

第一段：中速、平稳、舒缓型

第二段：慢速、平稳、紧张型

第三段：中速、平稳、舒缓型

第四段：慢速、平稳、舒缓型

难点处理：

1.本文是说理性古文，多运用对比、举例、排比等手法讲述道理，并有多处直抒胸臆的深情慨叹。在诵读时，应充分调动逻辑感受和形象感受，准确把握议论性语气和抒情语气，观点性语言应通过语气体现逻辑，亮明观点；抒情型语句应感慨充分，打动听者。在诵读排比句时，应充分运用"重音"的技巧，将句意表达清楚。

2.文中有多处引用他人语言的文句，如"彼与彼年相若也，道相似也""孔子曰：'三人行，则必有我师。'"等，诵读时，应转换语气，将其与叙述语言适当区分，表意准确。

字音提示：

不（fǒu，同"否"）；郯（tán）子；苌（cháng）弘；老聃（dān）；李氏子蟠（pán）

（五十一）无题[1]

（李商隐）

相见时难别亦难，东风无力百花残[2]。

春蚕到死丝方尽[3]，蜡炬成灰泪始干。

晓镜但愁云鬓改[4]，夜吟应觉月光寒。

蓬山此去无多路[5]，青鸟殷勤为探看[6]。

【注释】

[1]无题：唐代以来，有的诗人不愿意标出能够表示主题的题目时，常用"无题"作诗的
标题。

[2]东风：春风。残：凋零。

[3]丝：与"思"谐音，以"丝"喻"思"，含相思之意。

[4]镜：用作动词，照镜子的意思。云鬓改：喻年华老去。

[5]蓬山：指海上仙山蓬莱山。此指想念对象的住处。

[6]青鸟：神话传说中传递消息的仙鸟，为西王母的使者。

【赏析】

李商隐，晚唐著名诗人，和杜牧合称"小李杜"。李商隐以《无题》为题的诗篇共二十首，这首《无题》诗是其中最有名的一篇寄情诗。

整首诗的内容围绕着第一句，尤其是"别亦难"三字展开。"东风无力百花残"句点了时节和自然环境，但更是对人的相思情状的比喻。两人相聚不易，离别也是难舍难分，离别后的相思之苦更是煎熬。因情的缠绵悱恻，人就像春末凋谢的春花那样没了生机。三、四句以"春蚕吐丝""蜡炬成灰"为喻，用象征的手法表现自己的痴情苦意以及九死而不悔的爱情追求。五、六句则分别描述两人因不能相见而朝思暮想、倍感清冷以至衰颜的情状。七、八两句借神话传说中的"蓬山""青鸟"来传递相思情，既然两人相遇如同赴蓬山一样无路可通，那就请使者代替自己去看望她。

在艺术手法上，本诗以百花凋零的残春之景烘托离情别绪，以春蚕吐丝、

蜡炬成灰来喻对爱人至死不渝的忠贞情感,运用对偶、比喻、双关修辞表现感情,形象生动,贴切感人。

【诵读分析】

总体基调:

惆怅、思念、感伤。

声音状态:

中低声区,实声为主,虚实结合。

语节划分:

相见—时难—别—亦难,东风—无力—百花—残。

春蚕—到死—丝—方尽,蜡炬—成灰—泪—始干。

晓镜—但愁—云鬓—改,夜吟—应觉—月光—寒。

蓬山—此去—无—多路,青鸟—殷勤—为—探看。

节奏变化:

1.上半部分"春蚕到死丝方尽"可略微加速扬起,"蜡炬成灰泪始干"减速落收。

2.下半部分"蓬山此去无多路"可略微加速扬起,"青鸟殷勤为探看"减速落收。

难点处理:

"晓镜但愁云鬓改",根据视线的远近,声音略收,语势平直;"夜吟应觉月光寒",由听觉到视觉的变化,声音可由近及远,语势由低缓缓扬起。

字音提示:

鬓(bìn)

（五十二）锦瑟[1]

（李商隐）

锦瑟无端五十弦[2]，一弦一柱思华年[3]。

庄生晓梦迷蝴蝶[4]，望帝春心托杜鹃[5]。

沧海月明珠有泪[6]，蓝田日暖玉生烟[7]。

此情可待成追忆[8]，只是当时已惘然[9]。

【注释】

[1]锦瑟:装饰华美的瑟。瑟,拨弦乐器,通常二十五弦。

[2]无端:无缘无故,生来就如此。五十弦:这里是托古之词。作者的原意,当也是说锦瑟本应是二十五弦。

[3]柱:乐器上用架弦的小木柱,也叫"码子"。

[4]"庄生"句:《庄子·齐物论》:"庄周梦为蝴蝶,栩栩然蝴蝶也;自喻适志与! 不知周也。俄然觉,则蘧蘧然周也。不知周之梦为蝴蝶与? 蝴蝶之梦为周与?"李商隐此引庄周梦蝶故事,以言人生如梦、往事如烟之意。

[5]"望帝"句:《华阳国志·蜀志》:"杜宇称帝,号曰望帝……其相开明,决玉垒山以除水害,帝遂委以政事,法尧舜禅授之义,遂禅位于开明。帝升西山隐焉。时适二月,子鹃鸟鸣,故蜀人悲子鹃鸟鸣也。"子鹃即杜鹃,又名子规。

[6]沧海:大海。海色青苍,故名。珠有泪:《博物志》:"南海外有鲛人,水居如鱼,不废绩织,其眼泣则能出珠。"

[7]蓝田:山名,在今陕西蓝田东南。《元和郡县志》:"关内道京北府蓝田县.蓝田山,一名玉山,在县东二十八里。"

[8]可待:岂待,哪里等到。

[9]只是:犹"止是""仅是",有"就是""正是"之意。

【赏析】

《锦瑟》是唐代诗人李商隐晚年所作,具体创作时间不详。全诗词藻华丽、感情真挚、含蓄深沉,深受读者喜爱而得以广泛传播。然而后人对《锦瑟》一诗的解读众说纷纭,历来有"一篇《锦瑟》解人难"的慨叹。有的认为这是写给已故妻子王氏的悼亡诗;有的认为这是诗人对逝去年华的追忆;有的则认为是写给一个名叫"锦瑟"的女子的爱情诗。

研究者对《锦瑟》一诗的评价颇高，如清代薛雪在《一瓢诗话》中写道："此诗全在起句'无端'二字，通体妙处，俱从此出。意云：锦瑟一弦一柱，已足令人怅望年华，不知何故有此许多弦柱，令人怅望不尽；全似埋怨锦瑟无端有此弦柱，遂使无端有此怅望。即达若庄生，亦迷晓梦；魂为杜宇，犹托春心。沧海珠光，无非是泪；蓝田玉气，恍若生烟。触此情怀，垂垂迫溯，当时种种，尽付惘然。对锦瑟而兴悲，叹无端而感切。如此体会，则诗神诗旨，跃然纸上。"

《锦瑟》借用一些典故和传说表达不同的情绪和意境，"庄生梦蝶"传达人生的虚幻和迷惘；"望帝春心"隐喻追寻的艰辛与执着；"鲛人泣泪"象征旷远的寂寥；"蓝田日暖"表现温暖而朦胧的欢乐。诗歌以片段意象相组合，运用象征、隐喻的手法，以凝练而传神的诗句表达出自己复杂浓烈的内心情感和人生哲思，使整首诗弥漫着一种凄寒孤寂、惆怅伤感的情绪，呈现出一种悠远奇幻、丰富空灵的意境。

【诵读分析】

总体基调：
惆怅、思念、感伤。

声音状态：
中低声区，实声为主，虚实结合。

语节划分：
锦瑟—无端—五十—弦，一弦——柱—思—华年。
庄生—晓梦—迷—蝴蝶，望帝—春心—托—杜鹃。
沧海—月明—珠—有泪，蓝田—日暖—玉—生烟。
此情—可待—成—追忆，只是—当时—已—惘然。

节奏变化：
1. 上半部分"庄生晓梦迷蝴蝶"可略微加速扬起，"望帝春心托杜鹃"减速落收。

2. 下半部分"此情可待成追忆"可略微加速扬起，"只是当时已惘然"减速落收。

难点处理：
"沧海月明珠有泪"根据景物的性质，音区偏低、实声；"蓝田日暖玉生烟"表现"烟"的时候，声音变轻，由实转虚。

字音提示：
惘（wǎng）然

（五十三）阿房宫赋[1]

（杜牧）

六王毕[2]，四海一，蜀山兀[3]，阿房出[4]。覆压三百余里[5]，隔离天日[6]。骊山北构而西折[7]，直走咸阳[8]。二川[9]溶溶[10]，流入宫墙。五步一楼，十步一阁；廊腰缦回[11]，檐牙高啄[12]；各抱地势[13]，钩心斗角[14]。盘盘焉[15]，囷囷焉[16]，蜂房水涡[17]，矗不知其几千万落[18]。长桥卧波，未云何龙[19]？复道[20]行空，不霁[21]何虹？高低冥迷[22]，不知西东[23]。歌台暖响[24]，春光融融[25]；舞殿冷袖[26]，风雨凄凄[27]。一日之内，一宫之间，而气候不齐。

妃嫔媵嫱[28]，王子皇孙[29]，辞楼下殿[30]，辇来于秦[31]。朝歌夜弦，为秦宫人。明星荧荧[32]，开妆镜[33]也；绿云扰扰，梳晓鬟也；渭流涨腻[34]，弃脂水也；烟斜雾横，焚椒兰[35]也。雷霆乍惊，宫车过也；辘辘远听[36]，杳[37]不知其所之也。一肌一容[38]，尽态[39]极妍[40]，缦立[41]远视，而望幸[42]焉。有不见者[43]三十六年[44]。燕赵之收藏[45]，韩魏之经营[46]，齐楚之精英[47]，几世几年，剽掠其人[48]，倚叠[49]如山。一旦不能有，输来其间。鼎铛玉石[50]，金块珠砾[51]，弃掷逦迤[52]，秦人视之，亦不甚惜。

嗟乎！一人之心[53]，千万人之心也。秦爱纷奢，人亦念其家。奈何[54]取之尽锱铢[55]，用之如泥沙？使负栋之柱[56]，多于南亩之农夫；架梁之椽，多于机上之工女；钉头磷磷[57]，多于在庾[58]之粟粒；瓦缝参差，多于周身之帛缕；直栏横槛[59]，多于九土[60]之城郭；管弦呕哑[61]，多于市人之言语。使天下之人，不敢言而敢怒。独夫[62]之心，日益骄固[63]。戍卒叫[64]，函谷举[65]，楚人一炬[66]，可怜焦土！

呜呼[67]！灭六国者六国也，非秦也；族秦[68]者秦也，非天下也。嗟乎[69]！使[70]六国各爱其人，则足以拒秦；使秦复爱六国之人，则递[71]三世可至万世[72]而为君，谁得而族灭也？秦人不暇[73]自哀[74]，而后人哀之；后人哀之而不鉴之，亦使后人而复哀后人也。

【注释】

[1]阿房宫:秦始皇在渭南建造的宫殿,始建于公元前 212 年,至秦亡时尚未完工,遗址在今陕西西安西南阿房村。阿房,指宫殿的四阿(即四周)有宽阔宏丽的曲檐。

[2]六王毕:六国灭亡了。齐、楚、燕、韩、赵、魏六国的国王,即指六国。毕,完结,指为秦国所灭。

[3]蜀山兀:蜀地的山光秃了。兀,山高而上平。这里形容山上树木已被砍伐净尽。

[4]阿房出:阿房宫出现了。出,出现,意思是建成。

[5]覆压三百余里:指从渭南到咸阳覆盖了三百多里地。形容宫殿楼阁接连不断,占地极广。覆压,覆盖。里,这里为面积单位,不是长度单位。古代五户为一邻,五邻为一里。

[6]隔离天日:遮蔽了天日。形容宫殿楼阁的高大。

[7]骊山北构而西折:(阿房宫)从骊山北边建起,折而向西。

[8]直走咸阳:一直通到咸阳(古咸阳在骊山西北)。走,趋向。

[9]二川:指渭水和樊川。

[10]溶溶:河水宽广而流动的样子。

[11]廊腰缦回:走廊长而曲折。廊腰,连接高大建筑物的走廊,好像人的腰部,所以这样说。缦,萦绕。回,曲折。

[12]檐牙高啄:突起的檐角尖耸,犹如禽鸟仰首啄物。檐牙,屋檐突起,犹如牙齿。

[13]各抱地势:各随地形。指阿房宫的宫殿楼阁随地形而建,彼此环抱呼应。

[14]钩心斗角:指宫室结构的参差错落,精巧工致。钩心,指各种建筑物都向中心区攒聚。斗角,指屋角互相对峙,好像兵戈相斗。

[15]盘盘焉:盘旋的样子。焉,相当于"然"。

[16]囷囷焉:屈曲的样子,曲折回旋的样子。

[17]蜂房水涡:像蜂房,像水涡。楼阁依山而筑,所以说像蜂房,像水涡。

[18]矗不知其几千万落:矗立着不知它们有几千万座。矗,高耸。落,相当于"座"或者"所"。

[19]未云何龙:没有云怎么出现了龙?《易经》有"云从龙"的话,所以人们认为有龙就应该有云。这是用故作疑问的话,形容长桥似龙。

[20]复道:在楼阁之间架木筑成的通道。因上下都有通道,叫作复道。

[21]霁:雨后天晴。

[22]冥迷:分辨不清。

[23]不知西东:使人不能分辨东西。西东,亦作"东西"。

[24]歌台暖响:人们在台上唱歌,歌乐声响起来,好像充满着暖意。

[25]春光融融:如同春光那样暖和。融融,和暖的样子。

[26]舞殿冷袖:人们在殿中舞蹈,舞袖飘拂,好像带来寒气。

[27]风雨凄凄:如同风雨交加那样凄冷。

[28]妃嫔媵嫱:统指六国王侯的宫妃。她们各有等级,妃的等级比嫔、嫱高。媵是陪

嫁的侍女,也可成为嫔、嫱。

[29]王子皇孙:指六国王侯的女儿、孙女。

[30]辞楼下殿:辞别六国的楼阁宫殿。

[31]辇来于秦:乘辇车来到秦国。

[32]明星荧荧:光如明星闪亮。荧荧,明亮的样子。

[33]开妆镜:宫人打开梳妆的镜子。

[34]涨腻:涨起了一层脂膏。腻,指洗脸水中浮起的胭脂、香粉。

[35]椒兰:两种香料植物,焚烧以熏衣物。

[36]辘辘远听:车声越听越远。辘辘,车行的声音。

[37]杳:遥远得踪迹全无。

[38]一肌一容:任何一部分肌肤,任何一种姿容。

[39]态:指姿态的美好。

[40]妍:美丽。

[41]缦立:久立。缦,通"慢"。

[42]幸:封建时代皇帝到某处,叫"幸"。妃嫔受皇帝宠爱,叫"得幸"。

[43]有不见者:一作"有不得见者"。

[44]三十六年:这里指嬴政在位执政的年数。

[45]收藏:动词作名词,指收藏的金玉珍宝等物。

[46]经营:动词作名词,指金玉珍宝等物。

[47]精英:形容词作名词,精品,也有金玉珍宝等物的意思。

[48]剽掠其人:从人民那里抢来。剽,抢劫,掠夺。人,民。唐人避唐太宗李世民讳,
     改"民"为"人"。

[49]倚叠:积累。

[50]鼎铛玉石:把宝鼎看作铁锅,把美玉看作石头。铛,平底的浅锅。

[51]金块珠砾:把黄金看作土块,把珍珠看作石子。

[52]逦迤:连续不断。这里有"连接着""到处都是"的意思。

[53]心:心意,意愿。

[54]奈何:怎么,为什么。

[55]锱铢:古代重量名,一锱等于六铢,一铢约等于后来的一两的二十四分之一。锱、
     铢连用,极言其细微。

[56]负栋之柱:承担栋梁的柱子。

[57]磷磷:形容物体棱角分明而突出。也指水中石头突立的样子。这里形容突出的
     钉头。

[58]庾:露天的谷仓。

[59]槛:栏杆。

[60]九土:九州。

[61]管弦呕哑:形容音乐声音嘈杂。呕哑,象声词,指声音嘈杂。

[62]独夫:失去人心而极端孤立的统治者。这里指秦始皇。

[63]骄固:骄纵,顽固。

[64]戍卒叫:指陈胜吴广起义。

[65]函谷举:刘邦于公元前 206 年率军先入咸阳,推翻秦朝统治,并派兵守函谷关。函谷,关址在今河南灵宝东北。举,被攻占。

[66]楚人一炬:指项羽(楚将项燕的后代)于公元前 206 年入咸阳,并焚烧秦的宫殿,大火三月不灭。

[67]呜呼:一本无此二字。

[68]族秦:灭秦。族,灭族。

[69]嗟乎:一作"嗟夫"。

[70]使:假使。

[71]递:传递,这里指王位顺着次序传下去。

[72]万世:《史记·秦始皇本纪》载,秦始皇统一六国后,下诏曰:"朕为始皇帝,后世以计数,二世,三世至于万世,传之无穷。"然而秦朝仅传二世便亡。

[73]不暇:来不及。

[74]哀:哀叹。

【赏析】

《阿房宫赋》是唐代文学家杜牧的赋作。杜牧(公元 803—约 853 年),字牧之,号"樊川居士",后人称杜甫为"老杜",称杜牧为"小杜",与李商隐并称"小李杜"。

《阿房宫赋》创作于公元 825 年(唐敬宗宝历元年),当年杜牧年仅二十三岁,政治才华出众,有着忧国忧民、匡世济俗的情怀。他希望统治者励精图治、富民强兵,而他所处的那个时代,统治者政治腐败。当时朝廷大兴土木,修建宫室,社会矛盾异常尖锐,这使得杜牧非常失望和愤慨,于是创作《阿房宫赋》,通过对阿房宫兴建及毁灭的描写,借古讽今,切谏时弊。《阿房宫赋》不仅写出了阿房宫的恢弘壮观,后宫的充盈娇美,宝藏的珍贵丰奢,也深刻揭露了秦始皇的腐败与荒淫。文中最后部分作者以饱含激情的笔墨揭示了秦灭亡的历史教训,"秦人不暇自哀,而后人哀之;后人哀之而不鉴之,亦使后人而复哀后人也",向当世统治者敲响警钟,言尽而意不尽。

全赋运用丰富的想象,以铺叙、夸张的手法,描写、铺排与议论相结合,融情与理。文章骈句散行,错落有致,音律和谐,富于抑扬顿挫的音乐节奏,语言工整而灵动,富丽而朴实,笔力雄健,气势贯注,富有表现力和感染力。全文除了具有震撼人心的思想力量外,也具有很高的艺术价值。

【诵读分析】

总体基调：

感叹、劝诫、讽刺。

声音状态：

中低声区，实声为主。

层次变化：

1. 第一段前半部分风景描写，舒缓型，先扬后抑。

2. 第二段前半部分人物动作描写，舒缓型，后半部分转议论，先扬后抑，语气发生变化。

3. 第三段议论、感叹，凝重型，对比性的语言可略微加速，最后一句生发感叹。

4. 第四段议论、感叹，凝重型，中心思想要减速，语势上扬，声音坚实有力。

难点处理：

1. 语气的处理。在景物描写或人物动作描写的时候，不要过于夸张和渲染，保持作者借古喻今的冷静，也为后面的议论留余地。

2. 排比句"明星荧荧，开妆镜也……辘辘远听，杳不知其所之也"和"使负栋之柱，多于南亩之农夫……管弦呕哑，多于市人之言语"，语速加快，注意偷气抢气，保持语句连接的紧密。

字音提示：

阿（ē）房（páng）宫；廊腰缦（màn）回；囷（qūn）囷焉；蠢（chù）不知；妃嫔（pín）媵（yìng）嫱（qiáng）；辇（niǎn）来于秦；梳晓鬟（huán）也；燕（yān）赵；剽（piāo）掠其人；鼎铛（chēng）玉石；弃掷逦（lǐ）迤（yǐ）；锱（zī）铢（zhū）；架梁之椽（chuán）；瓦缝参（cēn）差（cī）；帛（bó）缕；直栏横槛（jiàn）；管弦呕哑（yā）；戍（xū）卒叫

（五十四）渔家傲·秋思[1]

（范仲淹）

塞下秋来风景异[2]，衡阳雁去无留意[3]。四面边声连角起[4]，千嶂里[5]，长烟落日孤城闭。

浊酒一杯家万里，燕然未勒归无计[6]。羌管悠悠霜满地[7]，人不寐[8]，将军白发征夫泪。

【注释】

[1]渔家傲：词牌名，又名"渔歌子""渔父词"等。双调六十二字，前后段各五句，五仄韵。

[2]塞：边界要塞之地，这里指西北边疆。

[3]衡阳雁去：传说秋天北雁南飞，至湖南衡阳回雁峰而止，不再南飞。

[4]边声：边塞特有的声音，如大风、号角、羌笛、马啸的声音。

[5]千嶂：绵延而峻峭的山峰，崇山峻岭。

[6]燕然未勒：指战事未平，功名未立。燕然，即燕然山，今名杭爱山，在今蒙古国境内。据《后汉书·窦宪传》记载，东汉窦宪率兵追击匈奴单于，去塞三千余里，登燕然山，刻石勒功而还。

[7]羌管：即羌笛，出自古代西部羌族的一种乐器。悠悠：形容声音飘忽不定。

[8]不寐：睡不着。寐，睡。

【赏析】

《渔家傲·秋思》是北宋政治家、文学家范仲淹创作的一首词。宋仁宗年间，范仲淹被朝廷派往西北前线，承担起北宋西北边疆防卫重任。这首词反映的是他亲身经历的边塞生活，也是他的代表作之一。整首词表现戍边将士的艰苦生活和英雄气概，真实地表现了戍边将士思念故乡、更热爱祖国、矢志保卫祖国的真情。

上阕着重写景，词人用近乎白描的手法，从视觉听觉等方面描绘了秋天边塞的荒凉景象。千嶂、孤城、长烟、落日、边声、号角声，把自己的所见所闻连缀起来，描摹出了一幅寥廓荒僻、萧瑟悲凉的边塞画面。"塞下秋来风景异，衡阳雁去无留意",是借雁去衡阳回雁峰的典故,来反映人在塞外的思归之情。"千嶂里,长烟落日孤城闭",仅10个字便勾勒出一派壮阔苍茫的边塞黄昏景致。

词的下阕着重抒情,写戍边战士的浓郁思乡情绪,将直抒胸臆和借景抒情相结合,抒发的是作者壮志难酬的感慨和忧国的情怀。"人不寐,将军白发征夫泪",这10个字扣人心弦,写出了深沉的忧国爱国的复杂感情。

这首词基调是凄清、苍凉、伤感的,同时笼罩着一种雄浑悲壮的气氛,读起来真切感人,扣动着读者的心弦。

【诵读分析】

总体基调:
豪迈、思念、悲壮。

声音状态:
中高声区、实声为主,虚实结合。

节奏变化:

1.上阕:第一句景物描写,舒缓型,中速偏慢;第二句由"边声"转到景物,舒缓型偏向凝重型,前快后慢。

2.下阕:第一句心态描写,舒缓型,中速偏慢;第二句由"羌管"之声转到人物情状,凝重型,落收。

难点处理:

1.基调的处理。基调和情感上既有将士保家卫国的豪迈之气,又有思念家乡、亲人的惆怅感,还有对战争的厌恶与无奈,复杂的内心情感对声音的要求比较高,切忌从头到尾以一种声音形态表现作品,避免表达的单一化和创作的脸谱化。

2.情感的运动变化。文中既有景物的描绘,如"塞下秋来风景异",也有声音的再现,如"四面边声连角起",还有人物心理的刻画,如"将军白发征夫泪",这种由视觉到听觉、由景物到内心的运动,需要声音由远及近、由外放到内收的多种运动变化。

字音提示:
千嶂(zhàng)里;羌(qiāng)管悠悠

（五十五）岳阳楼记

（范仲淹）

庆历四年春，滕子京谪守巴陵郡[1]。越明年，政通人和，百废具兴。乃重修岳阳楼，增其旧制，刻唐贤今人诗赋于其上。属予作文以记之[2]。

予观夫巴陵胜状[3]，在洞庭一湖。衔[4]远山，吞长江，浩浩汤汤[5]，横无际涯[6]；朝晖夕阴，气象万千。此则岳阳楼之大观也，前人之述备矣。然则北通巫峡[7]，南极潇湘[8]，迁客骚人[9]，多会于此，览物之情，得无异乎？[10]

若夫霪雨霏霏[11]，连月不开，阴风怒号，浊浪排空；日星隐曜[12]，山岳潜形[13]；商旅不行，樯倾楫摧[14]；薄暮冥冥[15]，虎啸猿啼。登斯楼也，则有去国怀乡，忧谗畏讥[16]，满目萧然，感极而悲者矣。

至若春和景明，波澜不惊，上下天光，一碧万顷；沙鸥翔集[17]，锦鳞游泳；岸芷汀兰[18]，郁郁青青。而或长烟一空，皓月千里，浮光跃金，静影沉璧，渔歌互答，此乐何极！登斯楼也，则有心旷神怡，宠辱偕忘[19]，把酒临风，其喜洋洋者矣。

嗟夫！予尝求古仁人之心，或异二者之为，何哉？不以物喜，不以己悲[20]；居庙堂之高则忧其民；处江湖之远则忧其君。是进亦忧，退亦忧。然则何时而乐耶？其必曰"先天下之忧而忧，后天下之乐而乐"欤？噫！微斯人，吾谁与归？

时六年九月十五日。

【注释】

[1]谪：封建王朝官吏降职或远调。守：指做太守。
[2]属：同"嘱"，嘱托。
[3]夫：指示代词，相当于"那"。胜状：胜景，美好景色。
[4]衔：衔接。

[5]浩浩汤汤:水势浩大的样子。

[6]横无际涯:宽阔无边。横,广远。涯,边。际涯,边际。

[7]然则:(既然)这样,那么。北:名词用作状语,向北。

[8]南极潇湘:南面直达潇水、湘水。潇水是湘水的支流。湘水流入洞庭湖。

[9]迁客:被贬谪流迁的人。骚人:诗人。

[10]览物之情,得无异乎:观赏自然景物触发的感情,怎能不有所不同呢?

[11]若夫:用在一段话的开头引起论述的词。

[12]日星隐曜:太阳和星星隐藏起光辉。曜,光辉,光芒。

[13]山岳潜形:山岳隐没了形体。岳,高大的山。潜,潜藏。形,形迹。

[14]樯倾楫摧:桅杆倒下,船桨折断。樯,桅杆。楫,桨。倾,倒下。

[15]薄:迫近。冥冥:昏暗的样子。

[16]忧:担忧。谗:谗言。畏:害怕,惧怕。讥:讥讽。

[17]沙鸥:沙洲上的鸥鸟。翔集:时而飞翔,时而停歇。

[18]锦鳞:指美丽的鱼。岸芷汀兰:岸上的香草与小洲上的兰花。芷,香草的一种。
　　汀,水边平地。

[19]宠辱偕忘:荣耀和屈辱都忘了。偕,一起。宠,荣耀。

[20]不以物喜,不以己悲:不因为外物(好坏)和自己(得失)而或喜或悲。

【赏析】

《岳阳楼记》是北宋文学家范仲淹于庆历六年(1046)九月十五日应好友巴陵郡太守滕子京之请为重修岳阳楼而创作的一篇散文。文章通过写岳阳楼的景色,以及阴雨和晴朗时带给人的不同感受,揭示了"不以物喜,不以己悲"的古仁人之心,也表达了自己"先天下之忧而忧,后天下之乐而乐"的爱国爱民情怀。

纵观全文,层次井然,全文可分为三个部分:第一部分记叙,第二部分写景,第三部分议论。第　段为第一部分,父代重修岳阳楼的始末及作记一事,文字看似寻常,实际上很有感情,暗喻对仕途沉浮的悲慨,为后文抒情设下伏笔。

第二、三、四段为第二部分,写迁客骚人的览物之情。第二段写岳阳楼的壮观景象,从"物"着笔,为下文因"物"生情铺垫。第三段写览物生悲情,面对"淫雨""阴风""浊浪"等恶劣天气,又值"薄暮冥冥,虎啸猿啼"之际,顿生悲凉之感。第四段写美景生喜情,面对春风和畅、景色明丽、水天一碧、渔歌互答的良辰美景,此乐何极!第三段和第四段,一忧一乐,与结尾一层呼应。

第三部分展开议论,并用设问提出"先天下之忧而忧,后天下之乐而乐"的主题,表达了作者忧国忧民的思想,借古人之语,述自己之志,最后与友人共勉,收到了画龙点睛之效。

这篇文章的语言很有特色。它虽然是一篇散文,却穿插了许多四言的对偶句,为文章增添了色彩。全文记叙、写景、抒情、议论融为一体,动静相生,明暗相衬,文辞简约,音节和谐,用排偶章法作景物对比,成为杂记中的创新。

【诵读分析】

总体基调:

赞美、感叹、勉励。

声音状态:

中低声区,实声为主,虚实结合。

层次变化:

1.第一段叙述事情的缘起,为描写、议论留下伏笔,舒缓型,中速,语势平直。

2.第二段描写岳阳楼的壮观,景物描写为下文的"因物生情"作铺垫,舒缓型,中速偏慢,最后一句生发感叹。

3.第三段以"雨"开始写险境之情,舒缓型,中速偏慢,最后一句转向迁客骚人的览物之情,语气中略带沧桑感。

4.第四段以"晴"开始写美景喜情,舒缓型兼轻快型,中速偏快,语势略上扬。

5.第五段开始议论,舒缓型,中心主题为"先天下之忧而忧,后天下之乐而乐",语速慢,扬起,议论语气。

难点处理:

1.语气的处理。第一段看似寻常,实际上要有感情,需要在平实的语气中有情感的变化。另外,要注意"悲与喜"的把握,作者"因己而悲,因物而喜",形成了鲜明的对比,在语气的变化上也要有所区分。

2.景物描写要为议论作铺垫,渲染不要过浓,以服从"不以物喜,不以己悲"的追求。

3.基调的把握,勉励朋友与自勉,"先天下之忧而忧,后天下之乐而乐"是中心思想,不要将重点放在洞庭湖、岳阳楼的景物描写上而渲染过度。

字音提示:

谪(zhé)守;属(zhǔ);衔(xián)远山;浩浩汤(shāng)汤;霪(yín)雨霏霏;若夫(fú);日星隐曜(yào);樯(qiáng)倾楫(jí)摧;薄(bó)暮冥冥;岸芷(zhǐ)汀(tīng)兰

（五十六）醉翁亭记

（欧阳修）

环滁皆山也。其西南诸峰，林壑尤美[1]。望之蔚然而深秀者，琅琊也。山行六七里[2]，渐闻水声潺潺，而泻出于两峰之间者，酿泉也。峰回路转，有亭翼然临于泉上者[3]，醉翁亭也。作亭者谁[4]？山之僧智仙也。名之者谁？太守自谓也。太守与客来饮于此，饮少辄醉，而年又最高，故自号曰醉翁也。醉翁之意不在酒[5]，在乎山水之间也。山水之乐，得之心而寓之酒也。

若夫日出而林霏开[6]，云归而岩穴暝，晦明变化者[7]，山间之朝暮也。野芳发而幽香，佳木秀而繁阴，风霜高洁，水落而石出者，山间之四时也。朝而往，暮而归，四时之景不同，而乐亦无穷也。

至于负者歌于途，行者休于树[8]，前者呼，后者应，伛偻[9]提携，往来而不绝者，滁人游也。临溪而渔，溪深而鱼肥；酿泉为酒，泉香而酒洌；山肴野蔌[10]，杂然而前陈者，太守宴也。宴酣之乐，非丝非竹，射者中，弈者胜，觥筹交错[11]，起坐而喧哗者，众宾欢也。苍颜白发，颓然乎其间者[12]，太守醉也。

已而夕阳在山，人影散乱，太守归而宾客从也。树林阴翳，鸣声上下[13]，游人去而禽鸟乐也。然而禽鸟知山林之乐，而不知人之乐；人知从太守游而乐，而不知太守之乐其乐也。醉能同其乐，醒能述以文者，太守也。太守谓谁？庐陵欧阳修也。

【注释】

[1]壑：山谷。

[2]山：名词作状语，沿着山路。

[3]翼然：四角翘起，像鸟张开翅膀的样子。

[4]作：建造。

[5]意：这里指情趣。"醉翁之意不在酒"，后来用以比喻本意不在此而另有目的。

[6]林霏：树林中的雾气。霏，原指雨、雾纷飞，此处指雾气。

[7]晦明：指天气阴晴昏暗。

[8]休于树:倒装,"于树休",在树下休息。

[9]伛偻:腰背弯曲的样子,这里指老年人。

[10]野蔌:野菜。蔌,菜蔬的总称。

[11]觥筹交错:酒杯和酒筹交互错杂。

[12]颓然乎其间:醉醺醺地坐在宾客中间。

[13]鸣声上下:意思是鸟到处叫。上下,指高处和低处的树林。

【赏析】

《醉翁亭记》是宋代文学家欧阳修的名作。写作的背景是欧阳修由于支持范仲淹等人推行的北宋革新运动,被株连遭贬,此文就是作者被贬到滁州任太守时创作的。文章描写了滁州一带四季自然景物的幽深秀美,滁州百姓和平安宁的生活,特别是作者与百姓在山林中游赏宴饮的乐趣,体现出他随遇而安、与民同乐的旷达情怀。

全篇的中心,主要围绕一个"乐"字,并坦言"醉翁之意不在酒,在乎山水之间也"。第一段由醉翁亭之名的由来引出作者"醉翁"的自号,并引出醉翁之意在"山水之乐"。第二段将"山水之乐"具体化,写朝暮之景、四季之美,而乐无穷。第三段写游人之乐与太守的宴饮,表现作者与百姓相处和谐融洽。第四段写宴会散、众人归的情景。醉翁之意,终归不是在酒,而在山水之间,而在民之乐也。最后一段,不但提升了文章的主题,也照应了第一段的千古名句。

本文的语言很有特色,句式上大量运用骈偶句,并夹有散句,既整齐又富有变化,使文章越发显得音调铿锵,形成一种骈散结合的独特风格。

【诵读分析】

总体基调:
赞美、旷达、怡然自得。

声音状态:
中低声区,实声为主,虚实结合。

层次变化:

1.第一段叙述醉翁亭之所在,描绘地理环境,舒缓型。景物由全景至近景再至特写,声音可由放转收,吐字由先松弛后变集中。一连串的问句加速之后,语速放缓给出这一段的中心句"醉翁之意不在酒,在乎山水之间也"。

2.第二段色彩有明有暗,时间有早有晚,注意声音的明暗变化。这一段每个句子都是先分述后总结,注意前快、后慢的节奏变化。

3.第三段"滁人游也""太守宴也""众宾欢也"是并列结构,而"太守醉也"

是中心句,可以采用前快后慢、前连后停的方式进行凸显。

4.第四段把握三种"乐境"。"禽鸟之乐""友人之乐"和"太守之乐",而重点在于"太守之乐"之"与民同乐",前两种"乐"语流可平直,而"太守之乐"语气加浓,语速减慢。

难点处理:

1.分总句式的表达。"若夫日出而林霏开,云归而岩穴暝,晦明变化者,山间之朝暮也。"前快后慢,利用节奏变化突出总结句。

2.转折句的处理。"已而夕阳在山,人影散乱……然而禽鸟知山林之乐,而不知人之乐。"以"然而"为转折句的关联词,注意前低、后高以及语气的变化,以突出转折之后的语义。

3.判断句的表达。"……者……也",利用顿挫与两头高、中间低的波谷语流变化将判断双方进行呼应。

字音提示:

林壑(hè)尤美;饮少辄(zhé)醉;伛(yú)偻(lǚ)提携;山肴野蔌(sù);射者中(zhòng),弈者胜;觥(gōng)筹交错;树林阴翳(yì)

（五十七）爱莲说

（周敦颐）

　　水陆草木之花，可爱者甚蕃。晋陶渊明独爱菊。自李唐来，世人盛爱牡丹。予独爱莲之出淤泥而不染，濯清涟而不妖[1]，中通外直，不蔓不枝[2]，香远益清[3]，亭亭净植[4]，可远观而不可亵玩焉[5]。

　　予谓菊，花之隐逸者也；牡丹，花之富贵者也；莲，花之君子者也。噫！菊之爱，陶后鲜有闻[6]；莲之爱，同予者何人？牡丹之爱，宜乎众矣。

【注释】

[1]濯：洗涤。清涟：水清而有微波，这里指清水。

[2]不蔓不枝：不生枝蔓，不长枝节。

[3]香远益清：香气远播，更加显得清芬。远，遥远，空间距离大。远播，远远地传送出去。

[4]亭亭：耸立的样子。植："植"通"直"，立。

[5]可：只能。亵：亲近而不庄重。

[6]鲜：少。

【赏析】

　　《爱莲说》是北宋散文家周敦颐的代表作。作者托物言志，表达了不慕名利、洁身自好的生活态度，同时也表达了作者对追名逐利、趋炎附势的鄙弃。

　　全文可以分为两个部分：第一部分描写莲花高洁的形象；第二部分揭示莲花的比喻义，分评菊、牡丹和莲，并以莲自况，抒发作者内心深沉的慨叹。

　　首句"水陆草木之花，可爱者甚蕃"总领第一部分，其中"可爱"二字，包罗群芳。接着说晋朝陶渊明辞官归隐，独自享受"采菊东篱下"的隐居生活。自李唐以来，大家都喜欢牡丹，尤其是统治阶层尤甚，这为作者表达"予莲之出淤泥而不染，濯清涟而不妖"作了最好的铺垫。文中对莲花的描写，突显其高洁的品质，隐喻作者为官清正廉洁，不与小人同流合污。

接下来,作者先对菊、牡丹和莲三种花象征的不同品质进行了比较和品评,相比菊花的隐逸、牡丹的富贵,莲花实为百花丛中的君子。最后,作者评花进而对"爱"作出评价:当今之世真隐士少,而趋炎附势的小人比比皆是,这大千世界中,能有几个志同道合的人,共同去根治这社会痼疾呢?这里先用花进行比喻,让花的特性喻人,自况自励。以菊为陪衬,以牡丹为反衬,使莲花的高洁形象矗立于读者心中,表现了作者洁身自爱的君子情操。

【诵读分析】

总体基调:

喜爱、赞美、淡然、超脱。

声音状态:

中低声区,实声为主,虚实结合。

层次变化:

1. 第一段采用类比的写作方式,舒缓型,中速。"菊""牡丹"可以读得平缓些,中速偏快;"予爱莲"语气加浓,中速偏慢。

2. 第二段同样采用类比的手法,舒缓型,中速。"菊""牡丹"可以读得平缓些,中速偏快;"莲之爱"语气加浓,中速偏慢,语势扬起。最后一句"牡丹之爱"语势下降,语气变淡。

难点处理:

1. 描写＋议论。描写"出淤泥而不染……亭亭净植"连接要紧密,表达要细腻,最后一句"可远观而不可亵玩焉",减速,要用议论的语气。

2. 主次的处理。第二段将"莲之爱"作为中心来处理,语势高、语速慢、语气浓;其他部分语势低、语速快、语句连、语气淡,以此形成对比。

3. 基调的处理。作者爱莲的高洁、超然的品性,因此总体基调不可过浓,渲染不要过度。也不可对"爱牡丹"进行过度批判。

字音提示:

可爱者甚蕃(fán);濯(zhuó)清涟(lián)而不妖;不蔓(màn)不枝;不可亵(xiè)玩焉;陶后鲜(xiǎn)有闻

（五十八）六国论

（苏洵）

六国破灭，非兵[1]不利，战不善[2]，弊在赂秦[3]。赂秦而力亏，破灭之道[4]也。或曰[5]：六国互丧，率[6]赂秦耶？曰：不赂者以赂者丧，盖[7]失强援，不能独完[8]。故曰：弊在赂秦也。

秦以攻取[9]之外，小[10]则获邑，大则得城。较秦之所得，与战胜而得者，其实[11]百倍；诸侯之所亡，与战败而亡者，其实亦百倍。则秦之所大欲[12]，诸侯之所大患，固不在战矣。思厥先祖父[13]，暴霜露[14]，斩荆棘，以有尺寸之地。子孙视[15]之不甚惜，举以予人[16]，如弃草芥。今日割五城，明日割十城，然后得一夕安寝。起视四境，而秦兵又至矣。然则[17]诸侯之地有限，暴秦之欲无厌[18]，奉之弥繁，侵之愈急[19]。故不战而强弱胜负已判[20]矣。至于[21]颠覆[22]，理固宜然[23]。古人云："以地事秦，犹抱薪救火，薪不尽，火不灭。"[24]此言得之[25]。

齐人未尝赂秦，终[26]继[27]五国迁灭[28]，何哉？与嬴[29]而不助五国也。五国既[30]丧，齐亦不免[31]矣。燕赵之君，始有远略[32]，能守其土，义[33]不赂秦。是故燕虽小国而后亡，斯[34]用兵之效也。至丹以荆卿为计，始[35]速[36]祸焉。赵尝五战于秦，二败而三胜。后秦击赵者再[37]，李牧连却[38]之。洎[39]牧以[40]谗[41]诛，邯郸为郡[42]，惜其用武而不终也。且燕赵处秦革灭殆尽之际[43]，可谓智力[44]孤危，战败而亡，诚不得已。向使[45]三国各爱其地，齐人勿附于秦，刺客不行，良将犹在，则胜负之数，存亡之理[46]，当[47]与秦相较，或未易量[48]。

呜呼！以[49]赂秦之地封天下之谋臣，以事秦之心礼[50]天下之奇才，并力西向，则吾恐秦人食之不得下咽[51]也。悲夫！有如此之势[52]，而[53]为秦人积威[54]之所劫[55]，日[56]削月割，以趋于亡。为国者无使为积威之所劫哉[57]！

夫六国与秦皆诸侯,其势弱于秦,而犹有可以[58]不赂而胜之之势。苟[59]以天下之大,下[60]而从[61]六国破亡之故事[62],是又在六国下[63]矣。

【注释】

[1]兵:兵器。

[2]善:好。

[3]弊在赂秦:弊病在于贿赂秦国。赂,贿赂。这里指向秦割地求和。

[4]道:原因。

[5]或曰:有人说。这是设问。下句的"曰"是对该设问的回答。

[6]率:都,皆。

[7]盖:承接上文,表示原因,有"因为"的意思。

[8]完:保全。

[9]以攻取:用攻战(的办法)而夺取。

[10]小:形容词作名词,小的地方。

[11]其实:它的实际数目。

[12]所大欲:所最想要的(东西)。大,最。

[13]厥先祖父:泛指他们的先人祖辈,指列国的先公先王。厥,其。先,对去世的尊长的敬称。祖父,祖辈与父辈。

[14]暴霜露:暴露在霜露之中。意思是冒着霜露。和下文的斩荆棘,以有尺寸之地,都是形容创业的艰苦。

[15]视:对待。

[16]举以予人:拿它(土地)来送别人。实际是举之以予人,省略了之,代土地。

[17]然则:既然这样,那么。

[18]厌:同"餍",满足。

[19]奉之弥繁,侵之愈急:(诸侯)送给秦的土地越多,(秦国)侵略诸侯也越厉害。奉,奉送。弥、愈,都是"更加"的意思。繁,多。

[20]判:决定。

[21]至于:以至于。

[22]颠覆:灭亡。

[23]理固宜然:(按照)道理本来就应该这样。

[24]"以地事秦……火不灭":语见《史记·魏世家》和《战国策·魏策》。事,侍奉。

[25]此言得之:这话对了。得之,得其理。之,指上面说的道理。

[26]终:最后。

[27]继:跟着。

[28]迁灭:灭亡。古代灭人国家,同时迁其国宝、重器,故说"迁灭"。

[29]与嬴:亲附秦国。与,亲附。嬴,秦王族的姓,此借指秦国。

[30]既:连词,既然。

[31]免:幸免。

[32]始有远略:起初有长远的谋略,这句中的"始"与下文"至丹"的"至","洎牧"的"洎","用武而不终"的"不终",互相呼应。

[33]义:名词作动词,坚持正义。

[34]斯:这。

[35]始:才。

[36]速:招致。

[37]再:两次。

[38]却:使……退却。

[39]洎:及,等到。

[40]以:因为

[41]谗:小人的坏话。

[42]邯郸为郡:秦灭赵之后,把赵国改为秦国的邯郸郡。邯郸,赵国的都城。

[43]且燕、赵处秦革灭殆尽之际:燕赵两国正处在秦把其他国家快要消灭干净的时候。革,改变,除去。殆,几乎,将要。

[44]智力:智谋和力量(国力)。

[45]向使:以前假如。

[46]胜负之数,存亡之理:胜负存亡的命运。数,天数。理,理数。皆指命运。

[47]当:同"倘",如果。

[48]易量:容易判断。

[49]以:用。

[50]礼:礼待。名作动。

[51]食之不得下咽也:指寝食不安,内心惶恐。下,向下。名作动。咽,吞咽。

[52]势:优势。

[53]而:却。

[54]积威:积久而成的威势。

[55]劫:胁迫,劫持。

[56]日:每天,一天天,名作状。下文"月"同。

[57]为国者无使为积威之所劫哉:治理国家的人不要被积久的威势胁迫啊!

[58]可以:可以凭借。

[59]苟:如果。

[60]下:自取下策。一本无"下"。

[61]从:跟随。

[62]故事:旧事,先例。

[63]下:指在六国之后。

【赏析】

《六国论》是宋代文学家苏洵的作品。此文针对六国久存而秦速亡的对比分析,突出强调了"士"的作用,指出六国诸侯卿相皆争养士,是久存的原因。文章提出并论证了六国灭亡"弊在赂秦"的精辟论点,"借古讽今",告诫北宋统治者要吸取六国灭亡的教训,以免重蹈覆辙。

文章第一段首先提出了六国破灭的原因:"六国破灭,非兵不利,战不善,弊在赂秦。"苏洵开宗明义、斩钉截铁地亮出自己的观点:六国之所以灭亡,不在于它们的武器不锐利,也不在于它们仗打得不好,而是在于他们一味地拿土地作为贿赂,向秦国乞求和平。"赂秦"实际上是削弱自己的力量,助长敌人的侵略野心,促使自己走向毁灭。这也是本文的基本论点。

在接下来的两段文章里,作者又分别就"赂秦"的国家和不"赂秦"的国家,论述了它们各自灭亡的具体原因,把六国破灭"弊在赂秦"的道理说得更加透彻,更加具有说服力量。

文章的第四段和第五段是作者就以上的论述发表感慨。第五段不同于第四段,第四段的感慨针对的是历史,第五段的感慨针对的是现实。

本文将描写、抒情、议论有机结合,运用引用、对比、比喻等手法,使语言灵活多样,生动有力,读起来铿锵有力,掷地有声,富有节奏感。句式多变,感情激切,富有感染力。作者见识深远,议论精辟透彻,令人信服,对世人有强烈的警示作用。

【诵读分析】

总体基调:
坚毅、正气、批判、借古讽今。

声音状态:
中低声区,实声为主。

层次变化:

1.第一段总论点,讲道理提出了六国破灭的原因,中速偏慢,语势高、声音强。

2.第二段分析论证,摆事实,正面说,论述"赂秦"之国灭亡的原因,中速偏快,语势起伏不大,声音稍收。

3.第三段分析论证,摆事实,反面证,论述不"赂秦"的国家为什么灭亡,中速偏快,语势起伏不大,声音稍收。

4.第四段总结第二、第三段,讲道理,针对历史生发感叹,中速偏慢,语势略扬,声音坚实有力。

5.第五段,针对现实生发感叹,照应第一段,讲道理,中速偏慢,语势高、声音强。

难点处理：

1.第二段转折句的处理。"思厥先祖父"与"子孙视之"形成强烈对比,语气上要所有变化。

2.第三段连贯句的处理。"齐人""燕赵"抗秦的内容注意语句连接要紧密。

3.声音强弱的对比。论点部分声音有力,给出观点,语气中有批判的态度。论证叙事部分声音要适当回收,切忌从头到尾都使用较大音量。

字音提示：

思厥(jué)先祖父;暴(pù)霜露;洎(jì)牧以谗诛;当(tǎng)与秦相较;或未易量(liáng)

（五十九）江城子·乙卯正月二十日夜记梦

（苏轼）

十年生死两茫茫[1]，不思量[2]，自难忘。千里孤坟[3]，无处话凄凉。纵使相逢应不识，尘满面，鬓如霜。

夜来幽梦忽还乡，小轩窗[4]，正梳妆。相顾无言，惟有泪千行。料得年年肠断处，明月夜，短松冈[5]。

【注释】

[1]十年：指结发妻子王弗去世已十年。

[2]思量：想念。

[3]千里：王弗葬地四川眉山与苏轼任所山东密州，相隔遥远，故称"千里"。孤坟：其妻王氏之墓。

[4]小轩窗：指小室的窗前。小轩，有窗槛的小屋。

[5]短松冈：苏轼葬妻之地。短松，矮松。

【赏析】

这首词的作者是北宋著名的豪放派词人苏轼。词是在妻子王弗去世十年之后创作的。苏轼十九岁时与十六岁的王弗结为夫妻，两人恩爱情深。不幸的是，两人相守仅十余年，二十七的王弗便病逝了。这首词表达了苏轼在梦中与王弗相会所经历之事以及对亡妻绵绵不尽的思念之情。

词的上阕描述苏轼梦中与亡妻真挚的感情。词的前三句将"不思量"与"自难忘"并举，表现出自己内心的真情实感，书写自己对亡妻的思念之情。"千里孤坟，无处话凄凉。"与妻子生死相隔，凄苦无处诉说，表达了作者孤独寂寞、凄凉无助而急于向人诉说的情感，格外感人。"纵使相逢"这种不可能的假设，表达了作者撕心裂肺的悲痛之情。

词的下阕前五句，开始入题"记梦"。前三句写作者在梦中回到了故乡，在两个人曾经甜蜜共处的小室，妻子依稀当年，正在梳妆打扮。"相顾无言，惟有泪千行。"两人相见，无声胜有声，只有眼泪千行。作者将现实中的感受融入梦中,令人感到无比凄凉。结尾三句写的是作者站在亡妻的角度写的,设想妻子的痛苦来表达自己的悼念之情。

这首词思致委婉,境界层出,情调凄凉哀婉,在古今悼亡词中,别具一种艺术特色。

【诵读分析】

总体基调:
思念、伤怀、凄凉。

声音状态:
中低声区,实声为主、虚实结合。

语节划分:
十年生死—两茫茫,不思量,自难忘。
千里孤坟,无处—话凄凉。
纵使—相逢—应不识,尘满面,鬓如霜。
夜来—幽梦—忽还乡,小轩窗,正梳妆。
相顾无言,惟有—泪千行。
料得—年年—肠断处,明月夜,短松冈。

节奏变化:
1.“纵使相逢应不识”略快,“尘满面,鬓如霜”稍慢。
2.“夜来幽梦忽还乡”略快,声音轻,气息稍提起,表示对梦境的回忆。“相顾无言”减速略慢,气息下沉,表示转折与情绪的变化。

难点提示:
声音虚实对比。词中梦境(夜来幽梦忽还乡,小轩窗,正梳妆)与现实(相顾无言,惟有泪千行。料得年年肠断处,明月夜,短松冈)的比较,要用气息的深与浅,声音的虚与实、放与收进行对比与变化。

字音提示:
不思量(liáng);鬓(bìn)如霜;短松冈(gāng)

（六十）水调歌头·明月几时有

（苏轼）

丙辰中秋，欢饮达旦[1]，大醉作此篇，兼怀子由。

明月几时有，把酒问青天。不知天上宫阙[2]，今夕是何年。我欲乘风归去，又恐琼楼玉宇[3]，高处不胜寒。起舞弄清影[4]，何似在人间？

转朱阁，低绮户，照无眠[5]。不应有恨，何事长向别时圆[6]？人有悲欢离合，月有阴晴圆缺，此事古难全。但愿人长久，千里共婵娟[7]。

【注释】

[1]达旦：到天亮。

[2]天上宫阙：指月中宫殿。阙，古代城墙后的石台。

[3]琼楼玉宇：美玉砌成的楼宇，指想象中的月宫。

[4]弄清影：意思是诗人在月光下起舞，影子也随着舞动。弄，玩弄，欣赏。

[5]转朱阁，低绮户，照无眠：月儿移动，转过了朱红色的楼阁，低低地挂在雕花的窗户上，照着没有睡意的人（指诗人自己）。朱阁，朱红的华丽楼阁。绮户，雕饰华丽的门窗。

[6]何事：为什么。

[7]千里共婵娟：只希望两人年年平安，虽然相隔千里，也能一起欣赏这美好的月光。

【赏析】

《水调歌头·明月几时有》是宋代大文学家苏轼于公元 1076 年（宋神宗熙宁九年）中秋在密州（今山东省诸城市）时所作。词前的小序交代了写词的过程：苏轼因为与当权的变法者王安石等人政见不同，自求外放，辗转各地为官，七年时间未见弟弟苏辙。这首词以中秋月起兴，表达了对胞弟苏辙的无限怀念。

　　这首词通篇咏月，月是词的中心意象所在，并且处处关联人事，表现出与自然社会契合的特点。词的上阕望月、问月、问天，借明月自喻清高，幻想"乘风归去"，但又担心"高处不胜寒"，表现了作者在天上与人间、出世与入世的矛盾心理，在词的上下衔转之处表达出顾影自怜之意。

　　词的下阕怀念亲人子由，用圆月衬托别情，同时感念人生的离合无常，融写实为写意，化景物为情思，一韵一意，淋漓挥洒。"但愿人长久，千里共婵娟"，向世间所有离别的亲人发出意深情更深的慰问和祝愿，感人肺腑。

　　从表现方面来说，词的上阕纵写，下阕横叙，极富浪漫主义色彩。上阕是对古老神话、流传下来的笔记故事的推陈出新，下阕是对月亮的白描速写。看似演绎月亮阴晴圆缺的道理，实际上是在阐释人生悲欢离合的哲理。

【诵读分析】

总体基调：

感怀、祝愿、哲思。

声音状态：

中低声区，实声为主、虚实结合。

语节划分：

明月—几时有，把酒—问—青天。

不知—天上宫阙，今夕—是何年。

我欲—乘风归去，又恐—琼楼玉宇，高处—不胜寒。

起舞—弄—清影，何似—在—人间？

转—朱阁，低—绮户，照—无眠。

不应—有恨，何事—长向—别时圆？

人—有悲欢离合，月—有阴晴圆缺，此事—古难全。

但愿—人长久，千里—共婵娟。

节奏变化：

1."不知天上宫阙"略快，"今夕是何年"稍慢。

2."我欲乘风归去"略快，"又恐琼楼玉宇"稍慢。

3."转朱阁，低绮户，照无眠"略快，"不应有恨，何事长向别时圆？"稍慢。

难点处理：

1.表现词人精神境界的句子要凸显，如："起舞弄清影，何似在人间？""但愿人长久，千里共婵娟。"

2.语气浓淡的处理：作者通过中秋明月展开思考，因此"咏月"的部分渲染不宜过浓。

字音提示：

宫阙（què）；琼（qióng）楼玉宇；不胜（shèng）寒；低绮（qǐ）户；婵（chán）娟

（六十一）念奴娇·赤壁怀古

（苏轼）

　　大江东去,浪淘尽,千古风流人物。故垒西边,人道是,三国周郎赤壁。乱石穿空,惊涛拍岸,卷起千堆雪。江山如画,一时多少豪杰。

　　遥想公瑾当年,小乔初嫁了[1],雄姿英发[2]。羽扇纶巾[3],谈笑间,樯橹灰飞烟灭[4]。故国神游[5],多情应笑我,早生华发[6]。人生如梦,一尊还酹江月[7]。

【注释】

[1]小乔初嫁了:《三国志·吴志·周瑜传》载,周瑜从孙策攻略:"得桥公两女,皆国色也。策自纳大桥,瑜纳小桥。""乔"本作"桥"。其时距赤壁之战已经十年,此处言"初嫁",是言其少年得意,倜傥风流。

[2]雄姿英发:谓周瑜体貌不凡,言谈卓绝。英发,谈吐不凡,见识卓越。

[3]羽扇纶巾:古代儒将的便装打扮。羽扇,羽毛制成的扇子。纶巾,青丝制成的头巾。

[4]樯橹:这里代指曹操的水军战船。樯,挂帆的桅杆。橹,一种摇船的桨。

[5]故国神游:"神游故国"的倒文。故国,这里指旧地,当年的赤壁战场。神游,于想象、梦境中游历。

[6]华发:花白的头发。

[7]一尊还酹江月:古人以酒浇在地上祭奠。这里指洒酒酹月,寄托自己的感情。尊,通"樽",酒杯。

【赏析】

　　《念奴娇·赤壁怀古》是宋代文学家苏轼的词作,是豪放词的代表作之一。

　　这首诗作于元丰五年(1082)七月,苏轼谪居黄州时。此词通过对月夜江上壮美景色的描绘,抒发了作者对昔日英雄人物的无限怀念和敬仰之情,委婉地表达了作者怀才不遇、功业未就的忧愤,同时也体现了作者关注历史和人生的旷达之心。

　　上阕写景。开篇"大江东去,浪淘尽,千古风流人物",把奔腾不息的大江与千古留名的英雄人物联系起来。接着"人道是",把江边故垒与周郎赤壁联系起来,将时间与空间的距离紧缩集中到三国时代的风云人物身上。通过对精彩画卷的赞叹,把景物与历史人物联系起来,相互衬托,不但描写出江山的雄伟壮观,而且表现出英雄人物的非凡。

下阕写周瑜战功赫赫并借以抒发情感。周瑜少年成名,迎娶小乔,英俊潇洒;赤壁之战,谈笑风生,指挥若定。同三十岁就功成名就的周瑜相比,词人顿生感慨,发出自笑多情、光阴虚度的叹惋,因而借酒消愁,寄情于明月,想在自然之中作自我解脱,从而表现出洒脱豪迈的情怀。在艺术手法上,全词把写景、怀古、抒情融为一体,描绘出了气魄宏伟的古代战场,在极为开阔的视野中,不但对壮丽河山赞美,而且对古代英雄人物予以歌颂,从而形成豪迈奔放的风格。

【诵读分析】

总体基调:

豪迈、感怀、赞美。

声音状态:

中高声区,实声为主,虚实结合。

语节划分:

大江—东去,浪—淘尽,千古—风流人物。

故垒—西边,人道是,三国—周郎赤壁。

江山—如画,一时—多少—豪杰。

遥想—公瑾—当年,小乔—初嫁了,雄姿—英发。

羽扇—纶巾,谈笑间,樯橹—灰飞烟灭。

故国—神游,多情—应—笑我,早生—华发。

人生—如梦,一尊—还酹—江月。

节奏变化:

1."故垒西边,人道是"略快,"三国周郎赤壁"稍慢。

2."羽扇纶巾,谈笑间"略快,"樯橹灰飞烟灭"稍慢。

3."故国神游,多情应笑我"略快,"早生华发"稍慢。

难点处理:

1.强弱对比。上阕声音豪放、气势雄伟,同时要有历史风云变化的沧桑感。下阕表现周瑜英雄气概的"雄姿英发"时声音强劲,抒情的句子"早生华发""人生如梦"声音稍弱,语气中要流露出对现实不满的惆怅感。

2.虚实对比。"乱石穿空、惊涛拍岸"实景可用实声,"卷起千堆雪"用了比喻手法,可用虚声加以描绘。

字音提示：

小乔初嫁了(liǎo)；雄姿英发(fā)；羽扇纶(guān)巾；樯(qiáng)橹(lǔ)灰飞烟灭；早生华(huá)发；一尊还(huán)酹(lèi)江月

（六十二）赤壁赋

（苏轼）

壬戌之秋[1]，七月既望[2]，苏子与客泛舟游于赤壁之下。清风徐来[3]，水波不兴[4]。举酒属客[5]，诵明月之诗[6]，歌窈窕之章[7]。少焉[8]，月出于东山之上，徘徊于斗牛之间[9]。白露横江[10]，水光接天。纵一苇之所如，凌万顷之茫然[11]。浩浩乎如冯虚御风[12]，而不知其所止；飘飘乎如遗世独立[13]，羽化而登仙[14]。

于是饮酒乐甚，扣舷而歌之[15]。歌曰："桂棹兮兰桨[16]，击空明兮溯流光[17]。渺渺兮予怀[18]，望美人兮天一方[19]。"客有吹洞箫者，倚歌而和之[20]。其声呜呜然，如怨如慕[21]，如泣如诉；余音袅袅[22]，不绝如缕[23]。舞幽壑之潜蛟[24]，泣孤舟之嫠妇[25]。

苏子愀然[26]，正襟危坐[27]，而问客曰："何为其然也[28]？"客曰："'月明星稀，乌鹊南飞。'此非曹孟德之诗乎？西望夏口[29]，东望武昌[30]，山川相缪[31]，郁乎苍苍[32]，此非孟德之困于周郎者乎[33]？方其破荆州，下江陵，顺流而东也[34]，舳舻千里[35]，旌旗蔽空，酾酒临江[36]，横槊赋诗[37]，固一世之雄也，而今安在哉？况吾与子渔樵于江渚之上，侣鱼虾而友麋鹿[38]，驾一叶之扁舟[39]，举匏樽以相属[40]。寄蜉蝣于天地[41]，渺沧海之一粟[42]。哀吾生之须臾[43]，羡长江之无穷。挟飞仙以遨游，抱明月而长终[44]。知不可乎骤得[45]，托遗响于悲风[46]。"

苏子曰："客亦知夫水与月乎？逝者如斯[47]，而未尝往也；盈虚者如彼[48]，而卒莫消长也[49]。盖将自其变者而观之，则天地曾不能以一瞬[50]；自其不变者而观之，则物与我皆无尽也，而又何羡乎！且夫天地之间，物各有主，苟非吾之所有，虽一毫而莫取。惟江上之清风，与山间之明月，耳得之而为声，目遇之而成色，取之无禁，用之不竭。是造物者之无尽藏也[51]，而吾与子之所共适[52]。"

客喜而笑，洗盏更酌。肴核既尽[53]，杯盘狼藉。相与枕籍乎舟中[54]，不知东方之既白。

【注释】

[1]壬戌:元丰五年,岁次壬戌。古代以干支纪年,该年为壬戌年。

[2]既望:农历每月十六。农历每月十五日为"望日",十六日为"既望"。

[3]徐:缓缓地。

[4]兴:起。

[5]属:倾注,引申为劝酒。

[6]明月之诗:指《诗经·陈风·月出》。

[7]窈窕之章:《陈风·月出》诗首章为:"月出皎兮,佼人僚兮,舒窈纠兮,劳心悄兮。""窈纠"同"窈窕"。

[8]少焉:一会儿。

[9]斗牛:星座名,即斗宿(南斗)、牛宿。

[10]白露:白茫茫的水气。横江:横贯江面。

[11]"纵一苇"二句:任凭小船在宽广的江面上漂荡。纵,任凭。一苇,比喻极小的船。《诗经·卫风·河广》:"谁谓河广,一苇杭(航)之。"如,往。凌,越过。万顷,极为宽阔的江面。茫然,旷远的样子。

[12]冯虚御风:乘风腾空而遨游。冯虚,凭空,凌空。冯,通"凭",乘。虚,太空。御,驾驭。

[13]遗世:离开尘世。

[14]羽化:传说成仙的人能像长了翅膀一样飞升。登仙:登上仙境。

[15]扣舷:敲打着船边,指打节拍。

[16]桂棹兰桨:桂树做的棹,兰木做的桨。

[17]空明:月亮倒映水中的澄明之色。溯:逆流而上。流光:在水波上闪动的月光。

[18]渺渺:悠远的样子。

[19]美人:比喻心中美好的理想或好的君王。

[20]倚歌:按照歌曲的声调节拍。和:同声相应,唱和。

[21]怨:哀怨。慕:眷恋。

[22]余音:尾声。袅袅:形容声音婉转悠长。

[23]缕:细丝。

[24]幽壑:深谷,这里指深渊。此句意谓:潜藏在深渊里的蛟龙为之起舞。

[25]嫠妇:寡妇。白居易《琵琶行》写孤居的商人妻云:"去来江口守空船,绕船月明江水寒。夜深忽梦少年事,梦啼妆泪红阑干。"这里化用其事。

[26]愀然:容色改变的样子。

[27]正襟危坐:整理衣襟,(严肃地)端坐着。

[28]何为其然也:箫声为什么会这么悲凉呢?

[29]夏口:故城,在今湖北武昌。

[30]武昌:今湖北鄂城市。

[31]缪:通"缭",盘绕。

[32]郁:茂盛的样子。

[33]孟德之困于周郎:指汉献帝建安十三年(208),吴将周瑜在赤壁之战中击溃曹操
　　号称的八十万大军。周郎,周瑜,二十四岁为中郎将,吴中皆呼为周郎。

[34]"方其"三句:指建安十三年刘琮率众向曹操投降,曹军不战而占领荆州、江陵。
　　方,当。荆州,辖南阳、江夏、长沙等八郡,今湖南、湖北一带。江陵,当时的荆州
　　首府,今湖北县名。

[35]舳舻:战船前后相接,这里指战船。

[36]酾酒:滤酒,这里指斟酒。

[37]横槊:横执长矛。槊,长矛。

[38]侣:以……为伴侣,这里为意动用法。麋:鹿的一种。

[39]扁舟:小舟。

[40]匏尊:用葫芦做成的酒器。匏,葫芦。尊,同"樽"。

[41]寄:寓托。蜉蝣:一种朝生暮死的昆虫。此句比喻人生之短暂。

[42]渺:小。沧海:大海。此句比喻人类在天地之间极为渺小。

[43]须臾:片刻,形容生命之短。

[44]长终:至于永远。

[45]骤:一下子,很轻易地。

[46]遗响:余音,指箫声。悲风:秋风。

[47]逝者如斯:流逝的像这江水。语出《论语·子罕》:"子在川上曰:'逝者如斯夫,不
　　舍昼夜。'"逝,往。斯,指水。

[48]盈虚者如彼:指月亮的圆缺。

[49]卒:最终。消长:增减。

[50]曾不能:固定词组,连……都不够。曾,连……都。一瞬:一眨眼的工夫。

[51]是:这。造物者:天地自然。无尽藏:无穷无尽的宝藏。

[52]适:享用。《释典》谓六识以六人为养,其养也胥谓之食,目以色为食,耳以声为
　　食,鼻以香为食,口以味为食,身以触为食,意以法为食。清风明月,耳得成声,目
　　遇成色,故曰"共食"。易以"共适",则意味索然。当时有问轼"食"字之义,轼曰:
　　"如食吧之'食',犹共用也。"轼盖不欲以博览上人,故权词以答,古人谦抑如此。
　　明代版本将"共食"妄改为"共适",以致现行人教版高中语文教科书误从至今。

[53]肴核:菜肴、果品。

[54]枕藉:相互靠着。

【赏析】

　　《赤壁赋》是北宋文学家苏轼创作的一篇赋,写于他一生最为困难的时期
之一,即被贬谪黄州(今湖北黄冈)期间。

　　此赋通过月夜泛舟、饮酒赋诗引出主客对话的描写,反映了作者复杂矛盾

的内心世界。由月夜泛舟赤壁,尽情领略其间的清风、白露、高山、流水、月色、天光之美的快乐,到凭吊历史人物的兴亡,感叹人生短促、世事无常的现实苦闷,再到阐发变与不变的哲理,展示出旷达乐观的人生态度,最后达到转悲为喜、开怀畅饮、忘怀得失、超然物外的境界。

全文以景来贯穿,不论抒情还是议论,始终围绕江上风光和赤壁故事,融情于景,形成情、景、理的水乳交融。"清风徐来,水波不兴",烘托出月夜泛舟的愉悦与舒畅;"月出于东山之上,徘徊于斗牛之间",形象地描绘出柔和的月光似对游人的依恋。景物的穿插描写,映现出作者矛盾心理的变化过程。全赋在布局与结构安排中展现出独特的艺术构思,最终达到景趣与意趣、诗情与哲理的有机统一,在中国文学上有很高的文学地位,并对之后的赋、散文、诗产生了重大影响。

【诵读分析】

总体基调:
怡然、豁达、潇洒、感怀。

声音状态:
中低声区,实声为主,虚实结合。

层次变化:

1.第一段先叙事,语势平,后描写月夜之景,语速减慢、语势起伏较大。注意全景与特写的变化,景物的远与近、高与低在声音上的对比变化。

2.第二段语速可适当加快。"扣弦""歌曰"等处以听觉上的变化让语言变得更加生动,注意句子的归并与连接。比喻处"舞幽壑之潜蛟,泣孤舟之嫠妇"减速细描。

3.第三段由景物转到心境的描绘。"骈对"之处"西望夏口,东望武昌,山川相缪,郁乎苍苍"可归并句子,加速连接,到"固一世之雄也,而今安在哉"减速,形成欲慢先快、欲停先连的节奏变化。从"况吾与子渔樵于江渚之上"开始声音变弱,以对应"寄蜉蝣于天地,渺沧海之一粟"。最后一句"挟飞仙"扬起,"不可得"落下,声音也由明转暗,形成情绪与语气的对比。

4.第四段生发出人与世界关系的思考,语速可减慢,以突出哲学式的思考,不宜过度用声音进行渲染。

5.第五段叙事部分,语势变平,落下弱收。

难点处理:

1."骈文"句式的处理。"浩浩乎如冯虚御风,而不知其所止;飘飘乎如遗世独立,羽化而登仙。""西望夏口,东望武昌,山川相缪,郁乎苍苍""舳舻千里,旌旗蔽空,酾酒临江,横槊赋诗"注意对比性重音,呼应性停顿和语句的归并连接,形成音乐性的节奏。

2.语气的转化与对比。"破江陵,下荆州"与"而今安在哉"先停顿,后用声音的强弱对比形成变化。

3.景物描写的浓淡。景物描写为后面"人与世界"的思考作铺垫,因此不要过于渲染,避免喧宾夺主。

字音提示:

壬戌(xū)之秋;举酒属(zhǔ)客;歌窈(yǎo)窕(tiǎo)之章;少(shǎo)焉;浩浩乎如冯(píng)虚御风;桂棹(zhào)兮兰桨;击空明兮溯(sù)流光;倚(yǐ)歌而和(hè)之;余音袅袅(niǎo);舞幽壑(hè)之潜蛟(jiāo);泣孤舟之嫠(lí)妇;苏子愀(qiǎo)然;何为(wèi)其然也;舳(zhú)舻(lú)千里;酾(shī)酒临江;横槊(shuò)赋诗;况吾与子渔樵于江渚(zhǔ)之上;驾一叶之扁(piān)舟;举匏(páo)樽(zūn)以相属(zhǔ);寄蜉(fú)蝣(yóu)于天地;客亦知夫(fú)水与月乎;则天地曾(zēng)不能以一瞬;是造物者之无尽藏(zàng)也

（六十三）桂枝香·金陵怀古[1]

（王安石）

　　登临送目[2]，正故国晚秋[3]，天气初肃[4]。千里澄江似练[5]，翠峰如簇[6]。归帆去棹残阳里[7]，背西风，酒旗斜矗[8]。彩舟云淡，星河鹭起[9]，画图难足[10]。

　　念往昔，繁华竞逐[11]，叹门外楼头[12]，悲恨相续[13]。千古凭高对此[14]，谩嗟荣辱[15]。六朝旧事随流水[16]，但寒烟衰草凝绿[7]。至今商女[18]，时时犹唱[19]，后庭遗曲[20]。

【注释】

[1]桂枝香：词牌名，又名"疏帘淡月"，首见于王安石此作。金陵：今江苏南京。

[2]登临送目：登山临水，举目望远。送目，远目，望远。

[3]故国：即故都，旧时的都城。金陵为六朝故都，故称故国。

[4]初肃：天气刚开始萧肃。肃，萎缩，肃杀，形容草木枯落，天气寒而高爽。

[5]千里澄江似练：形容长江像一匹长长的白绢。语出谢朓《晚登三山还望京邑》："余霞散成绮，澄江静如练。"澄江，清澈的长江。练，白色的绢。

[6]如簇：这里指群峰好像丛聚在一起。簇，丛聚。

[7]归帆去棹：往来的船只。归，一作"征"。棹，划船的一种工具，形似桨，也可引申为船。

[8]斜矗：斜插。矗，直立。

[9]"彩舟"两句：意谓结彩的画船行于薄雾迷离之中，犹在云内；华灯映水，繁星交辉，白鹭翩飞。这两句转写秦淮河，"彩舟"系带人玩乐的河上之船，与江上"归帆去棹"的大船不同。又与下阕"繁华"相接，释为秦淮河较长江为妥。星河，天河，这里指秦淮河。鹭，白鹭，一种水鸟。一说指白鹭洲（长江与秦淮河相汇之处的小洲）。

[10]画图难足：用图画也难以完美地表现它。难足，难以完美地表现出来。

[11]繁华竞逐：（六朝的达官贵人）争着过繁华的生活。竞逐，竞相仿效追逐。

[12]门外楼头：指南朝陈亡国惨剧。语出杜牧《台城曲》："门外韩擒虎，楼头张丽华。"韩擒虎是隋朝开国大将，统兵伐陈，他已带兵来到金陵朱雀门（南门）外，陈后主尚与他的宠妃张丽华于结绮阁上寻欢作乐。陈后主、张丽华被韩俘获，陈亡于

189

隋。门,指朱雀门。楼,指结绮阁。

[13]悲恨相续:指六朝亡国的悲恨,接连不断。

[14]凭高:登高。这是说作者登上高处远望。

[15]谩嗟荣辱:空叹历朝兴衰。荣,兴盛。辱,灭亡。

[16]"六朝"两句:意谓六朝的往事像流水般消逝了,如今只有寒烟笼罩衰草,凝成一片暗绿色,而繁华无存了。六朝,指三国吴,东晋,南朝宋、齐、梁、陈六个朝代,它们都建都金陵。随,一作"如"。

[17]衰:一作"芳"。

[18]商女:酒楼茶坊的歌女。

[19]唱:一作"歌"。

[20]后庭遗曲:指歌曲《玉树后庭花》,传为陈后主所作,其辞哀怨绮靡,后人将它看成亡国之音。

【赏析】

《桂枝香·金陵怀古》是宋代政治家、文学家王安石的词作,可能是王安石出任江宁(今江苏南京)知府时所作。此词通过对金陵风光的赞美和历史兴亡的慨叹,寄托了作者对国家和民族的关切和对当时朝政的担忧。

上阕写金陵风光,景物奇伟壮丽,气象开阔绵邈。"登临送目"四个字为整首词拓展了一个开阔的视野,从"澄江"到"翠峰",再到"归帆""斜阳""酒旗""西风""云淡""鹭起",可谓大全景扫描,既有平面的铺展,又有立体的呈现,写景虚实结合,远近交错,色彩浓淡相宜,构成一幅开阔高远、雄浑苍凉的金陵风景图。

下阕写怀古抒情,借助四个历史典故,含蓄而贴切地表达自己对六朝历史教训的认识,以及对北宋社会现实的不满,透露出居安思危的忧患意识。"念往昔"一句,由登临所见自然过渡到登临所想。今昔对比,时空交错,虚实相生,对历史和现实,表达出深沉的忧思和沉重的叹息。结句化用杜牧《泊秦淮》诗句"商女不知亡国恨,隔江犹唱后庭花",表现了作者对国家命运深切忧虑的情怀。

全词简洁精炼但内蕴丰盈,将写景、抒情、议论融合在一起,把金陵风光和历史内容有机结合,气象阔大雄浑,风格沉郁悲壮,富有强烈的艺术感染力。

【诵读分析】

总体基调:

壮美、苍劲、悲凉、批判。

声音状态：

中低声区，实声为主，虚实结合。

语节划分：

登临—送目，正—故国—晚秋，天气—初肃。

千里—澄江—似练，翠峰—如簇。

归帆—去棹—残阳里，背—西风，酒旗—斜矗。

彩舟—云淡，星河—鹭起，画图—难足。

念—往昔，繁华—竞逐，叹—门外—楼头，悲恨—相续。

千古—凭高—对此，谩嗟—荣辱。

六朝—旧事—随—流水，但—寒烟—衰草—凝绿。

至今—商女，时时—犹唱，后庭—遗曲。

节奏变化：

上阕：舒缓型，中速。"彩舟云淡、星河鹭起"略加速。

下阕：凝重型，慢速。"六朝旧事随流水，但寒烟衰草凝绿"略加速。

难点处理：

1. 上阕：展现金陵晚秋壮美、妍丽的景象，语言描绘要细腻。"长江""翠峰""江船""酒旗""彩舟""星鹭"呈现的壮美之感与"晚秋""残阳""西风"的冷清色彩形成对比。

2. 下阕：回想往昔，历史中的得失荣辱充满苍凉感。"悲恨相续"与"繁华竞逐"要形成因果式的呼应。

3. 作品既生动又含蓄，渲染不宜过浓，技巧不要过于夸张，以达到言简义丰、耐人寻味的效果。

字音提示：

千里澄（chéng）江似练；归帆去棹（zhào）残阳里；酒旗斜矗（chù）；星河鹭（lù）起；谩嗟（jiē）荣辱

（六十四）游褒禅山记

（王安石）

褒禅山亦谓之华山，唐浮图慧褒始舍于其址[1]，而卒葬之[2]；以故其后名之曰"褒禅"[3]。今所谓慧空禅院者[4]，褒之庐冢也[5]。距其院东五里，所谓华山洞者，以其乃华山之阳名之也[6]。距洞百余步，有碑仆道[7]，其文漫灭[8]，独其为文犹可识曰"花山"。今言"华"如"华实"之"华"者，盖音谬也。

其下平旷，有泉侧出，而记游者甚众[9]，所谓前洞也。由山以上五六里，有穴窈然[10]，入之甚寒，问其深，则其好游者不能穷也，谓之后洞。余与四人拥火以入，入之愈深，其进愈难，而其见愈奇。有怠而欲出者，曰："不出，火且尽。"遂与之俱出。盖余所至，比好游者尚不能十一[11]，然视其左右，来而记之者已少。盖其又深，则其至又加少矣。方是时，予之力尚足以入，火尚足以明也。既其出，则或咎其欲出者[12]，而余亦悔其随之而不得极夫游之乐也。

于是余有叹焉。古人之观于天地、山川、草木、虫鱼、鸟兽，往往有得，以其求思之深而无不在也。夫夷以近，则游者众；险以远，则至者少。而世之奇伟、瑰怪，非常之观，常在于险远，而人之所罕至焉，故非有志者不能至也。有志矣，不随以止也，然力不足者，亦不能至也。有志与力，而又不随以怠，至于幽暗昏惑而无物以相之[13]，亦不能至也。然力足以至焉，于人为可讥[14]，而在己为有悔；尽吾志也而不能至者，可以无悔矣，其孰能讥之乎？此余之所得也！

余于仆碑，又以悲夫古书之不存，后世之谬其传而莫能名者[15]，何可胜道也哉[16]！此所以学者不可以不深思而慎取之也[17]。

四人者：庐陵萧君圭君玉[18]，长乐王回深父[19]，余弟安国平父、安上纯父[20]。至和元年七月某日，临川王某记[21]。

【注释】

[1]浮图:梵语音译词，也写作"浮屠"或"佛图"，本意是佛或佛教徒，这里指和尚。慧

褒:唐代高僧。

[2]卒:死后。之:指褒禅山麓。

[3]以故:因为(这个)缘故。

[4]慧空禅院:寺院名。

[5]庐冢:指慧褒弟子在慧褒墓旁盖的屋舍。庐:屋舍。冢:坟墓。

[6]以:因为。乃:表示判断,有"为""是"的意思。阳:山的南面。

[7]仆道:"仆(于)道"的省略,倒在路旁。

[8]文:碑文,与下文"独其为文(碑上残存的文字)"的"文"不同。

[9]记游:指在洞壁上题诗文留念。

[10]窈然:深远幽暗的样子。

[11]不能十一:不及十分之一。不能:不及,不到。

[12]或:有人。咎:责怪。其:那,那些。

[13]至于:这里是抵达、到达的意思。幽暗昏惑:幽深昏暗,叫人迷乱(的地方)。以:连词,表目的。相:帮助,辅助。

[14]于人:在别人(看来)。为:是。

[15]谬其传:把那些(有关的)传说弄错。

[16]何可胜道:怎么能说得完。胜,尽。

[17]所以:表示"……的原因"。慎取:谨慎取舍。

[18]庐陵:今江西吉安。萧君圭:字君玉。

[19]长乐:今福建长乐。王回:字深父。

[20]安国平父、安上纯父:王安国,字平父。王安上,字纯父。

[21]王某:王安石。古人作文起稿,写到自己的名字,往往只作"某",或者在"某"上冠姓,以后在誊写时才把姓名写出。

【赏析】

《游褒禅山记》是我国宋代著名的政治家、思想家和文学家王安石的一篇散文,选自《临川文集》,是王安石三十四岁辞任舒州通判在回家途中游览褒禅山之后所创作。《游褒禅山记》是一篇通过记游而进行说理的散文。

第一段记述褒禅山命名的由来。褒禅山又叫华山,之所以称为褒禅山,是因为唐朝有个名叫慧褒的和尚,生前住在华山之下,死后葬在华山之下,所以叫作褒禅。如今的慧空禅院,就是当年慧褒禅师居住的房舍和坟墓之所在。

第二段记叙游览褒禅山后洞的情形。这一段分别就华山洞的前洞和后洞加以叙写,突出前洞与后洞迥然不同的环境特征,以及游前洞之易与游后洞之难,揭示一般游人就易避难的心理。随着入洞之深而"其见愈奇",下文本应叙写乘兴而入,寻幽访胜,领略"奇"景,不料,却中途退了出来。游洞至此结束。

第三段写未能深入华山后洞所产生的感想和体会。行文先从古人的行事说起,而后又回到游览风物上来,加以发挥议论。

第四段写由于仆碑而引起的联想,进一步提出"此所以学者不可以不深思而慎取之也"。第五段记同游者姓名和写作时间。

文章写作上的特点是作者把记游和说理这两部分巧妙而又自然地结合起来,善于把一些抽象的道理,通过对事物具体、生动的描绘使之形象化,从而给人以难忘的印象。

【诵读分析】

总体基调:

恬静、朴素、深思。

声音状态:

中低声区,实声为主。

层次变化:

1.第一段介绍褒禅山名字的由来,语言要舒缓平直,中速。

2.第二段叙述游览的过程,为后文的议论作铺垫,节奏舒缓。"前洞"中速偏快,"后洞"略减速,这一段要注意详略得当,也不宜过度渲染。

3.第三段生发议论,是全文的灵魂,节奏舒缓,中速偏慢,语气中带着思考。

4.第四段进一步得出结论,节奏舒缓,中速偏慢。

5.第五段游记的结尾,介绍同游者,中速偏快。

难点处理:

1.条件句的表达。"夫夷以近,则游者众;险以远,则至者少。"要利用停顿,将条件双方进行呼应。

2.因果句的表达。"而世之奇伟、瑰怪,非常之观,常在于险远,而人之所罕至焉,故非有志者不能至也。"表原因的句子要读得略平、略低,表结果的句子要扬起、减速。

3.第三段为重点段落,作者得出的观点"志""力""物"形成并列成分,要利用停顿和句子的归并形成三个部分。

字音提示:

褒(bāo)禅山;华(huá)山;慧褒始舍(shè)于其址;庐冢(zhǒng);有碑仆(pū)道;窈(yǎo)然;有怠(dài)而欲出者;则或咎(jiù)其欲出者;无物以相(xiàng)之;长乐王回深父(fǔ)

（六十五）声声慢·寻寻觅觅

（李清照）

寻寻觅觅[1]，冷冷清清，凄凄惨惨戚戚[2]。乍暖还寒时候[3]，最难将息[4]。三杯两盏淡酒，怎敌他晚来风急[5]！雁过也，正伤心，却是旧时相识。

满地黄花堆积，憔悴损[6]，如今有谁堪摘[7]？守着窗儿，独自怎生得黑[8]！梧桐更兼细雨[9]，到黄昏，点点滴滴。这次第[10]，怎一个愁字了得[11]！

【注释】

[1]寻寻觅觅：表现非常空虚怅惘、迷茫失落的心态。

[2]凄凄惨惨戚戚：忧愁苦闷的样子。

[3]乍暖还寒：指秋天的天气，忽然变暖，又转寒冷。

[4]将息：旧时方言，休养调理之意。

[5]怎敌他：对付，抵挡。晚：一本作"晓"。

[6]损：表示程度极高。

[7]堪：可。

[8]怎生：怎样的。生：语助词。

[9]梧桐更兼细雨：暗用白居易《长恨歌》"秋雨梧桐叶落时"诗意。

[10]这次第：这光景、这情形。

[11]怎一个愁字了得：一个"愁"字怎么能概括得尽呢？

【赏析】

《声声慢·寻寻觅觅》是宋代女词人李清照后期的作品，作于南渡以后，具体写作时间待考。这首词通过描写残秋所见、所闻、所感，抒发自己因国破家亡、天涯沦落而产生的孤寂落寞、悲凉愁苦的精神状态。

这首词的上阕，集中写愁苦难禁之状。词人一下笔就直抒胸臆，起笔便是"寻寻觅觅，冷冷清清，凄凄惨惨戚戚"三句连用七对叠字，实属罕见，这十四个叠字，将一种愁苦难堪之情，自胸腑中喷薄而出。上阕从一个人寻觅无着，写到酒难浇愁;风送雁声,反而增加了思亲的惆怅。

词的下阕词人集中写孤独难耐之情。从"守着窗儿"以下,写独坐无聊,内心苦闷之状,比"寻寻觅觅"三句又进一层。最后以"怎一个愁字了得"句作收,

感情的分量非常沉重,更妙的是:全篇写愁,末了都说,这情景,用一个愁字怎么能说得尽呢?

在艺术手法上,李清照采用了丰富多变的抒情手法。有螺旋式的表情法,例如开篇的七对叠字,把极度的忧愁和哀痛之情照直地迸裂到字面上,同时又层层深入。用环境、景物来烘托,词人通过铺叙,把多种表情方法结合起来运用,表现出多侧面、多层次、深刻细腻的感情。

【诵读分析】

总体基调:

愁苦、迷茫、悲凉。

声音状态:

中低声区,实声为主,虚实结合。

节奏变化:

上阕:低沉型,慢速。"乍暖还寒时候"加速,"最难将息"减速。

下阕:低沉型,慢速。"这次第怎一个"加速,"愁字"前停顿,减速。

语节划分:

寻寻—觅觅,冷冷—清清,凄凄—惨惨—戚戚。

乍暖还寒时候,最难—将息。

三杯两盏—淡酒,怎敌他—晚来—风急!

雁过也,正伤心,却是—旧时—相识。

满地—黄花—堆积,憔悴损,如今—有谁—堪摘?

守着窗儿—独自怎生得黑!

梧桐—更兼—细雨,到黄昏、一点点滴滴。

这次第,怎一个—愁字—了得!

难点处理:

1.低沉型的节奏不宜从头至尾都慢,有些地方可适当加速,如"乍暖还寒时候""怎敌他""雁过也,正伤心""这次第,怎一个"。

2.弱控制与实声。朗读这篇作品时,为了表现压抑的情感,语流起伏不要太大,音量也要控制,但不能过多用虚声。

字音提示:

乍暖还(huán)寒时候;憔(qiáo)悴(cuì)损

（六十六）一剪梅·红藕香残玉簟秋[1]

（李清照）

  红藕香残玉簟秋[2]。轻解罗裳[3]，独上兰舟[4]。云中谁寄锦书来[5]？雁字回时[6]，月满西楼。

  花自飘零水自流[7]。一种相思，两处闲愁[8]。此情无计可消除[9]，才下眉头，却上心头。

【注释】

[1] 一剪梅：词牌名。双调小令，六十字，有前后阕句句用叶韵者，而此词上下阕各三平韵，应为其变体。每句并用平收，声情低抑。此调因此词而又名"玉簟秋"。

[2] 玉簟：光滑如玉的竹席。

[3] 轻解：轻轻地提起。罗裳：犹罗裙。

[4] 兰舟：船的美称。《述异记》卷下谓："木兰洲在浔阳江中，多木兰树。昔吴王阖闾植木兰于此，用构宫殿也。七里洲中，有鲁班刻木兰为舟，舟至今在洲中。诗家云'木兰舟'出于此。"一说"兰舟"特指睡眠的床榻。

[5] 锦书：书信的美称。《晋书·窦滔妻苏氏传》云："前秦秦州刺史窦滔被徙流沙，其妻苏氏思之，织锦为回文旋图诗以赠窦滔，可宛转循环以读之，词甚凄婉，共八百四十字。"这种用锦织成的字称锦字，又称锦书。

[6] 雁字：雁群飞行时，常排列成"人"字或"一"字形，因称"雁字"。相传雁能传书。

[7] 飘零：凋谢，凋零。

[8] 闲愁：无端无谓的忧愁。

[9] 无计：没有办法。

【赏析】

  《一剪梅·红藕香残玉簟秋》是宋代婉约词派代表词人李清照的词作。因其父在党争中蒙冤，李清照亦受到株连，被迫还乡，与丈夫别离。其间她写下多篇倾诉相思、表达离别之苦的词作，《一剪梅》是其中的代表作。作者以清新唯美的笔调、细腻婉约的描述手法，情景交融，抒发了她"独上兰舟"的孤寂之感与"无计可消除"的相思之情。

词的上阕以写景为主。首句"红藕香残玉簟秋"点明了清冷的秋天时节，显示了这首词的环境气氛和感情色彩，对作者的孤独与闲愁起了衬托作用。"独上兰舟"，是作者借泛舟以消愁的方式，映射出她的孤独与愁绪。"云中谁寄锦书来？雁字回时，月满西楼。"仰头凝望远天，那白云舒卷处，谁会将锦书寄来？作者对丈夫的思念之情是何等的浓烈。

词的下阕以抒情为主，"此情无计可消除"表达了绵绵无尽的相思与愁情，这种相思之情笼罩心头，没有办法排遣。"才下眉头，却上心头。"蹙着的愁眉方才舒展，而思绪又涌上心头，其内心的绵绵愁苦挥之不去。这两句结构工整，表现手法巧妙，把相思之情描写得淋漓尽致、生动传神，具有强烈的艺术感染力，成为千古传唱的经典名句。

【诵读分析】

总体基调：

寂寞、思念、多愁善感。

声音状态：

中低声区，实声为主，虚实结合。

节奏变化：

上阕：舒缓型，中速偏慢。"云中谁寄锦书来"加速，"雁字回时，月满西楼"减速。

下阕：低沉型，中速偏慢。"花自飘零水自流"加速，"一种相思，两处闲愁"减速。

语节划分：

红藕—香残—玉簟秋。

轻解—罗裳，独上—兰舟。

云中—谁寄—锦书来？

雁字—回时，月满—西楼。

花自飘零—水自流。

一种—相思，两处—闲愁。

此情—无计—可消除，

才下—眉头，却上—心头。

难点处理：

1.语气的控制。这首词是作者中期的作品，表达丈夫远行后词人内心的思念与期盼，不宜读得过于悲伤，要注意情感控制的分寸。

字音提示：

玉簟（diàn）秋；轻解罗裳（cháng）

（六十七）蝶恋花·伫倚危楼风细细

（柳永）

伫倚危楼风细细[1]，望极春愁[2]，黯黯生天际[3]。草色烟光残照里[4]，无言谁会凭阑意[5]。

拟把疏狂图一醉[6]，对酒当歌，强乐还无味[7]。衣带渐宽终不悔[8]，为伊消得人憔悴[9]。

【注释】

[1]伫倚危楼：长时间倚靠在高楼的栏杆上。伫，长时间站立。危楼，高楼。

[2]望极：极目远望。

[3]黯黯：神情沮丧，情绪低落。生天际：从遥远无边的天际升起。

[4]烟光：飘忽缭绕的云霭雾气。

[5]会：理解。阑：同"栏"。

[6]拟把：打算。疏狂：狂放不羁。

[7]强乐：勉强欢笑。强，勉强。

[8]衣带渐宽：指人逐渐消瘦。

[9]消得：值得。

【赏析】

《蝶恋花·伫倚危楼风细细》是宋代词人柳永的作品。作为北宋第一个专力作词的词人，他不仅开拓了词的题材内容，而且制作了大量的慢词，发展了铺叙手法，促进了词的通俗化、口语化，在词史上产生了较大的影响。

词的上阕写登高望远所引起的无尽离愁，以迷离的景物描写渲染出凄楚悲凉的气氛。词首"伫倚"二字把主人公凭栏之久的外形与思念之深的内心凸显出来。"春愁"在点明时令的同时，又用它指代"相思"。从"草色烟光"一句来看，很容易使人联想到词人愁恨的连绵无尽。

词的下阕写主人公为消释离愁决意痛饮狂歌，但强颜为欢终觉无味，最后以健笔写柔情，自誓甘愿为思念伊人而日渐消瘦憔悴。词人把漂泊异乡的落魄感受，同怀念意中人的缠绵情思结合在一起写，采用"曲径通幽"的表现方式,抒情写景,感情真挚。

王国维在《人间词语》中谈到"古今之成大事业、大学问者,必经过三种境界",被他借用来形容"第二境"的便是"衣带渐宽终不悔,为伊消得人憔悴"。正是柳永的这两句词概括了一种锲而不舍的坚毅性格和执着态度。

【诵读分析】

总体基调:

思念、伤怀、坚定。

声音状态:

中低声区,实声为主,虚实结合。

节奏变化:

上阕:舒缓型,中速偏慢。"伫倚危楼风细细"慢速,"望极春愁"加速,"黯黯生天际"减速。

下阕:舒缓型,中速偏慢。"拟把疏狂图一醉,对酒当歌"加速,"强乐还无味"减速。

语节划分:

伫倚—危楼—风—细细,

望极春愁,

黯黯—生—天际。

草色—烟光—残照里,

无言—谁会—凭阑意。

拟把—疏狂—图一醉,

对酒当歌,

强乐—还—无味。

衣带—渐宽—终不悔,

为伊—消得—人憔悴。

难点处理:

1.语气的对比。"对酒当歌"语出曹操的《短歌行》,有放荡不羁的形象,但"强乐还无味"却饱含强颜欢笑的痛苦,两句在语气上有色彩上的对比。

2.铺垫与高潮的关系。这首词的中心思想在最后一句"衣带渐宽终不悔,为伊消得人憔悴",前面的"春愁""疏狂""强乐"都是情感上的铺垫,因此语气不宜过浓。

字音提示:

伫(zhù)倚(yǐ)危楼;黯黯(àn)生天际;强(qiǎng)乐还(huán)无味

（六十八）雨霖铃·寒蝉凄切[1]

（柳永）

寒蝉凄切[2]，对长亭晚[3]，骤雨初歇。都门帐饮无绪[4]，留恋处[5]，兰舟催发[6]。执手相看泪眼，竟无语凝噎[7]。念去去[8]，千里烟波，暮霭沈沈楚天阔[9]。

多情自古伤离别，更那堪[10]，冷落清秋节！今宵酒醒何处[11]？杨柳岸，晓风残月。此去经年[12]，应是良辰好景虚设[13]。便纵有千种风情[14]，更与何人说[15]？

【注释】

[1]雨霖铃：词牌名，也写作"雨淋铃"，调见《乐章集》。相传唐玄宗入蜀时在雨中听到铃声而想起杨贵妃，故作此曲。曲调自身就具有哀伤的成分。

[2]凄切：凄凉急促。

[3]长亭：古代在交通要道边每隔十里修建一座长亭供行人休息，又称"十里长亭"。靠近城市的长亭往往是古人送别的地方。

[4]都门：国都之门。这里代指北宋的首都汴京（今河南开封）。帐饮：在郊外设帐饯行。无绪：没有情绪。

[5]留恋处：一作"方留恋处"。

[6]兰舟：古代传说鲁班曾刻木兰树为舟（南朝梁任昉《述异记》）。这里用作对船的美称。

[7]凝噎：喉咙哽塞，欲语不出的样子。

[8]去去：重复"去"字，表示行程遥远。

[9]暮霭：傍晚的云雾。沈沈：同"沉沉"，深厚的样子。楚天：指南方楚地的天空。

[10]那堪：哪能承受，怎能经受。那，同"哪"。

[11]今宵：今夜。

[12]经年：年复一年。

[13]良辰好景：一作"良辰美景"。

[14]纵：即使。风情：风采、情怀。亦指男女相爱之情，深情蜜意。情，一作"流"。

[15]更：一作"待"。

【赏析】

《雨霖铃·寒蝉凄切》是宋代婉约词派代表词人柳永的词作。这首词是在作者仕途失意、不得已离京远行的背景下创作的。正值"寒蝉凄切"的"冷落清秋节",又与情人"执手相看泪眼,竟无语凝噎",作者内心是凄凉的,对别后情景的想象也是孤寂和灰暗的。这首词以铺叙为主,语言细腻婉约而感情缠绵悱恻、凄婉动人。近景与远景交互,虚景与实景相生,情随景生,景随情移,在层层铺叙和浓浓渲染中,烘托出"杨柳岸晓风残月"的诗情画意,抒发了"便纵有千种风情,更与何人说"的伤感与绝望。

全词围绕"伤离别"而构思,层层深入,从不同层面抒写离情别绪。上阕刻画了情人离别的场景。"寒蝉凄切。对长亭晚,骤雨初歇"三句描写了环境,每个意象都烘托出悲凉的气氛和意境,为全词定下凄楚伤感的调子。"执手相看泪眼,竟无语凝噎",把恋人离别的悲痛、眷恋而又无奈的心境,描摹得生动传神。

下阕着重摹写想象中的离别以后的凄楚情状。"今宵酒醒何处?杨柳岸晓风残月",传神地刻画出一个凄楚惆怅、孤独忧伤的人物形象。"此去经年,应是良辰好景虚设。便纵有千种风情,更与何人说?"这四句描写的是想象中的人生境况,"无处话悲凉"的孤苦与忧伤之情抒写得淋漓尽致。

此词写得起伏跌宕,读来却如行云流水。冯煦《六十一家词选例言》中评价此词"状难状之景,达难达之情,而出之以自然",这也正是《雨霖铃》成为经久不衰、脍炙人口的经典名篇的缘由。

【诵读分析】

总体基调:

不舍、忧伤、茫然、孤独。

声音状态:

中低声区,实声为主,虚实结合。

节奏变化:

上阕:舒缓型,中速偏慢。"都门帐饮无绪"慢速,"留恋处,兰舟催发"加速。"念去去"加速,"千里烟波,暮霭沈沈楚天阔"减速。

下阕:舒缓型,中速偏慢。"多情自古伤离别"加速,"更那堪,冷落清秋节"减速。"便纵有千种风情"加速,"更与何人说"减速。

语节划分:

寒蝉—凄切,对—长亭晚,骤雨—初歇。

都门—帐饮—无绪,留恋处,兰舟—催发。

执手相看—泪眼,竟—无语—凝噎。

念去去,千里烟波,暮霭—沈沈—楚天—阔。

多情—自古—伤—离别,更那堪,冷落—清秋节!

今宵—酒醒—何处?

杨柳岸,晓风—残月。

此去经年,应是—良辰好景—虚设。

便纵有—千种风情,更与—何人—说?

难点处理：

1.景物的远近与声音的变化。"都门""兰舟""千里烟波",景物由近及远,声音也应配合景物进行由实转虚、由密转疏的变化。

2.假设与让步的处理。"便纵有千种风情"作者进行了假设,有让步的效果和夸张的语气,因此可以将语流扬起,色彩加浓,而后一句"更与何人说"语流转抑,色彩凝重,与前一句形成鲜明对比。

字音提示：

都(dū)门;无语凝噎(yē);暮霭(ǎi)沈沈;更那(nǎ)堪

（六十九）永遇乐·京口北固亭怀古

（辛弃疾）

千古江山，英雄无觅，孙仲谋处。舞榭歌台，风流总被，雨打风吹去。斜阳草树，寻常巷陌。人道寄奴曾住。想当年，金戈铁马，气吞万里如虎。

元嘉草草[1]，封狼居胥[2]，赢得仓皇北顾[3]。四十三年[4]，望中犹记，烽火扬州路[5]。可堪回首，佛狸祠下[6]，一片神鸦社鼓[7]。凭谁问：廉颇老矣[8]，尚能饭否？

【注释】

[1]元嘉：刘裕子刘义隆年号。草草：轻率。

[2]封狼居胥：公元前119年霍去病远征匈奴，歼敌七万余，封狼居胥山而还。狼居胥山，在今蒙古境内。

[3]赢得：剩得，落得。

[4]四十三年：作者于1162年南归，到写该词时正好为四十三年。

[5]烽火扬州路：指当年扬州路上，到处是金兵南侵的战火烽烟。

[6]佛狸祠：北魏太武帝拓跋焘小名佛狸。公元450年，他曾反击刘宋，两个月的时间里，兵锋南下，五路远征军分道并进，从黄河北岸一路穿插到长江北岸。在长江北岸瓜步山建立行宫，即后来的佛狸祠。

[7]神鸦：指在庙里吃祭品的乌鸦。社鼓：祭祀时的鼓声。

[8]廉颇：战国时赵国名将。

【赏析】

《永遇乐·京口北固亭怀古》是宋代词人辛弃疾的作品，作于宋宁宗开禧元年，时辛弃疾六十六岁。这年春初，词人受命担任镇江知府，戍守江防要地京口，他清楚地意识到政治斗争的险恶、自身处境的孤危，深感很难有所作为。登临北固亭，凭高望远，抚今追昔，于是写下了这篇传唱千古之作。

词的上阕怀古抒情。第一、二句怀念三国时吴国的皇帝孙权。孙权占据东南，击退曹军。第三、四句怀念南朝宋武帝刘裕。刘裕驰骋疆场带兵作战，战功赫赫,收复失地。上阕表达了词人对历史人物的赞扬,也表达了词人对主战派的期望和对南宋朝廷苟安求和者的讽刺和谴责。

词的下阕借讽刺刘义隆来表明自己坚决主张抗金但反对冒进误国的立场和态度。开篇引用南朝刘义隆草率北伐、招致大败的历史事实,忠告当时独揽朝政的韩侂胄要吸取历史教训,不要鲁莽从事。接着用四十三年来抗金形势的变化,表示词人收复中原的决心不变。结尾三句,借廉颇自比,表达词人报效国家的强烈愿望和对宋室不能进用人才的慨叹。

这首词借古喻今,融古于今,历史和现实,古人和自己,融合为不可分割的整体。借用典故以增加词的容量,扩大词的表现力,是辛词的一大特色。

【诵读分析】

总体基调:

豪壮、悲凉、借古讽今。

声音状态:

中高声区,实声为主,虚实结合。

节奏变化:

上阕:高亢型,中速偏快。"千古江山……孙仲谋处"中速,"舞榭歌台,风流总被,雨打风吹去"减速。"想当年,金戈铁马,气吞万里如虎"加速。

下阕:凝重型,中速偏慢。"元嘉草草……赢得仓皇北顾"中速,"四十三年……烽火扬州路"减速。"佛狸祠下,一片神鸦社鼓"再减速,"凭谁问:廉颇老矣,尚能饭否?"减速。

语节划分:

千古江山,英雄无觅,孙仲谋—处。

舞榭歌台,风流总被,雨打—风吹—去。

斜阳草树,寻常巷陌。人道—寄奴—曾住。

想当年,金戈铁马,气吞—万里—如虎。

元嘉草草,封—狼居胥,赢得—仓皇—北顾。

四十三年,望中犹记,烽火—扬州路。

可堪回首,佛狸祠下,一片—神鸦—社鼓。

凭谁问:廉颇—老矣,尚能—饭否?

难点处理:

1.声音明暗对比。"千古江山……孙仲谋处"声音明亮、坚实,"舞榭歌台,风流总被,雨打风吹去"声音由明转暗。

2.第二部分借古讽今并用"廉颇老矣,尚能饭否"表明矢志报国的志愿,声音色彩上要与上阕有所区别,不能一味飙高音,要注意作者"用典"的内在语气。

字音提示:

孙仲(zhòng)谋;舞榭(xiè)歌台;狼居胥(xū);佛(bì)狸(lí)祠下;廉(lián)颇(pō)

（七十）青玉案·元夕[1]

（辛弃疾）

　　东风夜放花千树[2]，更吹落，星如雨[3]。宝马雕车香满路。凤箫声动[4]，玉壶光转[5]，一夜鱼龙舞。

　　蛾儿雪柳黄金缕[6]，笑语盈盈暗香去[7]。众里寻他千百度，蓦然回首，那人却在，灯火阑珊处[8]。

【注释】

[1]元夕：夏历正月十五日为上元节，即元宵节，此夜称元夕或元夜。

[2]东风夜放花千树：形容元宵夜花灯繁多。

[3]星如雨：指焰火纷纷，乱落如雨。

[4]凤箫：指笙、箫等乐器演奏。

[5]玉壶：比喻明月。亦可解释为指灯。

[6]"蛾儿"句：写元夕的妇女装饰。蛾儿、雪柳、黄金缕，皆古代妇女元宵节时头上佩戴的各种装饰品。这里指盛装的妇女。

[7]盈盈：声音轻盈悦耳，亦指仪态娇美的样子。暗香：本指花香，此指女性们身上散发出来的香气。

[8]阑珊：零落稀疏的样子。

【赏析】

　　《青玉案·元夕》是宋代词人辛弃疾的作品。此词创作的时间不可确考，学界有多种说法。但不论是哪一种说法，词人强烈的报国之心和南宋对外疲软、主和派占上风的政治背景都是相同的。此词从极力渲染元宵节绚丽多彩的热闹场面入手，反衬出一个超群脱俗、不同于金翠脂粉的女性形象，寄托着词人政治失意后不愿与世俗同流合污的孤高品格。

　　词的上阕描写元宵佳节的盛况，极力渲染元宵节的热闹景象。满城灯火，满街游人，火树银花，通宵歌舞。然而词人的意图不在写景，而是为了反衬"灯火阑珊处"那个与众不同的人。上阕写元夕之夜灯火辉煌，游人如云的热闹场面，下阕写不慕荣华、甘守寂寞的一位美人形象。美人形象便是寄托着作者理想人格的化身。词人先写一个个雾鬟云鬓、身着盛装的游女,然而这些丽人群女只是为了那一个意中之人而设。"众里寻他千百度,蓦然回首,那人却在,灯火阑珊处。"王国维把这种境界称之为成大事业者、大学问者的第三种境界,确是大学问者的真知灼见。

全词采用对比手法,构思精妙,语言精致,含蓄婉转,余味无穷。

【诵读分析】

总体基调:

赞美、高雅、清新。

声音状态:

中低声区,实声为主,虚实结合。

节奏变化:

上阕:舒缓型,中速偏慢。"东风夜放花千树,更吹落,星如雨"中速偏慢,"宝马雕车香满路。凤箫声动,玉壶光转,一夜鱼龙舞"略加速。

下阕:舒缓型,中速偏慢。"蛾儿雪柳黄金缕,笑语盈盈暗香去"中速,"众里寻他千百度,蓦然回首,那人却在"略加速。"灯火阑珊处"减速。

语节划分:

东风—夜放—花千树,更吹落,星如雨。

宝马—雕车—香—满路。

凤箫—声动,玉壶—光转,一夜—鱼龙舞。

蛾儿—雪柳—黄金缕,笑语—盈盈—暗香—去。

众里—寻他—千百度,

蓦然回首,那人却在,灯火—阑珊处。

难点处理:

1.主基调的控制。词中有元宵节热闹场景的描绘,但不能渲染过度,否则与作者"灯火阑珊处"的意境不符。

2."众里寻他"不宜表现为爱情的对象,而是作者理想人格的追求,因此不宜用太多技巧,而应以平实的声音展现作者甘守寂寞、清新高洁的品性。

字音提示:

玉壶光转(zhuǎn);黄金缕(lǚ);蓦(mò)然回首;灯火阑(lán)珊

（七十一）钗头凤·红酥手

（陆游）

　　红酥手，黄縢酒[1]，满城春色宫墙柳。东风恶[2]，欢情薄。一怀愁绪，几年离索[3]。错、错、错。

　　春如旧，人空瘦，泪痕红浥鲛绡透[4]。桃花落，闲池阁[5]。山盟虽在，锦书难托。莫、莫、莫[6]。

【注释】

[1]黄縢：一作"黄藤"。此处指美酒。宋代官酒以黄纸为封，故以黄封代指美酒。

[2]东风：喻指陆游的母亲。

[3]离索：离群索居的简括。

[4]浥：湿润。鲛绡：神话传说鲛人所织的绡，极薄，后用以泛指薄纱，这里指手帕。

[5]池阁：池上的楼阁。

[6]莫：相当于今"罢了"之意。

【赏析】

　　《钗头凤·红酥手》是宋代文学家陆游的词作。此词记述了词人与原配唐氏在母命难违下被迫分离后，在禹迹寺南沈园一次偶然相遇的情景，表达了他们眷恋之深和相思之切，抒发了词人怨恨愁苦而又难以言状的凄楚痴情。

　　词的上阕通过追忆往昔美满的爱情生活，感叹被迫离异的痛苦。前三句词人回忆往昔与唐氏同游沈园时的美好情景。"东风恶"四句，表达出对破坏美满婚姻的母亲极大不满。"欢情薄"写恩爱夫妻被迫分离。"一怀"极写愁绪之多，亦表达爱之深切。最后连用三个"错"字，是对破坏婚姻者的愤怒谴责，感情愤慨到了极点。

　　词的下阕由感慨往事回到现实，进一步抒写被迫与妻分离的巨大哀痛。"春如旧"三句是对唐氏在相逢时痛苦形象的描绘。"春如旧"一句表达了虽然春风依旧，但已是各有家室，人事皆非。"人空瘦"虽说写的只是唐氏容颜方面的变化，却表现出唐氏这些年由于离别相思而无法相见所承受的巨大痛苦。

"桃花落,闲池阁"用萧条冷落的景物,进一步烘托两人伤感分离之情。"山盟"两句虽只寥寥八字,却很能表现出词人自己内心的痛苦之情。虽说海誓山盟永不相负,可是现在只能把相思之情深深地埋在心底。此情绵绵不能休,词人只能再次仰天长叹"莫、莫、莫"。

【诵读分析】

总体基调:

凄楚、悔恨、无奈。

声音状态:

中低声区,实声为主,虚实结合。

节奏变化:

上阕:凝重型,中速偏慢。"红酥手,黄縢酒,满城春色宫墙柳"中速偏慢,"东风恶,欢情薄。一怀愁绪,几年离索"略加速,"错、错、错"减速。

下阕:低沉型,中速偏慢。"春如旧,人空瘦,泪痕红浥鲛绡透"中速偏慢,"桃花落,闲池阁。山盟虽在,锦书难托"略加速。"莫、莫、莫"减速。

语节划分:

红酥—手,黄縢—酒,满城春色—宫墙柳。

东风—恶,欢情—薄。

一怀—愁绪,几年—离索。

错、错、错。

春—如旧,人—空瘦,泪痕—红浥—鲛绡透。

桃花—落,闲池—阁。

山盟—虽在,锦书—难托。

莫、莫、莫。

难点处理:

1."红酥手,黄縢酒,满城春色宫墙柳"回忆了陆游与唐婉共游沈园的美好情景,色彩明丽。但是朗诵时不能用明亮的声音和欢快的语气来表达,否则与整部作品的基调不相容。

2."错、错、错"表现作者错责、悔恨的情绪,吐字要用力、偏紧;"莫、莫、莫"表达了一种无奈之情,放弃之状,吐字要卸力、偏松。

字音提示:

黄縢(téng)酒;泪痕红浥(yì)鲛(jiāo)绡(xiāo)透

（七十二）卜算子·咏梅[1]

（陆游）

驿外断桥边[2]，寂寞开无主[3]。已是黄昏独自愁，更着风和雨[4]。

无意苦争春[5]，一任群芳妒[6]。零落成泥碾作尘[7]，只有香如故[8]。

【注释】

[1]卜算子:词牌名,又名《百尺楼》《眉峰碧》《楚天遥》,双调四十四字,上下阕各两仄韵。

[2]驿外:指荒僻、冷清之地。驿,驿站,供驿马或官吏中途休息的专用建筑。断桥:残破的桥。一说"断"通"簖",簖桥乃是古时在为拦河捕鱼蟹而设簖之处所建之桥。

[3]无主:自生自灭,无人照管和玩赏。

[4]更:又,再。着:同"着",遭受,承受。

[5]苦:尽力,竭力。争春:与百花争奇斗艳。

[6]一任:全任,完全听凭。群芳:群花,这里借指苟且偷安的主和派。

[7]碾:轧烂,压碎。作尘:化作灰土。

[8]香如故:香气依旧存在。故:指花开时。

【赏析】

《卜算子·咏梅》是南宋词人陆游创作的一首词。这是陆游的一首咏梅词,其实也是陆游自己的咏怀之作。此词以物喻人,托物言志,以描写梅花的寂寞和凄苦来映射自己人生的坎坷与失意,以赞赏梅花的品格和傲然不屈的精神来表达自己坚贞不屈的傲骨和孤高雅洁的志趣。

词的上阕着力渲染梅花的落寞凄清、饱受风雨之苦的境遇。它植根的地方,是荒凉的"驿外断桥边",人迹罕至,备受冷落,令人怜惜,"更著风和雨"!尽管环境如此冷落凄凉,但它还是凭借自己顽强的生命力寂寞开放。然而作者的目的决不是单为写梅花的悲惨遭遇,引起人们的同情,上阕的描写是铺垫,是为下阕蓄势。

下阕写梅花的品格,"无意苦争春,一任群芳妒",任凭百花妒忌,梅花无意与它们争春斗艳,不媚俗,不屈服,孤独地开放在冰天雪地里。"零落成泥碾作尘,只有香如故",即使凋零飘落,化成泥土,轧成尘埃,它的香气永驻人间,只求灵魂的纯洁与升华。

对梅的赞咏,表现出作者身处逆境而矢志不渝、决不阿谀逢迎的品格和不畏谗毁、坚贞自守的崇高品格。这首咏梅词,通篇不见"梅"字,却处处展现出"梅"的神韵,成为一首咏梅杰作。

【诵读分析】

总体基调:

愁苦、愤懑、坚忍。

声音状态:

中低声区,实声为主,虚实结合。

节奏变化:

上阕:凝重型,中速偏慢。"驿外断桥边,寂寞开无主"中速偏慢,"已是黄昏独自愁"略加速,"更着风和雨"减速。

下阕:凝重型,中速偏慢。"无意苦争春,一任群芳妒"中速偏慢,"零落成泥碾作尘"略加速,"只有香如故"减速。

语节划分:

驿外—断桥—边,寂寞—开—无主。

已是—黄昏—独自愁,更着—风和雨。

无意—苦—争春,一任—群芳—妒。

零落—成泥—碾—作尘,只有—香—如故。

难点处理:

1.基调的处理上不宜一味追求愁苦,还应展现出作者高洁的品质和坚忍的精神。

2."零落成泥碾作尘"吐字适当用力,"只有香如故"吐字松弛,声音柔和,以此产生形象的对比与精神的升华。

字音提示:

更着(zhuó)风和雨

（七十三）满江红·怒发冲冠

（岳飞）

怒发冲冠[1]，凭阑处、潇潇雨歇[2]。抬望眼、仰天长啸[3]，壮怀激烈。三十功名尘与土[4]，八千里路云和月[5]。莫等闲[6]，白了少年头，空悲切。

靖康耻[7]，犹未雪；臣子恨，何时灭。驾长车，踏破贺兰山缺。壮志饥餐胡虏肉[8]，笑谈渴饮匈奴血。待从头、收拾旧山河，朝天阙[9]。

【注释】

[1]怒发冲冠：形容愤怒至极，冠是指帽子而不是头发竖起。

[2]潇潇：形容雨势急骤。

[3]长啸：感情激动时撮口发出清而长的声音，为古人的一种抒情举动。

[4]三十功名尘与土：年已三十，建立了一些功名，不过微不足道。

[5]八千里路云和月：形容南征北战、路途遥远、披星戴月。

[6]等闲：轻易，随便。

[7]靖康耻：宋钦宗靖康二年（1127），金兵攻陷汴京，虏走徽、钦二帝。

[8]胡虏：秦汉时匈奴为胡虏，后世用为与中原敌对的北方部族之通称。

[9]朝天阙：朝见皇帝。天阙，本指宫殿前的楼观，此指皇帝生活的地方。

【赏析】

《满江红·怒发冲冠》是南宋抗金将领岳飞的词作，表现了词人忧国报国的壮志胸怀，也展示了中华民族不甘屈辱、奋发图强、雪耻若渴的精神。

词的上阕写作者悲愤中原地区重陷敌手、痛惜前功尽弃的局面，也表达了自己继续报效祖国、争取壮年立功的心愿。开头凌云壮志，气势磅礴，生动地描绘了一位忠臣义士忧国忧民的英雄形象。接下去以"三十功名尘与土，八千里路云和月"十四个字，令人叫绝。功名是我所期，岂与尘土同埋；驰驱何足言苦，堪随云月共赏。"莫等闲，白了少年头，空悲切"与"少壮不努力，老大徒伤悲"的意思相同，反映了词人积极进取的精神。

词的下阕抒写词人对于民族敌人的深仇大恨、对于统一祖国的殷切希望、忠于祖国的赤诚之心。开头四个短句,三字一顿,一锤一声,裂石崩云,这种以天下为己任的崇高胸怀,令人扼腕。"壮志"两句把收复山河的宏愿和艰苦的征战,以一种乐观主义精神表现出来。最后两句表达了作者报效朝廷的一片赤诚之心,肝胆沥沥,感人至深。

【诵读分析】

总体基调:

悲愤、痛惜、壮烈。

声音状态:

中高声区,实声为主。

节奏变化:

上阕:高亢型,中速。"怒发冲冠,凭阑处、潇潇雨歇"中速偏慢,"抬望眼、仰天长啸,壮怀激烈"略加速,"三十功名尘与土,八千里路云和月"再加速,"莫等闲,白了少年头,空悲切"减速。

下阕:高亢型,中速。"靖康耻,犹未雪;臣子恨,何时灭"中速偏慢,"驾长车,踏破贺兰山缺"略加速,"壮志饥餐胡虏肉,笑谈渴饮匈奴血"再加速,"待从头、收拾旧山河,朝天阙"减速。

语节划分:

怒发—冲冠,凭阑处、潇潇—雨歇。

抬望眼、仰天—长啸,壮怀—激烈。

三十功名—尘与土,八千里路—云和月。

莫等闲,白了—少年头,空—悲切。

靖康耻,犹未雪;臣子恨,何时灭。

驾长车,踏破—贺兰山缺。

壮志　饥餐—胡虏肉,笑谈—渴饮—匈奴血。

待从头、收拾—旧山河,朝—天—阙。

难点处理:

1.高亢型为这首词的主节奏,但不能从头至尾都用又高、又强的声音表达,"白了少年头""靖康耻"等地方可以适当减弱音量、改变音色,让朗诵更富于变化。

2."靖康耻,犹未雪;臣子恨,何时灭"要提速,连接紧密,形成层层推进的节奏感,同时也反映作者抱恨无穷的心情与英勇杀敌的大无畏精神。

字音提示:

胡虏(lǔ)肉;朝天阙(què)

（七十四）虞美人·听雨[1]

（蒋捷）

少年听雨歌楼上,红烛昏罗帐[2]。壮年听雨客舟中,江阔云低、断雁[3]叫西风。

而今听雨僧庐[4]下,鬓已星星也。悲欢离合总无情,一任阶前、点滴到天明。

【注释】

[1]虞美人:词牌。

[2]罗帐:古代床上的纱幔。

[3]断雁:失群的孤雁。

[4]僧庐:僧寺,僧舍。

【赏析】

蒋捷(约1245—1305后),字胜欲,号竹山,南宋词人,阳羡(今江苏宜兴)人。他的词多抒发故国之思、山河之恸。1267年,元灭南宋。宋元之际的词人,经历了这一沧桑变故,其国破之痛、家亡之恨,都在他们的作品中表现出来。蒋捷的《虞美人·听雨》便是这一时期创作中的代表作。

整首词以"听雨"为线索,以一生的遭遇为主线,按照时间顺序,从歌楼中的少年、客舟中的壮年,写到鬓发星星的老年,感怀逝去的岁月,慨叹当下的境遇。同是听雨,不同的年龄、不同的环境、不同的际遇有着迥然不同的感受。结尾两句表达了听雨人的心情。由作者的少年风流、壮年飘零、晚年孤冷,分明可以透见一个历史时代由兴到衰、由衰到亡的嬗变轨迹。

【诵读分析】

总体基调:

惆怅、伤怀、哀叹。

声音状态：

中低声区，实声为主，虚实结合。

节奏变化：

上阕：舒缓型，中速。"少年听雨歌楼上，红烛昏罗帐"中速；"壮年听雨客舟中，江阔云低、断雁叫西风"减速、偏慢。

下阕：低沉型，慢速。"而今听雨僧庐下，鬓已星星也"慢速；"悲欢离合总无情，一任阶前"加速，"点滴到天明"减速。

语节划分：

少年—听雨—歌楼—上，红烛—昏—罗帐。

壮年—听雨—客舟—中，江阔—云低、断雁—叫—西风。

而今—听雨—僧庐—下，鬓已—星星也。

悲欢—离合—总无情，一任—阶前、点滴—到—天明。

难点处理：

1."少年""壮年""而今"形成了时间线索，又有听雨感受的对比，总体基调要保持一致，不能将"少年听雨"读得过于轻狂、夸张。

2."江阔云低"与"断雁叫西风"形成空间上的对比，声音可由低转高，语气孤独、苍凉。

3."而今听雨"吐字略松弛，表现老年的境况。"悲欢离合总无情"加速，"一任阶前、点滴到天明"减速、收束。

字音提示：

罗帐（zhàng）；僧庐（lú）；鬓（bìn）已星星也

（七十五）过零丁洋^[1]

（文天祥）

辛苦遭逢起一经^[2]，干戈寥落四周星^[3]。

山河破碎风飘絮^[4]，身世浮沉雨打萍^[5]。

惶恐滩头说惶恐^[6]，零丁洋里叹零丁^[7]。

人生自古谁无死？留取丹心照汗青^[8]。

【注释】

[1]零丁洋：水名，即"伶仃洋"，在今广东省珠江口外。

[2]遭逢：遭遇。起一经：由于熟读经书，通过科举考试，被朝廷选拔而入仕途。一经，古代科举考试，考生要选考一种经书。经，经籍。

[3]干戈：两种兵器，这里代指战争。寥落：荒凉冷落。一作"落落"。四周星：四年。文天祥从德祐元年（1275）正月起兵抗元至被俘恰是四年。

[4]风飘絮：一作"风抛絮"。絮，柳絮。

[5]浮沉：一作"飘摇"。萍：浮萍。

[6]惶恐滩：原名黄公滩，因读音相近，讹为惶恐滩，在今江西万安境内赣江中，为赣江十八滩之一，水流湍急，极为险恶。景炎二年（1277）文天祥兵败后，曾从惶恐滩撤退。惶恐，一作"皇恐"。

[7]零丁：孤苦无依的样子。

[8]丹心照汗青：忠心永垂史册。丹心，红心，比喻忠心。汗青，古代在竹简上写字，先以火炙烤竹片，以防虫蛀，因竹片水分蒸发如汗，故称书简为汗青。这里特指史册。

【赏析】

《过零丁洋》是南宋爱国诗人文天祥的诗作。文天祥是南宋末年政治家、文学家，抗元名臣，民族英雄，与陆秀夫、张世杰并称为"宋末三杰"。南宋末年，文天祥被元军所俘，被囚三年，屡经威逼利诱，仍誓死不屈，最终英勇就义，年仅 47 岁。

《过零丁洋》全诗基调慷慨激昂、苍凉悲壮，具有强烈的感染力，表现了大义凛然的英雄气概和视死如归的高风亮节。

首联"辛苦遭逢起一经,干戈寥落四周星",作者回顾自己的身世,意在暗示自己久经磨炼,无论什么艰难困苦都无所畏惧。

颔联"山河破碎风飘絮,身世浮沉雨打萍",从国家和个人两方面展开铺叙,表达了作者对当前局势的认识,真实反映了当时的社会现实和诗人的遭遇。

颈联追述今昔不同的处境和心情,昔日惶恐滩边,忧国忧民,诚惶诚恐;如今军队溃败,身为俘房,被押送过零丁洋,孤苦伶仃。

尾联"人生自古谁无死,留取丹心照汗青",以磅礴的气势、高亢的语调显示了诗人的民族气节和舍生取义的生死观,是诗人用自己的鲜血和生命谱写的一曲理想人生的赞歌。这两个诗句有如撞钟,清音绕梁,成为传诵千古的名言,激励和感召古往今来无数志士仁人为正义事业英勇献身。

【诵读分析】

总体基调:

慷慨、激昂、悲壮。

声音状态:

高、中、低声区,实声为主,虚实结合。

节奏变化:

首联:"辛苦遭逢起一经,干戈寥落四周星",凝重型,中速。

颔联:"山河破碎风飘絮,身世浮沉雨打萍",凝重型,偏慢。

颈联:"惶恐滩头说惶恐,零丁洋里叹零丁",凝重型,中速偏快。

尾联:"人生自古谁无死?留取丹心照汗青",高亢型,中速。

语节划分:

辛苦—遭逢—起——经,干戈—寥落—四周—星。

山河—破碎—风—飘絮,身世—浮沉—雨—打萍。

惶恐—滩头　说—惶恐,零丁—洋里—叹—零丁。

人生—自古—谁—无死?留取—丹心—照—汗青。

难点处理:

1."山河破碎风飘絮"吐字可松弛一些,表现国破家亡之后人民流离失所、无依无靠的凄凉景象。

2."留取丹心照汗青"一句声音要高亢有力,朗诵时要注意气息沉稳,膈肌用力,喉头维持保持稳定。特别是"青"字,开口度比较小,要多用鼻腔、咽腔共鸣,使这个字更具有穿透力。

字音提示:

寥(liáo)落

（七十六）为学一首示子侄

（彭端淑）

天下事有难易乎？为之，则难者亦易矣；不为，则易者亦难矣。人之为学有难易乎？学之，则难者亦易矣；不学，则易者亦难矣。

吾资之昏，不逮[1]人也；吾材之庸，不逮人也；旦旦而学之，久而不怠焉，迄乎成，而亦不知其昏与庸也。吾资之聪，倍人也；吾材之敏，倍人也；屏[2]弃而不用，其与昏与庸无以异也。圣人之道，卒于鲁也传之。然则昏庸聪敏之用，岂有常哉？

蜀之鄙有二僧：其一贫，其一富。贫者语于富者曰："吾欲之南海，何如？"富者曰："子何恃[3]而往？"曰："吾一瓶一钵足矣。"富者曰："吾数年来欲买舟而下，犹未能也。子何恃而往？"越明年，贫者自南海还，以告富者，富者有惭色。

西蜀之去南海，不知几千里也。僧富者不能至而贫者至焉。人之立志，顾[4]不如蜀鄙之僧哉？是故聪与敏，可恃而不可恃也，自恃其聪与敏而不学者，自败者也。昏与庸，可限而不可限也；不自限其昏与庸而力学不倦者，自力者也。

【注释】

[1]逮：及，赶上。

[2]屏：同"摒"，除去、排除。

[3]恃：凭借、依靠。

[4]顾：难道，反而。

【赏析】

彭端淑（约1699—约1779），字乐斋，号仪一，眉州丹棱（今四川丹棱县）人。清朝官员、文学家、教育家。

清代乾嘉时期，学者们治学严谨，重证据罗列而少理论发挥，形成朴实严谨的学风。彭端淑的同族子侄很多，但当时连一个文举人都没有，他很忧心这种状况,希望他们务实勤学,所以为子侄们写下这篇文章。

第一段从难易问题下手,阐明了天下之事的难易是相对的,随后引出了第二段关于智愚问题的思考,认为昏庸与聪敏也是相对的,学业有否成就并非取决于人的天赋,而关键是取决于个人的努力。

接着讲了一个故事,通过贫僧和富僧的故事,进一步说明了有志者事竟成。有了"欲之南海"的目标,贫僧就坚定不移地付诸行动,最终实现了目标。所以学习中不仅要有目标,而且要有为了实现目标百折不挠的毅力,对学习而言,这是难能可贵的。

最后一段结合故事得出结论:"昏与庸,可限而不可限也;不自限其昏与庸而力学不倦者,自力者也。"强调了学习中的主观能动作用,摆脱了天赋决定论的成见,劝人以学,对于不同天资的人都有勉励作用。

全文行文朴实,通过生动的故事、运用对比的手法来进行观点的论述,非常具有说服力。

【诵读分析】

总体基调:
真诚、劝勉、耐心、语重心长。

声音状态:
中低声区,实声为主。

层次变化:
1.第一段论述为学之道,观点鲜明,以议论的语体进行朗读,中速偏慢。

2.第二段进一步讲道理,语速略微加快。

3.第三段以故事说明道理,叙事语体,语气略生动,中速偏快。

4.第四段进一步强调学习中的主观能动性,议论语体,语速减慢。

难点处理:
1.议论文的朗读语势起伏不宜太大,不宜渲染,而应以平实的语言进行表达,以增添文章的可信度。

2.第三段利用一个寓言故事来讲道理,叙事语言可略微生动些,但不可夸张。两位人物的语言只用语气区别即可,不必过于追求两人音色上的差异。

字音提示:
不逮(dài)人也;久而不怠(dài)焉,迄(qì)乎成;屏(bǐng)弃而不用;卒(zú)于鲁也传之;贫者语(yù)于富者曰;一瓶一钵(bō)

（七十七）口技

（林嗣环）

京中有善口技者[1]。会宾客大宴[2]，于厅事之东北角[3]，施八尺屏障[4]，口技人坐屏障中，一桌、一椅、一扇、一抚尺而已[5]。众宾团坐[6]。少顷[7]，但闻屏障中抚尺一下[8]，满坐寂然[9]，无敢哗者[10]。

遥闻深巷中犬吠[11]，便有妇人惊觉欠伸[12]，其夫呓语[13]。既而儿醒，大啼[14]。夫亦醒。妇抚儿乳[15]，儿含乳啼，妇拍而呜之[16]。又一大儿醒，絮絮不止[17]。当是时[18]，妇手拍儿声，口中呜声，儿含乳啼声，大儿初醒声，夫叱大儿声[19]，一时齐发，众妙毕备[20]。满坐宾客无不伸颈，侧目[21]，微笑，默叹[22]，以为妙绝[23]。

未几[24]，夫齁声起[25]，妇拍儿亦渐拍渐止。微闻有鼠作作索索[26]，盆器倾侧，妇梦中咳嗽。宾客意少舒[27]，稍稍正坐。

忽一人大呼："火起"，夫起大呼，妇亦起大呼。两儿齐哭。俄而百千人大呼[28]，百千儿哭，百千犬吠。中间力拉崩倒之声[29]，火爆声，呼呼风声，百千齐作；又夹百千求救声，曳屋许许声[30]，抢夺声，泼水声。凡所应有，无所不有。虽人有百手[31]，手有百指，不能指其一端[32]；人有百口[33]，口有百舌，不能名其一处也[34]。于是宾客无不变色离席[35]，奋袖出臂[36]，两股战战[37]，几欲先走[38]。

忽然抚尺一下，群响毕绝[39]。撤屏视之[40]，一人、一桌、一椅、一扇、一抚尺而已[41]。

【注释】

[1]京：京城。善：擅长，善于。

[2]会：适逢，正赶上。宴：举行宴会。

[3]于：在。厅事：大厅，客厅。原指官府办公的地方，亦作"听事"。后来私宅的堂屋也称听事。

[4]施：设置，安放。屏障：指屏风、帷帐一类用来隔断视线的东西。

[5]抚尺：艺人表演用的道具，也叫"醒木"。

[6]团坐：相聚而坐。团，聚集、集合。

[7]少顷:不久,一会儿。

[8]但:只。下:拍。

[9]满坐寂然:全场静悄悄的。坐,通"座",座位,这里指座位上的人。寂然,安静的样子。

[10]哗:喧哗,大声说话。

[11]深巷:幽深的巷子。

[12]惊觉:惊醒。欠伸:打呵欠伸懒腰。欠,打呵欠。伸,伸懒腰。

[13]呓语:说梦话。

[14]啼:啼哭。

[15]抚:抚摸,安慰。乳:作动词用,喂奶。

[16]呜:指轻声哼唱着哄小孩入睡。

[17]絮絮:连续不断地说话。

[18]当是时:在这个时候。

[19]叱:呵斥。

[20]众妙毕备:各种声音模仿得惟妙惟肖。毕,全、都。备,具备。

[21]侧目:偏着头看,形容听得入神。

[22]默叹:默默地赞叹。

[23]妙绝:妙极了。绝:到了极点。

[24]未几:不久。

[25]齁:打鼾。

[26]微闻:隐约地听到。作作索索:拟声词,老鼠活动的声音。

[27]意少舒:心情稍微放松了些。意:心情。少:稍微。舒:伸展、松弛。

[28]俄而:一会儿,不久。

[29]中间:其中夹杂着。中,其中。间:夹杂。力拉崩倒:噼里啪啦,房屋倒塌。力拉,拟声词。

[30]曳屋许许声:(众人)拉塌(燃烧着的)房屋时一齐用力的呼喊声。曳,拉。许许,拟声词,呼喊声。

[31]虽:即使。

[32]不能指其一端:不能指明其中的(任何)一种(声音)。形容口技模拟的各种声响同时发出,交织成一片,使人来不及一一辨识。一端,一头,这里是"一种"的意思。

[33]口:嘴巴。

[34]名:作动词用,说出。

[35]于:在。是:这。变色:变了脸色,惊慌失措。离席:离开座位。

[36]奋袖出臂:捋起袖子,露出手臂。奋,张开、展开。出,露出。

[37]股:大腿。战战:发颤。

[38]几:几乎,差一点儿。先走:抢先逃跑。走,跑。

[39]群响毕绝:各种声音全部消失。毕绝,全部消失。

[40]撤屏:拉开屏风。

[41]而已:罢了。

【赏析】

《口技》是清代文学家林嗣环创作的一篇散文,是作者观看了口技艺人的精彩表演后,对艺人表演以及观众表现进行的实录。本文以时间先后为序,记叙了一场精彩的口技表演。表演者用各种不同的声响,逼真地摹拟出一组连续性、有节奏的生活场景,生动展示了一位口技艺人的高超技艺。

第一部分是文章的第一段,以"京中有善口技者"开篇,介绍口技表演者和表演的时间、地点、设施、道具以及开演前的气氛,为下文记叙精彩表演作好铺垫。

第二部分是全文的主体,三个段落分三个层次,写表演者的精彩表演和听众的反应。第一层即第二段,写表演一家人深夜被犬吠惊醒的情形,以及宾客对口技表演的由衷赞叹。第二层即第三段,写表演一家人由醒复睡的情形,以及宾客的情绪变化。第三层即第四段,写表演一场突然而至的大火灾情形,以及宾客以假为真的神态、动作。

第三部分是第五段,写表演结束时的情景。与首段相呼应,说明在演出中未增加任何道具,刚才的精彩表演的确是从"口"中发出的。

就具体内容而言,本文并无强烈的社会意义。但是,它在艺术上颇具匠心,首先全文语言简练细腻,化声为形,使读者如临其境、如闻其声。其次,文章动静制宜,寓静于动,动中显静,使情状更为逼真,栩栩如生。再次,作者讲求章法布局,层深迭进,引读者步步进入胜境。另外,文章呼应有方,在短短的篇幅中反复交代表演者的道具仅"一桌、一椅、一扇、一抚尺而已",使文章的主题得到更加突出的揭示,逼真、具体、传神地表现了口技艺术的魅力和表演者高超的技艺,其艺术创作经验值得后人认真加以总结和借鉴。

【诵读分析】

总体基调:

生动、有趣、自然、清新。

声音状态:

高中低声区,实声为主。

层次变化:

1.第一段交代口技演出前的情况,中速偏慢,声音平实,起伏不大。

2.第二段前一部分描绘口技表演,语速由慢至快。最后一句侧面反映听众的反映,语速减慢,语势渐平。

3.第三段仍为口技表演的内容"一家四口入睡",语速慢,音量减。

4.第四段口技表演由"老鼠活动"到"失火"节奏由慢到快,语气由平静到紧张,声音由收到放。

5.第五段收束全文,重复强调作者的简单道具,中速偏慢,声音平实,呼应开头。

难点处理:

1.第二、三、四段表现口技内容时,语言要根据情节的发展进行节奏、音量、音色、语流上的变化。

2.口技表演的内容展现要生动、活泼、有趣,"起火"的部分甚至要热闹;而介绍演出前后的环境、听众的状态时,表达要平实、自然,形成动静分明的效果。

3.第一段与最后一个段中重复出现了"一人、一桌、一椅、一扇、一抚尺",第一段强调道具的类别,重音应放在"人、桌、椅、扇、抚尺"上;最后一段将口技营造出的热闹场面与道具的简单进行对比,因此重音应放在"一"上,与第四段写表演时的"百千"形成鲜明对比。

字音提示:

少(shǎo)顷(qǐng);惊觉(jué);呓(yì)语;夫叱(chì)大儿声;夫齁(hōu)声起;少(shǎo)舒;中间(jiàn)力拉崩倒之声;曳(yè)屋许(hǔ)许声;几(jī)欲先走

（七十八）送荪友[1]

（纳兰性德）

人生何如不相识，君老江南我燕北。

何如相逢不相合，更无别恨横胸臆。

留君不住我心苦，横门[2]骊歌[3]泪如雨。

君行四月草萋萋，柳花桃花半委泥[4]。

江流浩淼江月堕，此时君亦应思我。

我今落拓[5]何所止，一事无成已如此。

平生纵有英雄血，无由一溅荆江[6]水。

荆江日落阵云低，横戈跃马今何时。

忽忆去年风月夜，与君展卷论王霸[7]。

君今偃仰[8]九龙间，吾欲从兹事耕稼。

芙蓉湖上芙蓉花，秋风未落如朝霞。

君如载酒须尽醉，醉来不复思天涯。

【注释】

[1]荪友：即严绳孙，字荪友。作者的良师益友。

[2]横门：长安城北西侧之第一门。后泛指京门。

[3]骊歌：告别之歌，是《骊驹歌》的省称。

[4]半委泥：花朵凋零落地。

[5]落拓：贫困失意。

[6]荆江：长江自湖北枝江至湖南岳阳一段的别称，这里指在湖南岳阳的一段。

[7]王霸：战国时儒家称以仁义治天下者为王道，以武力结诸侯者为霸道。王霸，意指
天下大事。

[8]偃仰：安然而处，无忧无虑。

【赏析】

纳兰性德(1655—1685)，原名纳兰成德，因避讳改名纳兰性德，字容若，号

楞伽山人,清代著名词人。他的诗词真挚自然、清新婉丽,善用白描,不事雕琢,深受后世文学爱好者的喜爱。

纳兰性德品行端正,虽出身高贵却从未看不起贫困之人。他坦诚对待自己的朋友,对处在困境中的朋友不仅提供钱财帮助,而且十分尊重这些落魄文人的傲骨。康熙十二年(1674),19岁的纳兰性德结识了50多岁的严绳孙,两人志趣相投,成了忘年之交。1685年,严绳孙辞去官职,决定告老还乡,离开京城,去南方隐居。纳兰性德为朋友饯行的时候,写了这首诗。

整首诗一起笔便是"人生何如不相识",如果朋友之间从一开始就不相见、不相识,是不是就会减少分离的悲伤?内心柔软的诗人在诗的前半部分抒发了害怕离别的惆怅之情。然后诗人由眼前的江景,回忆过往的相处,想象友人南下之后的生活场景,写景状物、写朋友之情的时候在字里行间流露出自己的失意和郁郁不得志。

整首诗写景逼真传神,真诚地表达了与友人分别的惆怅之情。

【诵读分析】

总体基调:

不舍、惆怅、落寞。

声音状态:

中、低声区,实声为主,虚实结合。

节奏变化:

第一部分:"人生何如不相识……柳花桃花半委泥",抒发作者对朋友离去的不舍之情。舒缓型,中速偏慢,"留君不住我心苦"加速,"柳花桃花半委泥"减速。

第二部分:"江流浩淼江月堕……横戈跃马今何时",表达思念之情的同时也感叹自己的不得志,抒发自己的愁闷。舒缓型,中速偏慢,"平生总有英雄泪"加速,"横戈跃马今何时"减速。

第三部分:"忽忆去年风月夜……醉来不复思天涯",回忆去年的相聚,更加感叹自己的落寞。凝重型,中速偏慢,"君如载酒须尽醉"加速,"醉来不复思天涯"减速。

语节划分:

人生—何如—不相识,君老—江南—我—燕北。

何如—相逢—不相合,更无—别恨—横—胸臆。

留君—不住—我—心苦,横门—骊歌—泪—如雨。

君行—四月—草—萋萋,柳花—桃花—半—委泥。

江流—浩淼—江月—堕,此时—君亦—应—思我。

我今—落拓—何所止,一事无成—已—如此。

平生—纵有—英雄血,无由——溅—荆江水。

荆江—日落—阵云—低,横戈—跃马—今—何时。

忽忆—去年—风月夜,与君—展卷—论—王霸。

君今—偃仰—九龙间,吾欲—从兹—事—耕稼。

芙蓉—湖上—芙蓉花,秋风—未落—如—朝霞。

君如—载酒—须—尽醉,醉来—不复—思—天涯。

难点处理:

1.虽然是一首送别友人的诗,但作者也借送别表达自己的愁苦与郁闷之情,因此表达时语势多用下行趋势,起伏不宜过大。

2."此时君亦应思我""我今落拓何所止"和"无由一溅荆江水""荆江日落阵云低"有顶真的效果,连接可以紧密一些。

字音提示:

荪(sūn)友;骊(lí)歌;偃(yǎn)仰

（七十九）少年中国说（节选）

（梁启超）

　　故今日之责任，不在他人，而全在我少年。少年智则国智，少年富则国富；少年强则国强，少年独立则国独立；少年自由则国自由；少年进步则国进步；少年胜于欧洲，则国胜于欧洲；少年雄于地球，则国雄于地球。

　　红日初升，其道大光[1]。河出伏流，一泻汪洋。潜龙腾渊，鳞爪飞扬。乳虎啸谷，百兽震惶。鹰隼试翼，风尘翕张。奇花初胎，矞矞皇皇[2]。干将[3]发硎[4]，有作其芒[5]。天戴其苍，地履其黄。纵有千古，横有八荒。前途似海，来日方长。美哉我少年中国，与天不老！壮哉我中国少年，与国无疆！

【注释】

[1]其道大光：语出《周易·益》，"自上下下，其道大光。"光，广大，发扬。

[2]矞（yù）矞皇皇：《太玄经·交》，"物登明堂，矞矞皇皇。"一般用于书面古语，光明盛大的样子。

[3]干将：原是铸剑师的名字，这里指宝剑。

[4]硎（xíng）：磨刀石。

[5]干将发硎，有作其芒：意思是宝剑刚磨出来，锋刃大放光芒。

【赏析】

　　梁启超（1873—1929），字卓如，号任公，又号饮冰室主人、饮冰子、哀时客、中国之新民、自由斋主人等，清朝光绪年间广东新会人。近代中国启蒙思想家，资产阶级改良主义政治家、教育家、史学家和文学家，戊戌变法运动领袖之一。梁启超在诸多领域都有所建树，著述颇丰，撰写了《中国史叙论》《清代学术概论》《中国近三百年学术史》《中国历史研究法》《中国文化史》等重要著作和大量文章，其中不少具有很高的学术价值。其著作合编为《饮冰室合集》。

　　《少年中国说》是梁启超的代表作之一，写于戊戌变法失败后的 1900 年。

被公认为梁启超著作中思想意义最积极、情感色彩最激越的篇章,作者本人也把它视为自己"开文章之新体,激民气之暗潮"的代表作。文中极力歌颂少年的朝气蓬勃,指出封建统治下的中国是"老大帝国",热切希望出现"少年中国",振奋人民的精神。

全文原来较长,约三千余字,这里选录的仅是最后一段的部分内容。在删节的部分,梁启超以丰富的古今中外的例证,论述了人和国家的老少以及中国当时的种种腐朽的现状。这里选录的部分是全文感情最高昂激烈处,运用博喻、象征、夸张等艺术手法,描写了许多具有象征性的蒸蒸日上的天地万物,由衷地为中国少年和少年中国高唱赞歌,表达了殷切期望祖国繁荣富强的强烈愿望和积极进取的精神。读起来朗朗上口,像激动人心的号角,具有极大的宣传鼓动性和强烈的艺术感染力。

【诵读分析】

总体基调:
激昂、雄壮、坚毅、赞扬。

声音状态:
第一段:中声区实声为主。
第二段:中声区逐渐向高声区过渡,实声为主。

层次变化:
第一段:舒缓型,中速,先慢后快,议论。
第二段:舒缓型,中速,先快后慢,抒情。

难点处理:
1.第一段为论证结构,第一句"故今日之责任,不在他人,而全在我少年"是论点,语言扬起、观点鲜明、语速稍慢。后面的部分是论述,适当加快速度,连接紧密。排比句可以两两归并,一扬一落,显得语言错落有致。

2.第二段,前一部分形成层层推进的气势,但要留有余地。后面两句"美哉""壮哉"语势扬起,速度减慢,情绪推至最高点。

字音提示:
鳞爪(zhǎo);鹰隼(sǔn);翕(xī)张;矞(yù)矞皇皇;发硎(xíng);地履(lǚ)其黄;美哉(zāi)

（八十）可爱的中国（节选）

（方志敏）

朋友！中国是生育我们的母亲。你们觉得这位母亲可爱吗？我想你们是和我一样的见解，都觉得这位母亲是蛮可爱蛮可爱的。

以言气候，中国处于温带，不十分热，也不十分冷，好像我们母亲的体温，不高不低，最适宜于孩儿们的偎依。

以言国土，中国土地广大，纵横万数千里，好像我们的母亲是一个身体魁大、胸宽背阔的妇人。

中国土地的生产力是无限的；地底蕴藏着未开发的宝藏也是无限的；又岂不象征着我们的母亲，保有着无穷的乳汁，无穷的力量，以养育她四万万的孩儿？我想世界上再没有比她养得更多的孩子的母亲吧。

中国是无地不美，到处皆景，这好像我们的母亲，她是一个天姿玉质的美人，她的身体的每一部分，都有令人爱慕之美。

美丽的母亲，可爱的母亲，只因你受着人家的压榨和剥削，弄成贫穷已极，不能买一件新的好看的衣服，把你自己装饰起来，一个天生的丽人，现在却变成叫化的婆子！母亲躲到一边去哭泣了，哭得伤心得很呀！

朋友，从崩溃毁灭中，救出中国来，从帝国主义恶魔生吞活剥下，救出我们垂死的母亲来，这是刻不容缓的了。我想，欲求中国民族的独立解放，决不是哀告、跪求哭泣所能济事，而是唤起全国民众起来斗争，都手执武器，去与帝国主义进行神圣的民族革命战争，将他们打出中国去，这才是中国唯一的出路，也是我们救母亲的唯一方法！

不错，目前的中国，固然是江山破碎，国弊民穷，但谁能断言，中国没有一个光明的前途呢？不，决不会的，我们相信，中国一定有个可赞美的光明前途。中国民族在很早以前，就造起了一座万里长城和开凿了几千里的运河。这就证明中国民族伟大无比的创造力！中国在战斗之中一旦得到了自由与解放,这种创造力将会无限地发挥出来。

到那时,中国的面貌将会被我们改造一新;到那时,到处都是活跃跃的创造;到处都是日新月异的进步。欢歌将代替了悲叹,笑脸将代替了哭脸;富裕将代替了贫穷,康健将代替了疾苦;智慧将代替了愚昧,友爱将代替了仇杀;生之快乐将代替了死之忧伤,明媚的花园将代替了凄凉的荒地! 这时,我们民族就可以无愧色地立在人类的面前,而生育我们的母亲,也会最美丽地装饰起来,与世界各位母亲平等地携手了。

这么光荣的一天,绝不在辽远的将来,而在很近的将来!

【赏析】

方志敏(1899—1935),江西省上饶市弋阳县人,是伟大的无产阶级革命家、军事家、杰出的农民运动领袖,土地革命战争时期赣东北和闽浙赣革命根据地的创建人。1935年1月,方志敏因叛徒告密被俘,8月在南昌英勇就义。在狱中,他坚贞不屈,视死如归,强忍病痛,短短数月的时间里写下了《可爱的中国》《清贫》等10多篇文稿,总计10多万字作品。

在《可爱的中国》这篇散文中,作者写的是他求学、被捕、囚禁中的见闻和感悟。深情赞美了中国的万里沃野、壮美山川,痛斥了帝国主义及其走狗在中国犯下的滔天罪行,痛陈了中国人民在列强铁蹄下忍辱求生的悲惨境遇,表达了他致力于为民族求解放的决心和勇气,并号召全国民众起来斗争,彻底改造中国的面貌。

这里节录了一部分内容。在节选的部分中,作者深情地将中国比喻成母亲,传神地描绘了中国的地理环境、生态状貌,指出遭受帝国主义凌辱的历史,呼吁中国人民团结起来,将母亲从敌人手里救出,把母亲装饰起来,使她成为世上最美丽、最出色、最令人敬佩的母亲。篇末展示了中国革命的光明前景,描绘出革命后祖国未来美好幸福的景象,表现了强烈的民族自信。

全文感情真挚,爱憎强烈,跌宕起伏,文辞优美,充分表现了一位共产主义战士为民族解放而呼号、为领土主权完整而斗争的崇高的爱国主义精神,具有强大的艺术震撼力。

【诵读分析】

总体基调:
热爱、憧憬、呼吁。

声音状态：

中、高声区，实声为主。

节奏变化：

第一段真切地发问：舒缓型，稍慢，吐字松弛，声音柔和。

第二、三、四、五段深情地描绘：舒缓型，中速，吐字松弛，声音柔和。

第六段伤心地哭诉：凝重型，慢速，吐字略紧，声音低沉。

第七段有力地呼吁：凝重型，中速，吐字略紧，声音坚实明亮。

第八、九段热烈地畅想：高亢型，稍快，吐字略紧，声音坚实明亮。

第十段更加热烈地畅想：高亢型，慢速，吐字略紧，声音坚实明亮。

难点处理：

1. 第二段是解证结构，"以言气候"作为主题，速度慢，语势高，读完要停顿；后面的内容是对"气候"的解释，语速略快，连接紧密。

2. 第七段"我想……决不是……而是……"是选择关系，由"决不是"引导的内容读得低一些、快一些；由"而是"引导的内容读得高一些、慢一些。

3. 第九段是总分总结构，"到那时……"是总句，读得高一些、慢一些；中间"欢歌、笑脸、康健、智慧、友爱、花园"是分述部分，要连接紧密，形成排比句的气势；"这时……"也是总结，要读得高一些、慢一些，起到总结、升华的作用。

字音提示：

偎（wēi）依；魁（kuí）大；蕴（yùn）藏；剥削（xuē）；国弊（bì）民穷

（八十一）落花生

（许地山）

　　我们家的后园有半亩空地。母亲说："让它荒着怪可惜的，你们那么爱吃花生，就开辟出来种花生吧。"我们姐弟几个都很高兴，买种、翻地、播种、浇水，没过几个月，居然收获了。

　　母亲说："今晚我们过一个收获节，请你们的父亲也来尝尝我们的新花生，好不好？"母亲把花生做成了好几样食品，还吩咐就在后园的茅亭里过这个节。

　　那晚上天色不大好。可父亲也来了，实在很难得。

　　父亲说："你们爱吃花生吗？"

　　我们争着答应："爱！"

　　"谁能把花生的好处说出来？"

　　姐姐说："花生的味儿美。"

　　哥哥说："花生可以榨油。"

　　我说："花生的价钱便宜，谁都可以买来吃，都喜欢吃。这就是它的好处。"

　　父亲说："花生的好处很多，有一样最可贵：它的果实埋在地里，不像桃子、石榴、苹果那样，把鲜红嫩绿的果实高高地挂在枝头上，使人一见就生爱慕之心。你们看它矮矮地长在地上，等到成熟了，也不能立刻分辨出来它有没有果实，必须挖起来才知道。"

　　我们都说是，母亲也点点头。

　　父亲接下去说："所以你们要像花生，它虽然不好看，可是很有用。"

　　我说："那么，人要做有用的人，不要做只讲体面，而对别人没有好处的人。"

　　父亲说："对。这是我对你们的希望。"

　　我们谈到深夜才散。花生做的食品都吃完了，父亲的话深深地印在我的心上。

【赏析】

许地山(1894—1941),中国现代作家,名赞堃,字地山,笔名落华生。籍贯广东揭阳。许地山曾和叶圣陶、郑振铎等人创立文学研究会。主要作品有短篇小说集《缀网劳蛛》《解放者》、散文集《空山灵雨》等。1922 年 5 月,散文《落花生》发表于《小说月报》第 13 卷第 5 号。

本文围绕"落花生"展开,从种花生、收花生、吃花生到议花生,借物喻人,重点描写了一家人过花生收获节时议论花生的情形,以平易、浅显、简洁的语言,揭示了花生的可贵品格——质朴无华,不讲虚荣,只求有用于人,从而告诉一个道理:"要做有用的人,不要做只讲体面,而对别人没有好处的人。"

这篇散文用简练的文笔叙述出一段生活趣事,饱含着对人生的思考,语言朴实诚挚,描绘了对生活的感悟。

【诵读分析】

总体基调:
清新、平实、赞美。

声音状态:
中、低声区,实声为主。

层次变化:
第一、二段:介绍"花生节"的背景。明快型,中速偏快,吐字松弛,声音柔和。

第二至九段:以人物对话的形式展现孩子们对花生的看法。明快型,中速偏快,吐字松弛,声音明亮。

第十至十四段:父亲对"落化生精神"的阐释与"我"的理解。舒缓型,慢速,吐字松弛,音区偏低,娓娓道来。

第十五段:文章的结尾,前一句快速带过,最后一句可减速,降低音区。

难点处理:

1.散文中人物语言的处理。文章中有母亲、哥哥、姐姐、我、父亲等人物的对话,在散文朗读中不必追求音色的完全再现,只需做到神似即可。

2.父亲说的话是文章的重点,语速要慢,语重心长,娓娓道来,以突出文章的中心思想。

（八十二）教我如何不想她

（刘半农）

天上飘着些微云，
地上吹着些微风。
啊！
微风吹动了我头发，
教我如何不想她？

月光恋爱着海洋，
海洋恋爱着月光。
啊！
这般蜜也似的银夜，
教我如何不想她？

水面落花慢慢流，
水底鱼儿慢慢游。
啊！
燕子你说些什么话？
教我如何不想她？

枯树在冷风里摇，
野火在暮色中烧。
啊！
西天还有些儿残霞，
教我如何不想她？

一九二〇年九月四日伦敦

【赏析】

刘半农(1891—1934)，原名寿彭，后改名复，初字半侬，后改为半农。江苏江阴人，"五四"新文化运动的先驱、新诗人、杂文家和著名的语言学家。与胡适、沈尹默三人，是中国现代新诗的发轫者。他们把打破古诗的僵化格律、艰深用典和陈旧的文言作为首要任务，所写新诗都明白如话，自然朴素。

《教我如何不想她》是1920年刘半农在英国伦敦大学留学期间所作，当时国内白话新诗还处于萌芽状态。后来语言学家赵元任为其谱曲，被广为传唱。

全诗共分四节，每节五行，每行三顿，其中第三行以一个感叹词"啊"字独立成行以加强语气。每节以中国传统的"比兴"手法开头，又以一个共同的句子"教我如何不想她"结尾以渲染主题。语言干净、简单，意指浅显明白，把不同的生活画面组织起来，采用细腻的笔触描绘了远在大西洋彼岸、在异国他乡的游子们强烈的思念祖国和家乡的情绪。也有人认为《教我如何不想她》是一首爱情诗。

【诵读分析】

总体基调：

清新、深情、柔美。

声音状态：

中、低声区，实声为主，虚实结合。

节奏变化：

第一节：舒缓型，中速偏慢，"微风吹动了我头发"加速，"教我如何不想她"减速，吐字松弛，声音柔和。

第二节：舒缓型，中速偏慢，"这般蜜也似的银夜"加速，"教我如何不想她"减速，吐字松弛，声音柔和。

第三节：舒缓型，中速偏快，"燕子你说些什么话"加速，"教我如何不想她"减速，吐字松弛，声音柔和。

第四节：凝重型，中速偏慢，"西天还有些儿残霞"加速，"教我如何不想她"减速，吐字略紧，声音沉稳。

难点处理：

1. 表现景物特色时的声音变化。"微云""微风""月光""海洋""蜜也似的银夜"等景物，声音要随着景别的远近高低发生相应变化。

2. 诗中的"她"不仅仅指某个人，"想她"也不只是爱情的抒发。作者借"想她"也表达了对故国、亲人的思念，因此在表达时不应过于柔情和夸张。

3. 第四节的景物与前三节产生了色彩上的强烈反差，因此在表达上要有所区别，可从语气、节奏和吐字上加以区分。

（八十三）再别康桥

（徐志摩）

轻轻的我走了，
正如我轻轻的来；
我轻轻的招手，
作别西天的云彩。

那河畔的金柳，
是夕阳中的新娘；
波光里的艳影，
在我的心头荡漾。

软泥上的青荇[1]，
油油的在水底招摇；
在康河的柔波里，
我甘心做一条水草！

那榆荫下的一潭，
不是清泉，
是天上虹；
揉碎在浮藻间，
沉淀着彩虹似的梦。

寻梦？撑一支长篙[2]，
向青草更青处漫溯[3]；
满载一船星辉，
在星辉斑斓里放歌。

但我不能放歌，

悄悄是别离的笙箫；

夏虫也为我沉默，

沉默是今晚的康桥！

悄悄的我走了，

正如我悄悄的来；

我挥一挥衣袖，

不带走一片云彩。

1928.11.6 中国海上

【注释】

[1]青荇:多年生草本植物,叶子略呈圆形,浮在水面,根生在水底,花黄色。

[2]篙:用竹竿或杉木等制成的撑船工具。

[3]溯:逆着水流的方向走。

【赏析】

徐志摩(1897—1931),现代诗人、散文家。1921—1922 年在英国留学,入剑桥大学当特别生,研究政治经济学。1923 年成立新月社,是新月派代表诗人。1931 年 11 月 19 日因飞机失事罹难。代表作品有《再别康桥》《翡冷翠的一夜》等。

康桥,即剑桥,著名的剑桥大学所在地。徐志摩在英国留学的大部分时间在此度过。康桥秀丽的风景、深厚的文化底蕴给徐志摩留下了美好的回忆。他曾动情地说:"我的眼是康桥教我睁的,我的求知欲是康桥给我拨动的,我的自我意识是康桥给我胚胎的……"(《吸烟与文化》)

《再别康桥》是一首脍炙人口的写景抒情诗,是新月派诗歌的代表作品。全诗以离别康桥时感情起伏为线索,抒发了留恋之情、惜别之情和理想幻灭后的感伤之情。作者将具体景物与想象糅合在一起构成诗的鲜明生动的艺术形象,令人仿佛看到夏夜星光下,诗人独自泛舟康桥、默然寻梦的画面。选用"云彩、金柳、夕阳、波光、艳影、青荇、彩虹、青草"等词语,给读者视觉上的色彩想象;通过"招手、荡漾、招摇、揉碎、漫溯、挥一挥"等动作性很强的词语,使诗歌富有流动的画面美。音节错落有致,节奏感强,读起来朗朗上口。全诗一气呵成,荡气回肠,表达了对爱、自由和美无限的追求。

【诵读分析】

总体基调：

思念、惆怅、感怀。

声音状态：

中、低声区，实声为主，虚实结合。

节奏变化：

第一节：舒缓型，稍慢，第一、二句"轻轻的我走了，正如我轻轻的来"归并，第三、四句"我轻轻的招手，作别西天的云彩"归并（下同）。

第二节：舒缓型，中速，第一、二句归并，第三、四句归并。

第三节：舒缓型，中速，第一、二句归并，第三、四句归并。

第四节：舒缓型，中速，第一、二、三句归并，第四、五句归并。

第五节：舒缓型，稍快，第一、二句归并，第三、四句归并。

第六节：舒缓型，中速，第一、二句归并，第三、四句归并。

第七节：舒缓型，稍慢，第一、二句归并，第三、四句归并。

难点处理：

1.第二、三节、四节分别以"金柳""青荇""虹"的景物表达感情，可以让三节归并在一起，形成一个整体。

2.第五、六节有转折意味，第五节速度可稍快，语气热烈，第六节音量减，语速慢，语气变得惆怅。

字音提示：

青荇（xìng）；长篙（gāo）；漫溯（sù）

（八十四）雪花的快乐

（徐志摩）

假若我是一朵雪花，
翩翩的在半空里潇洒，
我一定认清我的方向
——飞扬，飞扬，飞扬，

这地面上有我的方向。
不去那冷寞的幽谷，
不去那凄清的山麓，
也不上荒街去惆怅
——飞扬，飞扬，飞扬，

——你看，我有我的方向！
在半空里娟娟的飞舞，
认明了那清幽的住处，
等着她来花园里探望
——飞扬，飞扬，飞扬，

——啊，她身上有米砂梅的清香！
那时我凭藉我的身轻，
盈盈的，沾住了她的衣襟，
贴近她柔波似的心胸
——消溶，消溶，消溶
——溶入了她柔波似的心胸。

【赏析】

《雪花的快乐》这首诗歌写于 1924 年 12 月 30 日，是徐志摩早期诗歌的代表作之一。当时正是中国社会现代思想苏醒的时代，人的个性意识正摆脱封建桎梏而获得解放。在这首诗中，诗人借雪花的纯洁、飘逸、潇洒、自由等特点，把对爱情的追求与改变现实社会的理想联系在一起，真切地表达了诗人对一切美好事物的执着追求。

诗歌发挥想象，描绘出雪花飘落的姿态和方向，营造了一个清冷、美丽的意境。诗分为四个小节：第一小节"假如我是一朵雪花，翩翩的在半空里飘扬"，第二小节"你看，我有我的方向"，第三小节"认明了那清幽的住处，等着她来花园里探望"，第四小节"盈盈地，沾住了她的衣襟，贴近她柔波似的心胸"，这四节是按照"我"作为雪花来寻找"我"爱的人这一过程来行文，结构十分严谨。

全诗韵律感很强。反复出现的"飞扬，飞扬，飞扬"给人以轻快的感受和向上的激情；"消溶，消溶，消溶"带给人的则是舒缓的情绪。节奏鲜明，注重押韵，使得诗句朗朗上口。

综观全诗，诗人将自己比作生命短暂的雪花，为了追求真善美的理想，哪怕是融化了自己也在所不惜，表现出坚定、执著和乐观的精神。

【诵读分析】

总体基调：
欢快、热情、清新、柔和。

声音状态：
高、中、低声区，实声为主，虚实结合。

节奏变化：
第一节：轻快型，前两句"假若我是一朵雪花，翩翩的在半空里潇洒"归并，后两句"我一定认清我的方向——飞扬，飞扬，飞扬"归并（下同）。

第二节：轻快型，第一句总起，后三句归并，最后一句升华。

第三节：轻快型，第一句总起，后三句归并，最后一句升华。

第四节：舒缓型，第一句总起，第二、三句归并，第四五句归并，最后一句再减速、渐弱。

难点处理：

1. "飞扬，飞扬，飞扬"反复在诗句里出现，可以用不同的方式处理，比如：低、中、高；实、实、虚；弱、弱、强；亮、亮、暗。

2. 诗歌中每一节都有相应的韵脚变化，注意押韵及声调，比如第一节中的"花""洒"，"向""扬"；第二节中的"谷""麓"，"怅""扬"；第三节中的"舞""处"，"望""扬"；第四节中的"轻""襟"，"胸""溶"。

3. 注意句子的关系与归并。第二节中的"不去""不去""也不上"可以归并在一起。第三节中的"在半空中飞舞""认明了住处""等她来探望"可以归并在一起。

字音提示：

山麓（lù）；惆（chóu）怅（chàng）；凭藉（jiè）

（八十五）我有一个恋爱

（徐志摩）

我有一个恋爱——
我爱天上的明星；
我爱他们的晶莹：
人间没有这异样的神明。

在冷峭的暮冬的黄昏，
在寂寞的灰色的清晨。
在海上，在风雨后的山顶——
永远有一颗，万颗的明星！

山涧边小草花的知心，
高楼上小孩童的欢欣，
旅行人的灯亮与南针——
万万里外闪烁的精灵！

我有一个破碎的魂灵，
像一堆破碎的水晶，
散布在荒野的枯草里——
饱啜[1]你一瞬瞬的殷勤。

人生的冰激与柔情，
我也曾尝味，我也曾容忍；
有时阶砌下蟋蟀的秋吟，
引起我心伤，逼迫我泪零。

我袒露我的坦白的胸襟，

献爱与一天的明星，

任凭人生是幻是真

地球在或是消泯[2]——

太空中永远有不昧的明星！

【注释】

[1]啜：饮，喝。

[2]消泯：消灭，消失。

【赏析】

这首诗描写了暮冬的黄昏、灰色的清晨、荒野的枯草间明星闪烁的晶莹。在明星的晶莹里，寻找精神寄托与慰藉。这明星是诗人眼中人格化的明星，带有强烈的主观色彩。诗人接受了西方自由、民主的思想，思想的觉醒令他对现实更为不满，诗中光明而美好的意境和理想受挫灰暗而沉闷的人生形成反差。

这首诗体现了新月派诗人对诗歌节律美的追求，前三节句式整饬、节奏单纯，后面改用错综交替、自由变幻的句子，字句清新，韵律和谐，意境优美，富于变化，令人读来回味无穷。

【诵读分析】

总体基调：

清新、向往、柔情、惆怅。

声音状态：

中、低声区，实声为主，虚实结合。

节奏变化：

第一节：舒缓型，中速偏慢，前两句"我有一个恋爱——我爱天上的明星"归并，后两句"我爱它们的晶莹：人间没有这异样的神明"归并，音色柔和。

第二节：舒缓型，前三句归并、中速，后一句偏慢，音色稍低沉。

第三节：轻快型，前三句归并、偏快，后一句中速，音色明亮。

第四节：凝重型，中速偏慢，前两句归并，后两句归并，音色稍低沉。

第五节：凝重型，中速偏慢，前两句归并，后两句归并，音色稍低沉。

第六节：舒缓型，前两句归并，中速偏慢，第三、四句归并，中速偏慢，最后一句最慢，音色柔和。

难点处理：

1.第二节"在黄昏""在清晨""在山顶"要加速并连接紧密，停顿之后再接最后一句并减速。

2.诗歌中既有对爱情、人生的美好理想，又有对现实的不满及抑郁，表达这种矛盾心情的时候，要注意第四、五、六节语气上的变化。

字音提示：

饱啜（chuò）；消泯（mǐn）

（八十六）你是人间的四月天

（林徽因）

我说你是人间的四月天；
笑响点亮了四面风；
轻灵在春的光艳中交舞着变。

你是四月早天里的云烟，
黄昏吹着风的软，
星子在无意中闪，细雨点洒在花前。

那轻，那娉婷[1]你是，
鲜妍[2]百花的冠冕[3]你戴着，
你是天真，庄严，你是夜夜的月圆。

雪化后那片鹅黄，你像；
新鲜初放芽的绿，你是；
柔嫩喜悦，水光浮动着你梦期待中白莲。

你是一树一树的花开，
是燕在梁间呢喃[4]，——你是爱，是暖，
是希望，你是人间的四月天！

【注释】

[1]娉婷：女子容貌姿态姣好的样子。
[2]鲜妍：光彩美艳的样子。
[3]冠冕：古代皇冠或官员的帽子，比喻第一、体面、光彩。
[4]呢喃：象声词，形容燕子的叫声。

【赏析】

林徽因（1904—1955），福建闽县人，建筑师、作家、新月派诗人之一。同丈
夫梁思成一起用现代科学方法研究中国古代建筑，为中国古代建筑研究奠定

了坚实的科学基础。文学上创作了包括散文、诗歌、小说、剧本、译文和书信等作品，其中代表作为《你是人间四月天》、小说《九十九度中》等。

这首诗发表于1934年，借自然界的"四月天"吟唱了一曲爱的颂歌。全诗一共五个小节，前四个小节写出了爱如四月天里的光艳轻灵、柔和恬静、鲜妍庄严、新鲜柔嫩。最后直抒胸臆，慨言"你"就是"爱"，就是"暖"，就是"希望"，意境优美，内容纯净。

这首诗一至四节句式结构基本相同，采用重重叠叠的比喻，音律和谐、节奏明快，书写着对生命的赞歌，抒发了诗人内心满满的爱意、温暖和对新生事物的希望。

【诵读分析】

总体基调：
清丽、柔和、爱怜、欣喜。

声音状态：
中、高声区，实声为主，虚实结合。

节奏变化：
第一节：舒缓型，中速，第一句"我说你是人间的四月天"总起，后两句"笑响点亮了四面风；轻灵在春的光艳中交舞着变"归并（下同）。

第二节：舒缓型，中速，第一句总起，后两句归并。

第三节：轻快型，偏快，前两句归并，后一句总结。

第四节：轻快型，偏快，前两句归并，后一句总结。

第五节：舒缓型，中速，前两句归并，连接紧密，最后一句减速、收束。

难点处理：

1. 第三、四节节奏要加快，连接紧密，"你是""你像"与前面的句子要连接起来。

2. "笑响""点亮""花开""呢喃""暖"等词汇要用多重感官的感受来指导声音的变化，再利用声音的放与收、强与弱营造出动静结合的氛围。

字音提示：
娉（pīng）婷（tíng）；鲜妍（yán）；冠（guān）冕（miǎn）；呢（ní）喃（nán）

（八十七）绿

（朱自清）

我第二次到仙岩[1]的时候，我惊诧于梅雨潭的绿了。

梅雨潭是一个瀑布潭。仙岩有三个瀑布，梅雨瀑最低。走到山边，便听见哗哗哗哗的声音；抬起头，镶在两条湿湿的黑边儿里的，一带白而发亮的水便呈现于眼前了。我们先到梅雨亭。梅雨亭正对着那条瀑布；坐在亭边，不必仰头，便可见它的全体了。亭下深深的便是梅雨潭。这个亭踞[2]在突出的一角的岩石上，上下都空空儿的；仿佛一只苍鹰展着翼翅浮在天宇中一般。三面都是山，像半个环儿拥着；人如在井底了。这是一个秋季的薄阴的天气。微微的云在我们顶上流着；岩面与草丛都从润湿中透出几分油油的绿意。而瀑布也似乎分外的响了。那瀑布从上面冲下，仿佛已被扯成大小的几绺；不复是一幅整齐而平滑的布。岩上有许多棱角；瀑流经过时，作急剧的撞击，便飞花碎玉般乱溅着了。那溅着的水花，晶莹而多芒；远望去，像一朵朵小小的白梅，微雨似地纷纷落着。据说，这就是梅雨潭之所以得名了。但我觉得像杨花，格外确切些。轻风起来时，点点随风飘散，那更是杨花了。这时偶然有几点送入我们温暖的怀里，便倏地钻了进去，再也寻它不着。

梅雨潭闪闪的绿色招引着我们；我们开始追捉她那离合的神光了。揪着草，攀着乱石，小心探身下去，又鞠躬过了一个石穹门，便到了汪汪一碧的潭边了。瀑布在襟袖之间；但我的心中已没有瀑布了。我的心随潭水的绿而摇荡。那醉人的绿呀，仿佛一张极大极大的荷叶铺着，满是奇异的绿呀。我想张开两臂抱住她；但这是怎样一个妄想呀。站在水边，望到那面，居然觉着有些远呢！这平铺着、厚积着的绿，着实可爱。她松松地皱缬[3]着，像少妇拖着的裙幅，她轻轻地摆弄着；像跳动的初恋的处女的心，她滑滑地明亮着，像涂了"明油"一般，有鸡蛋清那样软，那样嫩，她又不杂些儿尘滓[4]，宛然一块温润的碧玉,只清清的一色,但你却看不透她! 我曾见过北京什刹海拂地的绿杨,脱不了鹅黄的底子,似乎太淡了。我又曾见过杭州虎跑寺旁高峻而深密的"绿壁",丛叠着无穷的碧草与绿叶的,那又似乎太浓了。其余呢,西湖的波太明了,秦淮河的水又太暗了。可爱的,我将什么来比拟你呢? 我怎么比拟得出呢? 大约潭是很深的、故能蕴蓄着这样奇异的绿,仿佛蔚蓝的天融了一块在里面似的,这才这般的鲜润呀。那醉人的绿呀! 我若能裁你以为带,我将赠给那轻盈的舞女,她必能临风飘举了。我若能挹[5]你以为眼,我将赠给那善歌的盲妹,她必明眸善睐[6]了。我舍不得你,我怎舍得你呢? 我用手拍着你,抚摩着你,如同一个十二三岁的小姑娘。我又掬你入口,便是吻着她了。我送你一个名字,我从此叫你"女儿绿",好么?

我第二次到仙岩的时候,我不禁惊诧于梅雨潭的绿了。

【注释】

[1]仙岩:山名,位于浙江省温州与瑞安两市之间。

[2]踞:蹲。

[3]皱缬:潭水泛起波纹,好像有花纹的绸缎(微微)褶皱着。缬,有花纹的丝织品。

[4]尘滓:物品提取精华后剩下的东西。

[5]挹:舀,把液体盛出来。

[6]明眸善睐:出自曹植《洛神赋》。意思是指明亮的眼珠善于左顾右盼。眸,本指瞳仁,泛指眼睛。睐,看,向旁边看。

【赏析】

朱自清(1898—1948),原名朱自华,号秋实,江苏扬州人。为勉励自己在困境中不丧志、不灰心,保持清白,不与黑暗势力同流合污,便取《楚辞》中"宁廉洁正直以自清乎"中的"自清"二字改名"朱自清",字"佩弦"。是著名的散文家、诗人、民主战士、爱国知识分子,一生有著作27部,包括诗歌、散文、文艺批评、学术研究等。1928年出版第一本散文集《背影》,一生写了许多脍炙人口的散文,感情真挚,语言朴素,大多取材身边凡人小事,传达特有的人生思考和感悟。

《绿》写于1924年2月8日,选自朱自清《踪迹·温州的踪迹》。1923年,朱自清就聘浙江省立第十中学国文教员。闲暇时,他便结伴去瑞安仙岩的梅雨潭游玩,写下了这篇散文。

除首尾两句点题外,中心部分是写梅雨潭的瀑布和潭水。作者使用了很多巧妙的比喻,又将梅雨潭和其他景物进行了类比,把梅雨潭的绿形象化,充分描绘出梅雨潭绿得可爱,令人心醉。结尾和开头使用了同样的句式进行呼应,再次强化梅雨潭的绿。

作者通过梅雨潭水的绿,采用物我交融的写法,把自己的感情倾注于一泓绿水之中,一面描绘,一面赞叹,抒发出由衷热爱的心声。

【诵读分析】

总体基调:

喜爱、赞美、陶醉。

声音状态:

中低声区,实声为主,虚实结合。

层次变化:

第一段:点明主题,引出全文,中速,语势平实,舒缓型叙述。

第二段:写梅雨瀑的景色,中速,语势平实,舒缓型描述。

第三段:文章的重点——"绿"。从这一段的开头到"汪汪一碧的潭边"中速,主要讲"到潭边"的行动过程,这一部分语句稍连,舒缓型叙述。从"我的心随潭水的绿而摇荡"到"但你却看不透她"是文章的重中之重,舒缓型描述,语速偏慢,声音柔和,表达要细腻。第三部分从"我曾见过北京什刹海拂地的绿杨"到"我怎么比拟得出呢"对比性的写法,语速加快,舒缓型叙述。最后一部分,也是重点部分,舒缓型抒情,语速变慢,语势起伏变大。

第四段:呼应第一段,深化主题,中速,语势平实,舒缓型叙述。

难点处理:

1.第三段的四个小层次从语体、语速、停连、语气上加以区分,对语言表达的要求比较高,要注意叙述、描述、抒情在语言上的对比与变化。

2.文章具有音乐美、绘画美、动态美,需要声音具有细腻的变化,但不可夸张过度,要保持散文轻柔化的特征。

字音提示:

惊诧(chà);踞(jù)在岩石上;几绺(liǔ);棱(léng)角;便倏(shū)的钻了进去;襟(jīn)袖;皱缬(xié);尘滓(zǐ);虎跑(páo)寺;挹(yì)你以为眼;明眸(móu)善睐(lài)

（八十八）匆匆

（朱自清）

燕子去了,有再来的时候;杨柳枯了,有再青的时候;桃花谢了,有再开的时候。但是,聪明的,你告诉我,我们的日子为什么一去不复返呢? ——是有人偷了他们罢:那是谁? 又藏在何处呢? 是他们自己逃走了罢:现在又到了哪里呢?

我不知道他们给了我多少日子;但我的手确乎是渐渐空虚了。在默默里算着,八千多日子已经从我手中溜去;像针尖上一滴水滴在大海里,我的日子滴在时间的流里,没有声音,也没有影子。我不禁头涔涔[1]而泪潸潸[2]了。

去的尽管去了,来的尽管来着;去来的中间,又怎样地匆匆呢? 早上我起来的时候,小屋里射进两三方斜斜的太阳。太阳他有脚啊,轻轻悄悄地挪移了;我也茫茫然跟着旋转。于是——洗手的时候,日子从水盆里过去;吃饭的时候,日子从饭碗里过去;默默时,便从凝然的双眼前过去;我觉察他去的匆匆了,伸出手遮挽时,他又从遮挽着的手边过去;天黑时,我躺在床上,他便伶伶俐俐地从我身上跨过,从我脚边飞去了;等我睁开眼和太阳再见,这算又溜走了一日;我掩着面叹息,但是新来的日子的影儿又开始在叹息里闪过了。

在逃去如飞的日子里,在千门万户的世界里的我能做些什么呢? 只有徘徊罢了,只有匆匆罢了;在八千多日的匆匆里,除徘徊外,又剩些什么呢? 过去的日子如轻烟,被微风吹散了,如薄雾,被初阳蒸融了;我留着些什么痕迹呢? 我何曾留着像游丝[3]样的痕迹呢? 我赤裸裸来到这世界,转眼间也将赤裸裸的回去罢? 但不能平的,为什么偏要白白走这一遭啊?

你聪明的,告诉我,我们的日子为什么一去不复返呢?

【注释】

[1]涔涔:形容汗、泪等不断往下流的样子。

[2]潸潸:形容流泪不止的样子。

[3]游丝:蜘蛛所吐的丝,飘荡于空中,故称游丝。

【赏析】

《匆匆》写于1922年3月。五四运动高潮过后,由于旧的东西没有摧垮、新的社会蓝图又不清晰,朱自清陷入了思想苦闷中,徘徊于人生的十字路口。在犹豫、徘徊中,眼看宝贵的时光从身边白白地流逝,于是作者写下了这篇散文。

作者把自己在特定处境里的感兴,运用比喻和比拟性描写,使抽象的时间变得具体可感。又用了十一个发问句,一层紧扣一层地点显了主题,深化了主题,表达了对人生意义的思考,表现了要有所作为、有所贡献和力求上进的可贵精神。

【诵读分析】

总体基调:

迷茫、困惑、彷徨、挣扎。

声音状态:

中、低声区,实声为主,虚实结合。

层次变化:

第一段:用一连串排比句发问,舒缓型,中速偏慢。

第二段:进一步感叹时光的流逝,舒缓型,中速偏慢。

第三段:从"去的尽管去了"到"又怎样地匆匆呢",语速偏慢;中间一部分语速加快;最后一句语速再减慢。

第四段:又是一连串的发问,语速加快,语句连接紧密,形成排比句层层推进的节奏感。

第五段:进一步深化主题,舒缓型,中速偏慢。

难点处理:

1.第一段,"燕子去了,有再来的时候;杨柳枯了,有再青的时候;桃花谢了,有再开的时候。但是,聪明的,你告诉我,我们的日子为什么一去不复返呢?"三排比加一转折,前快后慢,前连后停。

2.第三段,排比句"洗手的时候""吃饭的时候""默默时""遮挽时""天黑时"注意语速略快,句子要连。

3.第四段,前五个问句可以连在一起形成排比,最后一句有转折意味,停顿的时间略长,作为前五个问句的总结。

字音提示:

头涔涔(cén);泪潸潸(shān)

（八十九）背影

（朱自清）

我与父亲不相见已二年余了，我最不能忘记的是他的背影。那年冬天，祖母死了，父亲的差使[1]也交卸[2]了，正是祸不单行的日子，我从北京到徐州，打算跟着父亲奔丧回家。到徐州见着父亲，看见满院狼藉[3]的东西，又想起祖母，不禁簌簌[4]地流下眼泪。父亲说，"事已如此，不必难过，好在天无绝人之路！"

回家变卖典质[5]，父亲还了亏空；又借钱办了丧事。这些日子，家中光景很是惨淡，一半为了丧事，一半为了父亲赋闲[6]。丧事完毕，父亲要到南京谋事，我也要回北京念书，我们便同行。

到南京时，有朋友约去游逛，勾留了一日；第二日上午便须渡江到浦口，下午上车北去。父亲因为事忙，本已说定不送我，叫旅馆里一个熟识的茶房陪我同去。他再三嘱咐茶房，甚是仔细。但他终于不放心，怕茶房不妥帖，颇踌躇了一会。其实我那年已二十岁，北京已来往过两三次，是没有甚么要紧的了。他踌躇了一会，终于决定还是自己送我去。我两三回劝他不必去；他只说，"不要紧，他们去不好！"

我们过了江，进了车站。我买票，他忙着照看行李。行李太多了，得向脚夫[7]行些小费，才可过去。他便又忙着和他们讲价钱。我那时真是聪明过分，总觉他说话不大漂亮，非自己插嘴不可。但他终于讲定了价钱；就送我上车。他给我拣定了靠车门的一张椅子；我将他给我做的紫毛大衣铺好座位。他嘱我路上小心，夜里警醒些，不要受凉。又嘱托茶房好好照应我。我心里暗笑他的迂；他们只认得钱，托他们直是白托！而且我这样大年纪的人，难道还不能料理自己么？唉，我现在想想，那时真是太聪明了！

我说道："爸爸，你走吧。"他往车外看了看说："我买几个橘子去。你就在此地，不要走动。"我看那边月台的栅栏外有几个卖东西的等着顾客。走到那边月台,须穿过铁道,须跳下去又爬上去。父亲是一个胖子,走过去自然要费事些。我本来要去的,他不肯,只好让他去。我看见他戴着黑布小帽,穿着黑布大马褂,深青布棉袍,蹒跚地走到铁道边,慢慢探身下去,尚不大难。可是他穿过铁道,要爬上那边月台,就不容易了。他用两手攀着上面,两脚再向上缩;他肥胖的身子向左微倾,显出努力的样子。这时我看见他的背影,我的泪很快地流下来了。我赶紧拭干了泪,怕他看见,也怕别人看见。我再向外看时,他已抱了朱红的橘子往回走了。过铁道时,他先将橘子散放在地上,自己慢慢爬下,再抱起橘子走。到这边时,我赶紧去搀他。他和我走到车上,将橘子一股脑儿放在我的皮大衣上。于是扑扑衣上的泥土,心里很轻松似的,过一会说:"我走了;到那边来信!"我望着他走出去。他走了几步,回过头看见我,说:"进去吧,里边没人。"等他的背影混入来来往往的人里,再找不着了,我便进来坐下,我的眼泪又来了。

近几年来,父亲和我都是东奔西走,家中光景是一日不如一日。他少年出外谋生,独力支持,做了许多大事。那知老境却如此颓唐[8]!他触目伤怀,自然情不能自已。情郁于中,自然要发之于外;家庭琐屑[9]便往往触他之怒。他待我渐渐不同往日。但最近两年的不见,他终于忘却我的不好,只是惦记着我,惦记着我的儿子。我北来后,他写了一信给我,信中说道,"我身体平安,惟膀子疼痛厉害,举箸[10]提笔,诸多不便,大约大去之期[11]不远矣。"我读到此处,在晶莹的泪光中,又看见那肥胖的、青布棉袍黑布马褂的背影。唉!我不知何时再能与他相见!

【注释】

[1]差使:旧时官场中称临时委托的职务,后泛指职务。

[2]交卸:旧时官吏卸职,向后任交代。

[3]狼藉:乱七八糟的样子。

[4]簌簌:形容眼泪纷纷落下的样子。

[5]典质:(把财产)典当、抵押出去。典,当。质,抵押。

[6]赋闲:失业在家。晋人潘岳有《闲居赋》,因而后人便把没有职业的"闲居"叫作赋闲。

[7]脚夫:旧时对搬运工人的称呼。

[8]颓唐:精神萎靡不振。

[9]琐屑:细小零碎的(事情)。

[10]箸:筷子。

[11]大去之期:意思指与世长辞,一去不返的时间。这是委婉的说法。

【赏析】

《背影》是朱自清前期散文的代表作。1917年,作者在北京大学哲学系念书,得知祖母去世,从北京赶到徐州与父亲一道回扬州奔丧。丧事完毕,父亲到南京找工作,作者回北京念书,父子俩在浦口惜别。父亲送作者上火车北去,那年作者20岁。在那特定的场合下,父亲对儿子的关怀、体贴、爱护,使儿子极为感动,这印象经久不忘。1925年,作者有感于世事,便写了这篇散文。

这篇散文抓住人物形象的特征"背影"命题立意,把父子之间的真挚感情表现得淋漓尽致。开头交代人物,叙述跟父亲奔丧回家的有关情节,为描写父亲的背影作好铺垫。接着叙述和描写了父亲为"我"送行的情景,重点描写父亲的背影,表现父子间的真挚感情。最后作者在描写了父亲的背影之后,陷入深沉的怀念之中,又想起了父亲的一生,感叹不知何时再能与父亲相见,在盼望之中又有着热切的思念。

全文篇幅较短,抒情含蓄,写出了所有人心中的父亲,写出了很多人想要表达却不能表达的对父亲的感情。全文语言简约平实,字里行间流露出的淡淡的哀愁,显得更加真挚动人。

【诵读分析】

总体基调:

深情、思念。

声音状态:

中低声区,实声为主。

层次变化:

第一、二、三段交代人物,叙述"奔丧"的有关情节:舒缓、叙事型,中速。

第四、五段写"送行",重点描述父亲的背影:舒缓、描述型,表现"父亲买橘子的过程"时语速偏慢。

第六段写对父亲的思念:舒缓、叙事型,中速偏慢。

难点处理:

1.第四段,"我现在想想,那时真是太聪明了。"语气中既有反讽又有自责。

2.第五段,表达父亲买橘子的过程"蹒跚地走到铁道边,慢慢探身下去""他穿过铁道,要爬上那边月台""他用两手攀着上面,两脚再向上缩;他肥胖的身子向左微倾""他先将橘子散放在地上,自己慢慢爬下,再抱起橘子走"时要注意动作描写的细致,以动词为中心进行句子的归并与连接,语速要放慢。

3.第六段的几次转折，"做了许多大事"—"老境却如此颓唐"—"他待我渐渐不同往日"—"终于忘却我的不好"，要利用好停顿与语气。这一段的重点在"惦记"，因此前文中的"颓唐""情郁于中""触他之怒"不要过度渲染。

字音提示：

差（chāi）使；狼藉（jí）；簌簌（sù）；亏空（kōng）；踌（chóu）躇（chú）；蹒（pán）跚（shān）；颓（tuí）唐；琐（suǒ）屑（xiè）；箸（zhù）

（九十）荷塘月色

（朱自清）

  这几天心里颇不宁静。今晚在院子里坐着乘凉，忽然想起日日走过的荷塘，在这满月的光里，总该另有一番样子吧。月亮渐渐地升高了，墙外马路上孩子们的欢笑，已经听不见了；妻在屋里拍着闰儿，迷迷糊糊地哼着眠歌。我悄悄地披了大衫，带上门出去。

  沿着荷塘，是一条曲折的小煤屑路。这是一条幽僻的路；白天也少人走，夜晚更加寂寞。荷塘四面，长着许多树，蓊蓊郁郁[1]的。路的一旁，是些杨柳，和一些不知道名字的树。没有月光的晚上，这路上阴森森的，有些怕人。今晚却很好，虽然月光也还是淡淡的。

  路上只我一个人，背着手踱[2]着。这一片天地好像是我的；我也像超出了平常的自己，到了另一世界里。我爱热闹，也爱冷静；爱群居，也爱独处。像今晚上，一个人在这苍茫的月下，什么都可以想，什么都可以不想，便觉是个自由的人。白天里一定要做的事，一定要说的话，现在都可不理。这是独处的妙处，我且受用这无边的荷香月色好了。

  曲曲折折的荷塘上面，弥望[3]的是田田[4]的叶子。叶子出水很高，像亭亭的舞女的裙。层层的叶子中间，零星地点缀着些白花，有袅娜[5]地开着的，有羞涩地打着朵儿的；正如一粒粒的明珠，又如碧天里的星星，又如刚出浴的美人。微风过处，送来缕缕清香，仿佛远处高楼上渺茫的歌声似的。这时候叶子与花也有一丝的颤动，像闪电般，霎时传过荷塘的那边去了。叶子本是肩并肩密密地挨着，这便宛然有了一道凝碧的波痕。叶子底下是脉脉的流水，遮住了，不能见一些颜色；而叶子却更见风致[6]了。

  月光如流水一般，静静地泻在这一片叶子和花上。薄薄的青雾浮起在荷塘里。叶子和花仿佛在牛乳中洗过一样；又像笼着轻纱的梦。虽然是满月，天上却有一层淡淡的云，所以不能朗照；但我以为这恰是到了好处——酣眠固不可少，小睡也别有风味的。月光是隔了树照过来的，高处丛生的灌木，落下参差的斑驳的黑影，峭楞楞如鬼一般；弯弯的杨柳的稀疏的倩影，却又像是画在荷叶上。塘中的月色并不均匀；但光与影有着和谐的旋律，如梵婀玲[7]上奏着的名曲。

荷塘的四面，远远近近，高高低低都是树，而杨柳最多。这些树将一片荷塘重重围住；只在小路一旁，漏着几段空隙，像是特为月光留下的。树色一例是阴阴的，乍看像一团烟雾；但杨柳的丰姿[8]，便在烟雾里也辨得出。树梢上隐隐约约的是一带远山，只有些大意罢了。树缝里也漏着一两点路灯光，没精打采的，是渴睡[9]人的眼。这时候最热闹的，要数树上的蝉声与水里的蛙声；但热闹是它们的，我什么也没有。

忽然想起采莲的事情来了。采莲是江南的旧俗，似乎很早就有，而六朝时为盛；从诗歌里可以约略知道。采莲的是少年的女子，她们是荡着小船，唱着艳歌去的。采莲人不用说很多，还有看采莲的人。那是一个热闹的季节，也是一个风流的季节。梁元帝《采莲赋》里说得好：

于是妖童媛女[10]，荡舟心许；鷁首[11]徐回，兼传羽杯[12]；棹[13]将移而藻挂，船欲动而萍开。尔其纤腰束素[14]，迁延顾步[15]；夏始春余，叶嫩花初，恐沾裳而浅笑，畏倾船而敛裾[16]。

可见当时嬉游的光景了。这真是有趣的事，可惜我们现在早已无福消受了。

于是又记起《西洲曲》里的句子：

采莲南塘秋，莲花过人头；低头弄莲子，莲子清如水。

今晚若有采莲人，这儿的莲花也算得"过人头"了；只不见一些流水的影子，是不行的。这令我到底惦着江南了。——这样想着，猛一抬头，不觉已是自己的门前；轻轻地推门进去，什么声息也没有，妻已睡熟好久了。

1927 年 7 月，北京清华园

【注释】

[1]翁翁郁郁：树木茂盛的样子。

[2]踱：慢慢地走

[3]弥望：满眼。弥，满。

[4]田田：形容荷叶相连的样子。古乐府《江南曲》中有"莲叶何田田"之句。

[5]袅娜：柔美的样子。

[6]风致:美的姿态。

[7]梵婀玲:violin,小提琴的音译。

[8]丰姿:风度,仪态,一般指美好的姿态。也写作"风姿"。

[9]渴睡:也写作"瞌睡"。

[10]妖童媛女:俊俏的少年和美丽的少女。妖,艳丽。媛,女子。

[11]鹢首:船头。古代画鹢鸟于船头。

[12]羽杯:古代饮酒用的耳杯。又称羽觞、耳杯。

[13]棹:船桨。

[14]纤腰束素:腰如束素,齿如含贝(宋玉《登徒子好色赋》),形容女子腰肢细软。

[15]迁延顾步:形容走走退退不住回视自己动作的样子,有顾影自怜之意。

[16]敛裾:这里是提着衣襟的意思。裾,衣襟。

【赏析】

《荷塘月色》是现代抒情散文的名篇。文章写了荷塘月色美丽的景象,含蓄而又委婉地抒发了作者不满现实、渴望自由、想超脱现实而又不能的复杂的思想感情,为后人留下了旧中国正直知识分子在苦难中徘徊前进的足迹。寄托了作者一种向往于未来的政治思想,也寄托了作者对荷塘月色的喜爱之情。

这篇散文所描述的"荷塘""月色"明显区别于其他的"荷塘""月色",不是"接天莲叶无穷碧,映日荷花别样红",也不是"玉户帘中卷不去,捣衣砧上拂还来"。这里的荷塘是"月下的荷塘",这里的月色是"荷塘的月色",突出了优雅、朦胧、幽静之美。文章鲜明地突出了景物的特色,生动真实地再现了特定环境下的特定景物。以准确贴切的语言,抒发出作者因置身于良辰美景而生出的"淡淡的喜悦",以及社会带来的又终究难以排遣的"淡淡的哀愁"。

叠字叠词的运用是这篇文章的一个特点。全文用了三十多个叠字叠词,不但传神地描摹出眼前之景,同时有一种音韵美。蓊蓊郁郁、远远近近、高高低低的绿树,隐隐约约的远山,曲曲折折的荷塘,亭亭玉立的荷花,缕缕的清香,静静的花叶,薄薄的青雾,既加强了语意,又使文气舒展,音韵和谐。

【诵读分析】

总体基调:

恬静、喜爱中略带哀愁。

声音状态:

中低声区,第四、五、六段虚实结合,其他段落实声为主。

层次变化:

第一、二、三段交代作者去荷塘的时间、缘由以及荷塘周边的环境:舒缓、叙事型,中速。

第四、五、六段对荷塘和月色进行细致的描绘:舒缓、描述型,语速偏慢。

第七段作者想起采莲的事情:舒缓、叙事型,中速。

第八段引用《采莲赋》:舒缓、叙事、描述,慢速。

第九、十段承上启下由采莲过渡到《西洲曲》:舒缓、叙事型,中速。

第十一段引用《西洲曲》:舒缓、抒情型,语速偏慢。

第十二段文章的结束部分:舒缓、叙事型,中速。

难点处理:

1.第四段,"层层的叶子中间,零星地点缀着些白花"之后的停顿略长,再接"有……有……""正如……又如……又如",欲连先停。

2.第六段,表达时注意按照作者描述的对象"树色""树梢上""树缝里""蝉声"和"蛙声"进行句子的归并,形成并列句群。

3.第八段《采莲赋》要注意根据语法结构进行停连:于是/妖童媛女,荡舟心许;鹢首徐回,兼传羽杯;棹/将移/而藻挂,船/欲动/而萍开。尔其/纤腰束素,迁延顾步;夏始春余,叶嫩花初,恐/沾裳而浅笑,畏/倾船而敛裾

字音提示:

蓊(wěng)蓊郁郁;踱(duó);袅(niǎo)娜(nuó);鹢(yì)首;棹(zhào);敛裾(jū)

（九十一）故都的秋

（郁达夫）

秋天，无论在什么地方的秋天，总是好的；可是啊，北国的秋，却特别地来得清，来得静，来得悲凉。我的不远千里，要从杭州赶上青岛，更要从青岛赶上北平来的理由，也不过想饱尝一尝这"秋"，这故都的秋味。

江南，秋当然也是有的，但草木凋得慢，空气来得润，天的颜色显得淡，并且又时常多雨而少风；一个人夹在苏州上海杭州，或厦门香港广州的市民中间，混混沌沌地过去，只能感到一点点清凉，秋的味，秋的色，秋的意境与姿态，总看不饱，尝不透，赏玩不到十足。秋并不是名花，也并不是美酒，那一种半开、半醉的状态，在领略秋的过程上，是不合适的。

不逢北国之秋，已将近十余年了。在南方每年到了秋天，总要想起陶然亭的芦花，钓鱼台的柳影，西山的虫唱，玉泉的夜月，潭柘寺[1]的钟声。在北平即使不出门去吧，就是在皇城人海之中，租人家一橼[2]破屋来住着，早晨起来，泡一碗浓茶，向院子一坐，你也能看得到很高很高的碧绿的天色，听得到青天下驯鸽的飞声。从槐树叶底，朝东细数着一丝一丝漏下来的日光，或在破壁腰中，静对着像喇叭似的牵牛花（朝荣）的蓝朵，自然而然地也能够感觉到十分的秋意。说到了牵牛花，我以为以蓝色或白色者为佳，紫黑色次之，淡红色最下。最好，还要在牵牛花底，教长着几根疏疏落落的尖细且长的秋草，使作陪衬。

北国的槐树，也是一种能使人联想起秋来的点缀。像花而又不是花的那一种落蕊，早晨起来，会铺得满地。脚踏上去，声音也没有，气味也没有，只能感出一点点极微细极柔软的触觉。扫街的在树影下一阵扫后，灰土上留下来的一条条扫帚的丝纹，看起来既觉得细腻，又觉得清闲，潜意识下并且还觉得有点儿落寞，古人所说的梧桐一叶而天下知秋的遥想，大约也就在这些深沉的地方。

秋蝉的衰弱的残声，更是北国的特产，因为北平处处全长着树，屋子又低，所以无论在什么地方，都听得见它们的啼唱。在南方是非要上郊外或山上去才听得到的。这秋蝉的嘶叫，在北平可和蟋蟀耗子一样，简直像是家家户户都养在家里的家虫。

还有秋雨哩，北方的秋雨，也似乎比南方的下得奇，下得有味，下得更像样。

在灰沉沉的天底下，忽而来一阵凉风，便息列索落地下起雨来了。一层雨过，云渐渐地卷向了西去，天又青了，太阳又露出脸来了，着着很厚的青布单衣或夹袄的都市闲人，咬着烟管，在雨后的斜桥影里，上桥头树底下去一立，遇见熟人，便会用了缓慢悠闲的声调，微叹着互答着地说：

"唉，天可真凉了——"（这了字念得很高，拖得很长。）

"可不是吗？一层秋雨一层凉了！"

北方人念阵字，总老像是层字，平平仄仄起来，这念错的歧韵，倒来得正好。

北方的果树，到秋天，也是一种奇景。第一是枣子树，屋角，墙头，茅房边上，灶房门口，它都会一株株地长大起来。像橄榄又像鸽蛋似的这枣子颗儿，在小椭圆形的细叶中间，显出淡绿微黄的颜色的时候，正是秋的全盛时期，等枣树叶落，枣子红完，西北风就要起来了，北方便是尘沙灰土的世界，只有这枣子、柿子、葡萄，成熟到八九分的七八月之交，是北国的清秋的佳日，是一年之中最好也没有的Golden Days[3]。

有些批评家说，中国的文人学士，尤其是诗人，都带着很浓厚的颓废的色彩，所以中国的诗文里，赞颂秋的文字特别多。但外国的诗人，又何尝不然？我虽则外国诗文念的不多，也不想开出账来，做一篇秋的诗歌散文钞[4]，但你若去一翻英德法意等诗人的集子，或各国的诗文的 Anthology[5] 来，总能够看到许多关于秋的歌颂和悲啼。各著名的大诗人的长篇田园诗或四季诗里，也总以关于秋的部分，写得最出色而最有味。足见有感觉的动物，有情趣的人类，对于秋，总是一样地特别能引起深沉、幽远、严厉、萧索的感触来的。不单是诗人，就是被关闭在牢狱里的囚犯，到了秋天，我想也一定能感到一种不能自已的深情，秋之于人，何尝有国别，更何尝有人种阶级的区别呢？不过在中国，文字里有一个"秋士"[6]的成语，读本里又有着很普遍的欧阳子的《秋声》[7]与苏东坡的《赤壁赋》等,就觉得中国的文人,与秋的关系特别深了。可是这秋的深味,尤其是中国的秋的深味,非要在北方,才感受得到底。

南国之秋,当然也是有它的特异的地方的,比如廿四桥的明月,钱塘江的秋潮,普陀山的凉雾,荔枝湾的残荷等等,可是色彩不浓,回味不永。比起北国的秋来,正像是黄酒之与白干,稀饭之与馍馍,鲈鱼之与大蟹,黄犬之与骆驼。

秋天,这北国的秋天,若留得住的话,我愿把寿命的三分之二折去,换得一个三分之一的零头。

一九三四年八月,在北平

【注释】

[1]潭柘寺:在北京西山,相传"寺址本在青龙潭上,有古柘千章,寺以此得名"。

[2]一椽:一间屋。椽,放在房檩上架着木板或瓦的木条。

[3]Golden Days:英语中指"黄金般的日子"。

[4]钞:同"抄"。

[5]Anthology:英语中指"选集"。

[6]秋士:古时指到了暮年仍不得志的知识分子。

[7]欧阳子的《秋声》:指欧阳修的《秋声赋》。

【赏析】

郁达夫(1896—1945),原名郁文,现代作家,浙江富阳人。主要作品有《沉沦》《春风沉醉的晚上》等,在不同程度上揭露了旧社会的罪恶,向封建社会大胆挑战,有一定的积极意义,但也带有颓废情绪。其散文以游记著称,情景交融,文笔优美,自成一家。

由于国民党白色恐怖的威胁等原因,郁达夫 1933 年 4 月由上海迁居到杭州,居住近三年。1934 年 7 月,郁达夫从杭州经青岛去北平,再次饱尝了故都的"秋味",并写下了本文。"故都"表明描写的地点,含有深切的眷恋之意;"秋"字确定描写的内容。作者将故都的秋色和个人心中的悲凉巧妙融合,温婉地表达了对故都的深深眷恋及落寞情怀。

全文紧扣"清、静、悲凉"落笔,描绘了"秋院、秋槐、秋蝉、秋雨、秋果"等几幅画面,以情驭景,以景显情,将自然的"客观色彩"(故都的秋色)与作家内心的"主观色彩"(个人心情)自然完美地融化在一起。秋景融入了作者对故都之秋的眷恋和向往,是积极赞美的情感;而作者的主观情感中又有秋的落寞。全文的基调是忧伤的、悲凉的,文章在赞美故都的秋天的同时又给读者渲染出一幅悲凉的秋景图。

【诵读分析】

总体基调：

赞美、思念、怀想中透着些许悲凉。

声音状态：

中低声区，第十四段以实声为主，其他段虚实结合。

层次变化：

第一段总起段落，表达对"故都的秋"的思念：偏慢，舒缓，抒情型。

第二段过渡段落，与其他地方秋天进行对比：中速，舒缓，描绘中略带议论色彩。

第三至十一段是重点部分，写"故都的秋"的方方面面：中速，舒缓型，描绘。

第十二段以古今中外的诗人对秋的情感来旁衬"故都的秋"：中速，舒缓型，略带议论色彩。

第十三段以"南国之秋"进行对比：偏快，明快型。

第十四段文章的收尾，进一步总结主题：偏慢，舒缓，抒情型。

难点处理：

1. 第十二段中，外国文学和中国文学关于秋的对比，重点在"中国"的部分。前一部分不必染色过浓，到了"中国"的部分再扬起、着色。

2. 首尾段可略透出寂寞悲凉的语气，中间部分主要基调为思念、赞美。

字音提示：

潭柘（zhè）寺；一椽（chuán）；喇叭（ba）似（shì）的；廿（niàn）四桥；息列索落（xī liè suō luō）

（九十二）死水

（闻一多）

这是一沟绝望的死水，
清风吹不起半点漪沦。
不如多扔些破铜烂铁，
爽性泼你的剩菜残羹。

也许铜的要绿成翡翠，
铁罐上绣出几瓣桃花；
再让油腻织一层罗绮[1]，
霉菌[2]给他蒸出些云霞。

让死水酵[3]成一沟绿酒，
漂满了珍珠似的白沫；
小珠们笑声变成大珠，
又被偷酒的花蚊咬破。

那么一沟绝望的死水，
也就夸得上几分鲜明。
如果青蛙耐不住寂寞，
又算死水叫出了歌声。

这是一沟绝望的死水，
这里断不是美的所在，
不如让给丑恶来开垦，
看他造出个什么世界。

【注释】

〔1〕罗绮:丝绸衣裳。

〔2〕霉菌:真菌。

〔3〕酵:有机物由于某些菌或酶而分解。

【赏析】

闻一多(1899—1946),现代诗人、学者。湖北浠水人。1922年赴美留学,研习绘画、文学。著有诗集《红烛》《死水》等,在新诗的形式上主张格律化,讲求"节的匀称,句的均齐"。后来主要从事学术研究,在《诗经》《楚辞》《周易》的研究中取得很大成就。

1922年,诗人怀着报效祖国的志向去美国留学。在异国的土地上,诗人尝到了华人被凌辱、歧视的辛酸。1925年,诗人怀着一腔强烈爱国之情和殷切的期望提前回国。然而,回国后目睹了国内军阀混战、民不聊生的惨状,产生了怒其不争的愤激情绪。《死水》一诗就是在这种背景下创作的。

《死水》写于1926年4月。主要抒发作者留学回国后目睹的种种现实惨状而产生的悲愤心情,表达了作者希望丑恶的旧物早日灭亡的强烈愿望。

诗中的"一沟绝望的死水"是半封建半殖民地旧中国的象征。通过对"死水"这一具有象征意义的意象的多角度、多层面的描写,揭露和讽刺了腐败不堪的旧社会,蕴含着对造成这一局面的帝国主义势力和封建军阀的揭露和斥责,表达了诗人对丑恶现实的绝望、愤慨和深沉的爱国主义感情。

这首诗共五节,每节四句,每句九字,做到了节的匀称、句的均齐。声律整齐而不呆板,而且选取了易于引起人们视觉联想的辞藻,加强诗句的绘画美感。作者抓住死水之"死",先写死寂,次写色彩,再写泡沫,突出了死水的污臭、腐败,把"绝望"的感情表现得淋漓尽致。

【诵读分析】

总体基调:

批判、愤慨、讽刺。

声音状态:

中低声区,实声为主。

节奏变化:

第一节:中速,凝重型,吐字略紧,声音稍放。

第二、三、四节:略快,凝重型,吐字可略放松,音量略收。

第五节:中速,凝重型,吐字略紧,声音稍放。

难点处理：

1."翡翠""桃花""云霞""罗绮""绿酒""白沫""花蚊""青蛙"等具体形象用反讽的语气表达,气少、声平、吐字松。

2."绝望的死水""剩菜残羹""丑恶""什么世界"等词汇和短语用愤慨、批判的语气表达,气粗、声重、吐字紧。

3.首尾段有前后呼应的效果,保持基调和语气的统一。

4.第二、三、四节要略微加速、连接、抱团儿,形成节奏的变化和统一的层次。

字音提示：

漪(yī)沦;残羹(gēng);罗绮(qǐ);酵(jiào)

（九十三）火烧云

（萧红）

晚饭过后，火烧云上来了。霞光照得小孩子的脸红红的。大白狗变成红的了，红公鸡变成金的了，黑母鸡变成紫檀色的了。喂猪的老头儿在墙根靠着，笑盈盈地看着他的两头小白猪变成小金猪了。他刚想说："你们也变了……"旁边走来个乘凉的人对他说："您老人家必要高寿，您老是金胡子了。"

天上的云从西边一直烧到东边，红形形的，好像是天空着了火。

这地方的火烧云变化极多，一会儿红形形的，一会儿金灿灿的，一会儿半紫半黄，一会儿半灰半百合色。葡萄灰、梨黄、茄子紫，这些颜色天空都有，还有些说也说不出来、见也没见过的颜色。

一会儿，天空出现一匹马，马头向南，马尾向西。马是跪着的，像等人骑上它的背，它才站起来似的。过了两三秒钟，那匹马大起来了，腿伸开了，脖子也长了，尾巴可不见了。看的人正在寻找马尾巴，那匹马变模糊了。

忽然又来了一条大狗。那条狗十分凶猛，在向前跑，后边似乎还跟着好几条小狗。跑着跑着，小狗不知哪里去了，大狗也不见了。接着又来了一头大狮子，跟庙门前的石头狮子一模一样，也那么大，也那样蹲着，很威武很镇静地蹲着。可是一转眼就变了，再也找不着了。

一时恍恍惚惚的，天空里又像这个，又像那个，其实什么也不像，什么也看不清了。必须低下头，揉一揉眼睛，沉静一会儿再看。可是天空偏偏不等待那些爱好它的孩子。一会儿工夫，火烧云下去了。

【赏析】

萧红（1911—1942），本名张秀环，后改名为张廼莹（一说为：张迺莹）。笔名萧红、悄吟、玲玲、田娣等。祖籍山东省聊城市，中国近现代女作家，代表作有小说《生死场》《呼兰河传》等。

这篇《火烧云》选自萧红的自传体小说《呼兰河传》第一章第八节,经改编后选编入语文教材。作品描绘了晚饭后的火烧云从上来到下去的过程中颜色和形状的变化,表现了大自然的瑰丽,表达了人们看到火烧云时的喜悦心情。

全文以时间为线,精确地捕捉到了转瞬即逝的景物变化。作者观察深入,对生活中常见的自然景象的变化进行了细致的观察和记录。描述细致,语言简洁生动,给读者留下丰富的想象空间。

【诵读分析】

总体基调:

惊喜、欢乐、生动。

声音状态:

中高声区,实声为主,虚实结合。

层次变化:

第一、二段:火烧云来了之后地面上景物颜色的变化。轻快型,中速偏快,音色明亮。

第三至五段:描写火烧云的变化。中速偏慢,轻快型,语势多上扬,音色根据色彩变化而变化。

第六段:为文章的结尾部分,舒缓型,语势平实。

难点处理:

1.“白狗变成红的了,红公鸡变成金的了,黑母鸡变成紫檀色的了”,主语之后要停顿,形成呼应。

2.第四段描述了“马”的变化过程,语速适当减慢,描绘细致。

字音提示:

紫檀(tán)色;红彤(tōng)彤的

（九十四）我用残损的手掌[1]

（戴望舒）

我用残损的手掌
摸索这广大的土地：
这一角已变成灰烬，
那一角只是血和泥；
这一片湖该是我的家乡，
（春天，堤上繁花如锦幛，
嫩柳枝折断有奇异的芬芳，）
我触到荇藻[2]和水的微凉；
这长白山的雪峰冷到彻骨，
这黄河的水夹泥沙在指间滑出；
江南的水田，你当年新生的禾草
是那么细，那么软……现在只有蓬蒿；
岭南的荔枝花寂寞地憔悴[3]，
尽那边，我蘸着南海没有渔船的苦水……
无形的手掌掠过无限的江山，
手指沾了血和灰，手掌沾了阴暗，
只有那辽远的一角依然完整，
温暖，明朗，坚固而蓬勃生春。
在那上面，我用残损的手掌轻抚，
像恋人的柔发，婴孩手中乳。
我把全部的力量运在手掌
贴在上面，寄与爱和一切希望，
因为只有那里是太阳，是春，
将驱逐阴暗，带来苏生[4]，
因为只有那里我们不像牲口一样活，
蝼蚁一样死……那里，永恒的中国！

【注释】

[1]残损:残缺,破损。

[2]荇藻:荇菜水藻,是水生草本植物,多浮在水面上或生于水中。

[3]憔悴:形容人瘦弱,面色不好看。

[4]苏生:苏醒,重新焕发生机。

【赏析】

戴望舒(1905—1950),原名戴梦鸥,字朝安。浙江杭州人,中国现代诗人,又被称为“雨巷诗人”。主要作品集有《我的记忆》《望舒草》《望舒诗稿》《灾难的岁月》等。

1942年,戴望舒因为在报纸上编发宣传抗战的诗歌,被日本宪兵逮捕。在狱中,他受尽折磨,但始终没有屈服。《我用残损的手掌》就创作于日寇阴暗潮湿的土牢里。

这首诗前半部分写“我”用“残损的手掌”深情地抚摸在敌人的铁蹄蹂躏下的祖国广大土地,表现出作者对敌人践踏国土的无比忧愤。后半部分描绘的是与前面灾难景象形成极大反差的心中渴慕的图景。作者驰骋想象,超越时代,从大处着眼,将一个个具体的形象赋予整体的意义,抒发了对灾难祖国由衷的关切和真挚的爱,同时也表达了对中国共产党领导下的解放区的向往。

【诵读分析】

总体基调:

悲壮、关爱、心痛中带着希望。

声音状态:

中低声区,结尾高声区,虚实结合。

节奏变化:

第一节:“我用残损的手掌”到“水的微凉”,凝重型,慢速,吐字紧,声音低沉。

第二节:“这长白山的雪峰”到“没有渔船的苦水”,凝重型,略快,吐字紧,声音低沉。

第三节:“无形的手掌”到“婴孩手中乳”,舒缓型,中速,吐字松弛,声音柔和。

第四节:“我把全部的力量”到结束,高亢型,中速,吐字有松有紧,声音明亮,结束句扬停。

难点处理：

1.第二节描绘了被践踏的祖国河山，多连少停，语速加快，层层推进，不要断得太碎。

2.第三节有转折的意味，前一部分凝重，后一部分转向"心中的渴望"，色彩由暗转明，"温暖""明朗""坚固""蓬勃生春""轻抚""恋人的柔发""婴孩手中乳"等词汇和短语需要借助情景再现进行渲染和表现，声音虚实结合。

3.第四节用声高亢，注意保持喉头位置，明亮的音色不要挤，结尾不要喊。

字音提示：

荇（xìng）藻（zǎo）；蓬（péng）蒿（hāo）；憔（qiáo）悴（cuì）；蘸（zhàn）；蝼（lóu）蚁

（九十五）雨巷

（戴望舒）

撑着油纸伞，独自
彷徨在悠长，悠长
又寂寥的雨巷，
我希望逢着
一个丁香一样的
结着愁怨的姑娘。

她是有
丁香一样的颜色，
丁香一样的芬芳，
丁香一样的忧愁，
在雨中哀怨，
哀怨又彷徨；

她彷徨在这寂寥的雨巷，
撑着油纸伞
像我一样，
像我一样地
默默彳亍[1]着，
冷漠，凄清，又惆怅。

她静默地走近
走近，又投出
太息[2]一般的眼光，
她飘过

像梦一般的，
像梦一般的凄婉迷茫。

像梦中飘过
一枝丁香的，
我身旁飘过这女郎；
她静默地远了，远了，
到了颓圮[3]的篱墙，
走尽这雨巷。

在雨的哀曲里，
消了她的颜色，
散了她的芬芳
消散了，甚至她的
太息般的眼光，
丁香般的惆怅。

撑着油纸伞，独自
彷徨在悠长，悠长
又寂寥的雨巷，
我希望飘过
一个丁香一样地
结着愁怨的姑娘。

【注释】

[1]彳亍：小步慢走的样子。

[2]太息：出声叹息。

[3]颓圮：倒塌。

【赏析】

《雨巷》这首诗创作于 1927 年夏天。当时全国正处于白色恐怖之中，戴望舒因曾参加进步活动而不得不避居于友人家中，孤寂而痛苦，心中充满了迷惘的情绪和朦胧的希望。《雨巷》一诗就是他的这种心情的表现。

这首诗运用了象征性的抒情手法。首先写的是希望邂逅梦想中的姑娘。这是一个怀着忧愁和闺怨的姑娘。接着写这位"丁香一样"的姑娘在雨巷中彷徨时的神态,体现了一种忧思不绝、剪不断理还乱般的惆怅。然后写到和丁香一样的姑娘的擦肩相遇。这里的相遇,其实是和这位姑娘所拥有的相同的灵魂的相遇。两人四目相对,彼此心灵相通而又茫然。最后写和丁香姑娘擦肩而过。丁香姑娘代表着一种愁怨和凄清。无人的雨巷中,空空如也,只留下作者撑着油纸伞彷徨在寂寞的雨巷。

狭窄阴沉的雨巷,雨巷中徘徊的独行者,以及像丁香一样结着愁怨的姑娘,都是象征性的意象。这些意象又共同构成了一种象征性的意境,含蓄地暗示出作者既迷惘感伤又有期待的情怀,并给人一种朦胧而又幽深的美感。

【诵读分析】

总体基调:

孤独、惆怅、忧郁。

声音状态:

中低声区,实声为主,虚实结合。

节奏变化:

第一节:落寞、惆怅又带有一丝希望,舒缓型,中速偏慢。

第二节:对丁香姑娘的描绘,舒缓型,三个"丁香一样的……"中速偏快,"哀怨、彷徨"一句减速,偏慢。

第三节:既是对丁香姑娘性格的描写,又是作者自身形象的映射,舒缓型,中速偏慢。

第四节:讲述了两人的相遇,舒缓型,中速,"走近……走近……又"中速偏快,"凄婉迷茫"一句减速,偏慢。

第五节:既是姑娘的远去,也是希望的破灭,凝重型,中速偏慢。

第六节:诗歌的结尾,与首节呼应,舒缓型,中速偏慢,最后一句深化主题,再减速,收束。

难点处理:

1.重叠式的表达,"像我一样,像我一样""走近,走近""像梦一般的,像梦一般的"连接要紧密,可采用渐强或渐弱的方式,形成节奏上的变化和音乐感。

2.整首诗的音量一直处于弱控制状态,语势起伏不大,对气息要求较高。

3.第五节象征着希望的落空,"颓圮的篱墙"吐字可略收紧,语气变得消沉、声音变得凝滞。

字音提示:

寂寥(liáo);彷(páng)徨(huáng);彳(chì)亍(chù);颓(tuí)圮(pǐ)

（九十六）海燕

（郑振铎）

乌黑的一身羽毛，光滑漂亮，积伶积俐，加上一双剪刀似的尾巴，一对劲俊轻快的翅膀，凑成了那样可爱的活泼的一只小燕子。当春间二三月，轻飔[1]微微地吹拂着，如毛的细雨无因地由天上洒落着，千条万条的柔柳，齐舒了它们的黄绿的眼，红的白的黄的花，绿的草，绿的树叶，皆如赶赴市集者似地奔聚而来，形成了烂漫无比的春天时，那些小燕子，那么伶俐可爱的小燕子，便也由南方飞来，加入了这个隽妙无比的春景的图画中，为春光平添了许多的生趣。小燕子带了它的双剪似的尾，在微风细雨中，或在阳光满地时，斜飞于旷亮无比的天空之上，唧的一声，已由这里稻田上，飞到了那边的高柳之下了。再几只却隽逸的在鄉鄉如縠[2]纹的湖面横掠着，小燕子的剪尾或翼尖，偶沾了水面一下，那小圆晕便一圈一圈地荡漾开去。那边还有飞倦了的几对，闲散地憩息于纤细的电线上——嫩蓝的春天，几支木杆，几痕细线连于杆与杆间，线上停着几个粗而有致的小黑点，那便是燕子。那是多么有趣的一幅图画呀！还有一个个的快乐家庭，他们还特地为我们的小燕子备了一个两个小巢，放在厅梁的最高处，假如这家有了一个匾额，那匾后便是小燕子最好的安巢之所。第一年，小燕子来住了。第二年，我们的小燕子，就是去年的一对，它们还要来住。

"燕子归来寻旧垒。"

还是去年的主，还是去年的宾，他们宾主间是如何的融融泄泄[3]呀！偶然的有几家，小燕子却不来光顾，那便很使主人忧戚，他们邀召不到那么隽逸的嘉宾，每以为自己运命的蹇劣[4]呢。

这便是我们故乡的小燕子，可爱的活泼的小燕子，曾使几多的孩子们欢呼着，注意着，沉醉着，曾使几多的农人、市民们忧戚着，或舒怀地指点着，且曾平添了几多的春色，几多的生趣于我们的春天的小燕子！

如今，离家是几千里！离国是几千里！托身于浮宅之上，奔驰于万顷海涛之间，不料却见着我们的小燕子。

这小燕子，便是我们故乡的那一对，两对么？便是我们今春在故乡所见的那一对，两对么？

见了它们，游子们能不引起了，至少是轻烟似的，一缕两缕的乡愁么？

海水是皎洁无比的蔚蓝色，海波平稳得如春晨的西湖一样，偶有微风，只吹起了绝细绝细的千万个粼粼的小皱纹，这更使照晒于初夏之太阳光之下的、金光灿烂的水面显得温秀可喜。我没有见过那么美的海！天上也是皎洁无比的蔚蓝色，只有几片薄纱似的轻云，平贴于空中，就如一个女郎，穿了绝美的蓝色夏衣，而颈间却围绕了一段绝细绝轻的白纱巾。我没有见过那么美的天空！我们倚在青色的船栏上，默默地望着这绝美的海天；我们一点杂念也没有，我们是被沉醉了，我们是被带入晶天中了。

就在这时，我们的小燕子，二只，三只，四只，在海上出现了。它们仍是隽逸地从容地在海面上斜掠着，如在小湖面上一样；海水被它的似剪的尾与翼尖一打，也仍是连漾了好几圈圆晕。小小的燕子，浩莽的大海，飞着飞着，不会觉得倦么？不会遇着暴风疾雨么？我们真替它们担心呢！

小燕子却从容地憩着了。它们展开了双翼，身子一落，落在海面上了，双翼如浮圈似地支持着体重，活是一只乌黑的小水禽，在随波上下地浮着，又安闲，又舒适。海是它们那么安好的家，我们真是想不到。

在故乡，我们还会想象得到我们的小燕子是这样的一个海上英雄么？

海水仍是平贴无波，许多绝小绝小的海鱼，为我们的船所惊动，群向远处窜去；随了它们飞窜着，水面起了一条条的长痕，正如我们当孩子时之用瓦片打水漂在水面所划起的长痕。这小鱼是我们小燕子的粮食么？

小燕子在海面上斜掠着，浮憩着。它们果是我们故乡的小燕子么？

啊，乡愁呀，如轻烟似的乡愁呀！

【注释】

[1]轻飔:清风。

[2]縠:古称质地轻薄纤细透亮、表面起绉的平纹丝织物为縠,也称绉纱。

[3]融融泄泄:形容大家在一起融洽愉快。

[4]蹇劣:困厄;境遇不好。

【赏析】

郑振铎(1898—1958),笔名西谛、郭源新等。原籍福建长乐,生于浙江永嘉。现代作家、文学史家、考古学家。主要著作有短篇小说集《家庭的故事》《桂公塘》,散文集《山中杂记》,专著《文学大纲》《插图本中文学史》《中国通俗文学史》《中国文学论集》《俄国文学史略》等。

1927年国民党反动派发动"四·一二"反革命政变,屠杀共产党人和革命人民,迫害进步人士,郑振铎被迫远走欧洲,于5月21日只身乘船前往法国巴黎。途中见到海燕,引发绵绵乡思,他撷取了途中的一个生活片断,咏物抒情,写成此文。

文章首先回忆了故乡的春天和燕子的美好,为下文进一步深化燕子描写、引出思乡之情,作了铺垫。然后对眼前真实所见的海景和海燕进行形象地描绘,抒发了浪迹天涯的游子对祖国和故乡魂牵梦萦的思念之情。

作者在描写美丽的客观景物的同时,融合进主观感情,两者巧妙结合,情景相生、物我交融,把读者带进了一个美妙的艺术胜境。

【诵读分析】

总体基调:
喜爱、思念、惆怅。

声音状态:
中低声区,实声为主,虚实结合。

层次变化:
第一部分:文章的开头到"这便是我们故乡的小燕子……",对小燕子的形态进行描写,轻快型,为深化主题作铺垫。

第二部分:从"如今,离家是几千里"到全文结束,表现海燕勇敢、从容的形象,表达强烈的思乡之情。

难点处理:

1.基调的统一。前一部分是托物寓情,语气不要太活泼俏丽,要为后面思乡之情的表达留余地,否则会使全文基调形成"两张皮"。

　　2.“可爱的活泼的小燕子,曾使几多的孩子们欢呼着,注意着,沉醉着,曾使几多的农人、市民们忧戚着,或舒怀的指点着,且曾平添了几多的春色,几多的生趣于我们的春天的小燕子。”这个句子的结构比较复杂,“可爱的活泼的小燕子”之后停顿,后面部分用三个“曾”进行进一步解释,尽量连接紧密一些:“曾使……曾使……且曾凭添……”的小燕子。

字音提示:

轻飔(sī);隽(jùn)逸;縠(hú)纹;憩(qì)息;寨(jiǎn)劣;圆晕(yùn)

（九十七）荔枝蜜

（杨朔）

花鸟草虫，凡是上得画的，那原物往往也叫人喜爱。蜜蜂是画家的爱物，我却总不大喜欢。说起来可笑，孩子时候，有一回上树掐海棠花，不想叫蜜蜂蜇了一下，痛得我差点儿跌下来。大人告诉我说：蜜蜂轻易不蜇人，准是误以为你要伤害它，才蜇；一蜇，它自己耗尽生命，也活不久了。我听了，觉得那蜜蜂可怜，原谅它了。可是从此以后，每逢看见蜜蜂，感情上疙疙瘩瘩的，总不怎么舒服。

今年四月，我到广东从化温泉小住了几天。四围是山，怀里抱着一潭春水，那又浓又翠的景色，简直是一幅青绿山水画。刚去的当晚，是个阴天，偶尔倚着楼窗一望，奇怪啊，怎么楼前凭空涌起那么多黑黝黝的小山，一重一重的，起伏不断？记得楼前是一片比较平坦的园林，不是山。这到底是什么幻景呢？赶到天明一看，忍不住笑了。原来是满野的荔枝树，一棵连一棵，每棵的叶子都密得不透缝，黑夜看去，可不就像小山似的！

荔枝也许是世上最鲜最美的水果。苏东坡写过这样的诗句"日啖[1]荔枝三百颗，不辞长作岭南人"，可见荔枝的妙处。偏偏我来的不是时候，满树刚开着浅黄色的小花，并不出众。新发的嫩叶，颜色淡红，比花倒还中看些。从开花到果子成熟，大约得三个月，看来我是等不及吃鲜荔枝了。

吃鲜荔枝蜜，倒是时候。有人也许没听说这稀罕物儿吧？从化的荔枝树多得像汪洋大海，开花时节，那蜜蜂满野嘤嘤嗡嗡，忙得忘记早晚，有时还趁着月色采花酿蜜。荔枝蜜的特点是成色纯，养分多。住在温泉的人多半喜欢吃这种蜜，滋养精神。热心肠的同志为我也弄到两瓶。一开瓶子塞儿，就是那么一股甜香；调上半杯一喝，甜香里带着股清气，很有点鲜荔枝味儿。喝着这样的好蜜，你会觉得生活都是甜的呢。

我不觉动了情,想去看看自己一向不大喜欢的蜜蜂。

荔枝林深处,隐隐露出一角白屋,那是温泉公社的养蜂场,却起了个有趣的名儿,叫"养蜂大厦"。正当十分春色,花开得正闹。一走近"大厦",只见成群结队的蜜蜂出出进进,飞去飞来,那沸沸扬扬的情景,会使你想:说不定蜜蜂也在赶着建设什么新生活呢。

养蜂员老梁领我走进"大厦"。叫他老梁,其实是个青年人,举动很精细。大概是老梁想叫我深入一下蜜蜂的生活,小心翼翼地揭开一个木头蜂箱,箱里隔着一排板,每块板上满是蜜蜂,蠕蠕地爬着。蜂王是黑褐色的,身量特别细长,每只蜜蜂都愿意用采来的花粉供养它。

老梁叹息似的轻轻说:"你瞧这群小东西,多听话。"

我就问道:"像这样一窝蜂,一年能割多少蜜?"

老梁说:"能割几十斤。蜜蜂这物件,最爱劳动。广东天气好,花又多,蜜蜂一年四季都不闲着。酿的蜜多,自己吃的可有限。每回割蜜,给它们留一点点糖,够它们吃的就行了。它们从来不争,也不计较什么,还是继续劳动、继续酿蜜,整日整月不辞辛苦……"

我又问道:"这样好蜜,不怕什么东西来糟蹋么?"

老梁说:"怎么不怕?你得提防虫子爬进来,还得提防大黄蜂。大黄蜂这贼最恶,常常落在蜜蜂窝洞口。专干坏事。"

我不觉笑道:"噢!自然界也有侵略者。该怎么对付大黄蜂呢?"

老梁说:"赶!赶不走就打死它。要让它待在那儿,会咬死蜜蜂的。"

我想起一个问题,就问:"可是呢,一只蜜蜂能活多久?"

老梁回答说:"蜂王可以活三年,一只工蜂最多能活六个月。"

我说:"原来寿命这样短。你不是总得往蜂房外边打扫死蜜蜂么?"

老梁摇一摇头说:"从来不用。蜜蜂是很懂事的,活到限数,自己就悄悄死在外边,再也不回来了。"

我的心不禁一颤:多可爱的小生灵啊!对人无所求,给人的却是极好的东西。蜜蜂是在酿蜜,又是在酿造生活;不是为自己,而是在为人类酿造最甜的生活。蜜蜂是渺小的,蜜蜂却又多么高尚啊!

透过荔枝树林,我沉吟地望着远远的田野,那儿正有农民立在水田里,辛辛勤勤地分秧插秧。他们正用劳力建设自己的生活,实际也是在酿蜜——为自己,为别人,也为后世子孙酿造着生活的蜜。

这黑夜,我做了个奇怪的梦,梦见自己变成一只小蜜蜂……酿造着未来……

【注释】

[1]啖:吃。

【赏析】

杨朔(1913—1968)山东蓬莱人。原名杨毓瑨,字莹叔。中国现当代著名作家、散文家。他一生写过许多优秀的散文,主要代表作品有《荔枝蜜》《蓬莱仙岛》《雪浪花》《香山红叶》《茶花赋》等等。他的散文作品基调以歌颂新时代、新生活和普通的劳动者为主。

全篇先抑后扬,布局巧妙、结构紧凑,起承转合、错落有致。开头写自己曾被蜜蜂蜇了一下,因而看到蜜蜂心里就不舒服。继而作者描写了荔枝蜜的甜香,不觉动了情,由蜜想到酿蜜的蜜蜂,便到蜂场去参观。参观时和老梁的一番对话,寥寥数语,蜜蜂的生存状况便由养蜂员和盘托出,从而引发作者思考——"蜜蜂是在酿蜜,又是在酿造生活"。结尾从歌颂蜜蜂转到歌颂勤劳勇敢的农民:"他们正用劳力建设自己的生活,实际也是在酿蜜——为自己、为别人、也为后世子孙酿造着生活的蜜。"表达了对劳动人民的歌颂,歌颂他们勤劳、无私奉献,为自己为别人为后代子孙酿造幸福生活的高尚品质。

行文过程中感情过渡自然,主题鲜明。从小处着眼,建立起个人与大时代的关联,立意不止于写景,而是关注千千万万普通人的生活,具备鲜活的生命感。

【诵读分析】

总体基调:

喜爱、敬佩、赞美、歌颂。

声音状态:

中低声区,实声为主,虚实结合。

层次变化:

第一部分第一段到第四段:由蜜蜂写到荔枝再写到荔枝蜜,舒缓型,中速,语势平实,以叙述为主。

第二部分第二段到第十九段:以对话的形式表达了对蜜蜂的赞美。第十九段语速变慢,抒情歌颂,语势起伏变大,语气加浓。其他部分以平实的人物对话为主,中速。

第三部分最后两段:由歌颂蜜蜂转到歌颂勤劳勇敢的农民,舒缓型,有议论的成分,语速变慢,语气加浓;最后一段,语速更慢,音量微收,以"做梦"的方式进行抒情,让主题得到升华。

难点处理:

1.由铺垫到歌颂的推进。文章真正歌颂的部分在最后,前面的文字都是进行铺垫,因此用力不可过重,平淡的表达中微微流露出赞美即可。歌颂与抒情的部分再进行渲染。

2.散文中大量运用了人物对话,要注意作者提问之后,要略微停顿一下,既符合人物话语交流的传播规律,也能引起听众的思考。

字音提示:

蜇(zhē)了一下;黑黝(yōu)黝(yōu);日啖(dàn)荔枝三百颗;蠕(rú)蠕地爬着;黑褐(hè)色;供(gòng)养

（九十八）泰山极顶(节选)

（杨朔）

泰山极顶看日出历来被描绘成十分壮观的奇景。有人说:登泰山而看不到日出,就像一出大戏没有戏眼,味儿终究有点寡淡。

我去爬山那天,正赶上个难得的好天,万里长空,云彩丝儿都不见,素常烟雾腾腾的山头,显得眉目分明。同伴们都欣喜地说:"明儿早晨准可以看见日出了。"我也是抱着这种想头,爬上山去。

一路上从山脚往上爬,细看山景,我觉得挂在眼前的不是五岳独尊的泰山,却像一幅规划惊人的青绿山水画,从下面倒展开来。最先露出在画卷的是山根底那座明朝建筑岱宗坊,慢慢地便现出王母池、斗母宫、经石峪。……山是一层比一层深,一叠比一叠奇,层层叠叠,不知还会有多深多奇。万山丛中,时而点染着极其工细的人物。王母池旁边吕祖殿里有不少尊明塑,塑着吕洞宾等一些人,姿态神情是那样有生气,你看了,不禁会脱口赞叹说:"活啦。"

画卷继续展开,绿荫森森的柏洞露面不太久,便来到对松山。两面奇峰对峙着,满山峰都是奇形怪状的老松,年纪都有上千岁了。颜色竟那么浓,浓得好像要流下来似的。来到这儿你不妨权当一次画里的写意人物,坐在路旁的对松亭里,看看山色,听听流水的松涛。

一时间,我又觉得自己不仅是在看画卷,却又像是在零零乱乱翻动着一卷历史稿本。

【赏析】

杨朔创造地继承了中国传统散文的长处,长于托物寄情、物我交融。善于从平凡的人物、景色中生发想象与联想,见微知著,构建起清新隽永的艺术境界。这里节选了《泰山极顶》开头一部分的内容,主要描写的是泰山极顶的景色,一路上看到的秀美景色和名胜古迹,流露出游兴之浓、心情之快。

【诵读分析】

总体基调：

喜爱、赞美、歌颂。

声音状态：

中低声区，实声为主，虚实结合。

层次变化：

第一、二段：写登泰山看日出的热切心情，舒缓型，中速，语势平实，叙述为主。

第三段到第五段：写登山途中的见闻与感受，舒缓型；第三段中速，属于略写部分；第四段开始细致描写，语速可放慢。

难点处理：

文章线索的梳理。文章用"青绿山水画"作为线索，由下往上徐徐展开，岱宗坊——对松山，每个"节点"用重音表达出来，文章的线索就明晰了。

字音提示：

岱（dài）宗坊（fāng）；斗（dǒu）母宫；经石峪（yù）；对峙（zhì）；小篆（zhuàn）；须髯（rán）飘飘；百衲（nà）衣

（九十九）济南的冬天

（老舍）

对于一个在北平住惯的人，像我，冬天要是不刮风，便觉得是奇迹；济南的冬天是没有风声的。对于一个刚由伦敦回来的人，像我，冬天要能看得见日光，便觉得是怪事；济南的冬天是响晴的。自然，在热带的地方，日光是永远那么毒，响亮的天气，反有点叫人害怕。可是，在北中国的冬天，而能有温晴的天气，济南真得算个宝地。

设若单单是有阳光，那也算不了出奇。请闭上眼睛想：一个老城，有山有水，全在天底下晒着阳光，暖和安适地睡着，只等春风来把它们唤醒，这是不是个理想的境界？

小山整把济南围了个圈儿，只有北边缺着点口儿。这一圈小山在冬天特别可爱，好像是把济南放在一个小摇篮里，它们安静不动地低声地说："你们放心吧，这儿准保暖和。"真的，济南的人们在冬天是面上含笑的。他们一看那些小山，心中便觉得有了着落，有了依靠。他们由天上看到山上，便不知不觉地想起："明天也许就是春天了吧？这样的温暖，今天夜里山草也许就绿起来了吧？"就是这点幻想不能一时实现，他们也并不着急，因为有这样慈善的冬天，干啥还希望别的呢！

最妙的是下点小雪呀。看吧，山上的矮松越发的青黑，树尖上顶着一髻儿白花，好像日本看护妇。山尖全白了，给蓝天镶上一道银边。山坡上，有的地方雪厚点，有的地方草色还露着，这样，一道儿白，一道儿暗黄，给山们穿上一件带水纹的花衣；看着看着，这件花衣好像被风儿吹动，叫你希望看见一点更美的山的肌肤。等到快日落的时候，微黄的阳光斜射在山腰上，那点薄雪好像忽然害了羞，微微露出点粉色。就是下小雪吧，济南是受不住大雪的，那些小山太秀气！

古老的济南，城里那么狭窄，城外又那么宽敞，山坡上卧着些小村庄,小村庄的房顶上卧着点雪,对,这是张小水墨画,也许是唐代的名手画的吧。

那水呢,不但不结冰,倒反在绿萍上冒着点热气,水藻真绿,把终年贮蓄的绿色全拿出来了。天儿越晴,水藻越绿,就凭这些绿的精神,水也不忍得冻上,况且那些长枝的垂柳还要在水里照个影儿呢!看吧,由澄清的河水慢慢往上看吧,空中,半空中,天上,自上而下全是那么清亮,那么蓝汪汪的,整个的是块空灵的蓝水晶。这块水晶里,包着红屋顶,黄草山,像地毯上的小团花的灰色树影。这就是冬天的济南。

【赏析】

老舍(1899—1966),原名舒庆春,字舍予,笔名老舍。北京满族正红旗人,中国现代著名小说家、文学家、戏剧家,被称为"人民艺术家"。代表作有《骆驼祥子》《四世同堂》、剧本《茶馆》《龙须沟》等。

济南地处中国北部,是中国有名的"泉城"。它景色秀丽,素有"家家泉水,户户插柳""一城山色半城湖"的美誉。到了冬天,济南无大风而多日照,它在冬天最显著的气候特点是"温晴"。作者笔下的种种景物跟这"温晴"天气紧密联系在一起,构成一幅温暖晴朗的济南冬天图景。文章写山、写水、写城、写人,无不涂上一层温暖晴朗的色彩,就是写雪景,也仍然同温晴有联系,把下雪妙写为"下点小雪";更因为"温晴"而有了"等到快日落的时候,微黄的阳光斜射在山腰上,那点薄雪好像忽然害了羞,微微露出点粉色"的景致。

文章层次分明,依照写景的先后层次,首先鸟瞰全城,得其全貌,然后描写一城山色,雪后斜阳,最后才写垂柳岸边水藻越晴越绿的水上景色。由大到小写来,从山到水写去,脉络清晰。这是就各大层次来说的,而各大层次的内部,又同中有异,如第二段由写景而兼及写人,第三段由写雪而兼及写晴,第五段由写水面而兼及写天空,笔法细腻而活脱,给人以参差错落之感。

作者笔下的济南,就像放在一个好像由四面群山环抱而成的小摇篮里,而水天一碧的宏伟景色,只不过是一块"空灵的蓝水晶"。再看,"树尖上顶着一髻儿白花,好像日本看护妇","水藻真绿,把终年贮蓄的绿色全拿出来了"。远景使人视野开阔,心旷神怡;近景犹如近耳谛听,景象逼真。

《济南的冬天》是一篇充满诗情画意的散文,以轻快、自然的笔调描绘了济南冬天里的"温晴",它蕴涵了作家的主观情感、生命和人生感悟及审美感受。文章不惜笔墨写景,实际是抒发对济南冬天的喜爱、赞美之情,这才真正是文章的意蕴、文章的核心。老舍先生以其独特的视野和丰富的语言艺术表现力把《济南的冬天》呈现给读者,其辞格展现的艺术魅力和张力,堪为典范之作。

【诵读分析】

总体基调:

温和、亲切、喜爱、赞美。

声音状态:

中低声区,实声为主,虚实结合。

层次变化:

第一、二段以对比的手法写出济南的冬天是温晴的:舒缓型,吐字松弛,叙述语体。

第三段写济南的小山:轻快型,吐字略收紧,模仿人物语言部分声音变轻,语势上扬,叙述语体。

第四段写下小雪时的济南:轻快型,吐字略收紧,描述语体。

第五段全景描绘济南的冬天像水墨画:舒缓型,吐字松弛,抒情语体。

第六段写济南的水:前半部分轻快型,吐字略收紧,描述语体,从"看吧"开始转舒缓型,吐字松弛,抒情语体。

难点处理:

1."对于一个在北平住惯的人,像我,冬天要是不刮风,便觉得是奇迹;济南的冬天是没有风声的。"这一句采用对比的手法,因此"北平冬天刮风"语势低,语流拉平,不过分着力;"济南的冬天是没有风声的"减速,语势扬起,让语句主次分明。

2."城里那么狭窄,城外又那么宽敞,山坡上卧着些小村庄,小村庄的房顶上卧着点雪"这一句是并列句群,注意对比和呼应,表达时在"城里""城外""山坡上""房顶上"之后都要顿挫。

字音提示:

一髻(jì)儿白花;贮(zhù)蓄

（一〇〇）林海

（老舍）

　　我总以为大兴安岭奇峰怪石高不可攀。这回有机会看到它，并且走进原始森林，脚踩在积得几尺厚的松针上，手摸到那些古木，才证实这个悦耳的名字是那样亲切与舒服。

　　大兴安岭这个"岭"字，跟秦岭的"岭"大不一样。这里的岭的确很多，高点的，矮点的，长点的，短点的，横着的，顺着的，可是没有一条使人想起"云横秦岭"那种险境。多少条岭啊，在疾驶的火车上看了几个钟头，看也看不完，看也看不厌。每条岭都是那么温柔，虽然下自山脚，上至岭顶，长满了珍贵的林木，可是谁也不孤峰突起，盛气凌人。

　　目之所及，哪里都是绿的，的确是林海。群岭起伏是林海的波浪。多少种绿颜色呀：深的，浅的，明的，暗的，绿得难以形容，恐怕只有画家才能够描绘出这么多的绿颜色来！

　　兴安岭上千般宝，第一应夸落叶松。是的，这里是落叶松的海洋。看，海边上不是有些白色的浪花吗？那是些俏丽的白桦，树干是银白色的。在阳光下，一片青松的边沿，闪动着白桦的银裙，不是像海边上的浪花吗？

　　两山之间往往流动着清可见底的小河。河岸上有多少野花啊！我是爱花的人，到这里却叫不出那些花的名儿来。兴安岭多么会打扮自己呀：青松做衫，白桦为裙，还穿着绣花鞋。连树与树之间的空隙也不缺乏色彩：松影下开着各种小花，招来各色的小蝴蝶——它们很亲热地落在客人身上。花丛里还隐藏着珊瑚珠似的小红豆，兴安岭中的酒厂所酿造的红豆酒，就是用这些小野果酿成的，味道很好。

　　看到那数不尽的青松白桦，谁能不向四面八方望一望呢？有多少省市用过这里的木材呀！大至矿井、铁路，小至椽柱、桌椅。千山一碧，万古长青，恰好与广厦、良材联系在一起。所以，兴安岭越看越可爱！它的美丽与建设结为一体，美得并不空洞，叫人心中感到亲切、舒服。

及至看到了林场，这种亲切之感更加深厚了。我们伐木取材，也造林护苗，一手砍，一手栽。我们不仅取宝，也做科学研究，使林海不但能够万古长青，而且可以综合利用。山林中已经有不少的市镇，给兴安岭增添了新的景色，增添了愉快的劳动歌声。人与山的关系日益密切，怎能不使我们感到亲切、舒服呢？我不晓得当初为什么管它叫做兴安岭，由今天看来，它的确含有兴国安邦的意义。

【赏析】

这篇文章用具有鲜明时代特色的简朴语言描写了大兴安岭的景物及其在国计民生中的作用，表达了作者对大兴安岭由衷的喜爱之情。

文章描写大兴安岭的景物，说"岭"的主要特点是温柔，而且从头至尾就用这简练的"温柔"，同描写秦岭"孤峰突起""盛气凌人""云横秦岭"的险境形成较大的反差，从而使这"温柔"更加丰满。作者写"岭"的另一个特点是连绵不断、形态各异："在疾驶的火车上看了几个钟头，既看不完，也看不厌。""这里的岭的确很多，横着的，顺着的，高点儿的，矮点儿的，长点儿的，短点儿的"等也是用同一种手法进行了叙述。然后再讲"林"，林的显著特点就是像大海，因此称之为林海。"目之所及，哪里都是绿的"，突出了林海的一望无际和苍翠碧绿。"群岭起伏是林海的波浪""大片青松的边沿闪动着白桦的银裙"，又"像海边的浪花"，进一步突出了林海的特点。之后讲"野花"。野花的特点是种类多。"我是爱花的人，到这里我却叫不出那些花的名儿来"，可见野花的种类非常之多。最后，作者把大兴安岭比作一个温柔、美丽的姑娘，说它"青松作衫，白桦为裙，还穿着绣花鞋"，作者通篇都用这种具有鲜明时代特色的语言描写，虽未跌宕起伏，但更接地气。这也渗透了作者对大兴安岭无限的喜爱之情。

作者把游览大兴安岭的感受，概括为四个字：亲切、舒服。他以"温柔"形容大兴安岭，把大兴安岭的景物同祖国建设结为一体，同时还在林场看到了"人与山的关系日益密切"，人们造林护苗，使林海万古长青，这四个字都概括了进去。

【诵读分析】

总体基调：
温和、亲切、喜爱、赞美。
声音状态：

中低声区,实声为主。

层次变化:

第一段总起写走进大兴安岭:舒缓型,吐字松弛,叙述语体。

第二段重点写"岭"的不同之处:轻快型,吐字略收紧,叙述语体。

第三段全景描述林海的"绿":舒缓型,吐字松弛,抒情语体。

第四、五、六段分别描述"落叶松""小河""白桦":轻快型,吐字略收紧,叙述语体。

第七段结束部分,写了林场和人与山的关系:舒缓型,吐字松弛,叙述中略带抒情。

难点处理:

1."高点的,矮点的,长点的,短点的,横着的,顺着的",多短语的并列可以两两归并,分成三组,尽量不要一个短语一停顿。

2."每条岭都是那么温柔,虽然下自山脚,上至岭顶,长满了珍贵的林木,可是谁也不孤峰突起,盛气凌人。"这个长句中加入了转折成分,可将"每条岭都那么温柔"与"谁也不孤峰突起,盛气凌人"进行呼应,语势高,而中间的"虽然下自山脚,上至岭顶,长满了珍贵的林木"语势低、语流拉平、语速快。

3."兴安岭多么会打扮自己呀:青松做衫,白桦为裙,还穿着绣花鞋。"解证句即后面的内容是对前面"会打扮自己"的解释。冒号之后停顿,语势顺承衔接。

字音提示:

白桦(huà);椽(chuán)柱

参考文献

[1]白雪,李倩.古文鉴赏大全集[M].北京:中国华侨出版社,2012.

[2]陈振鹏,章培恒.古文鉴赏辞典(下)[M].上海:上海辞书出版社,1997.

[3]戴逸.梁启超诗文选[M].成都:四川出版集团巴蜀书社,2011.

[4]方铭.中国现代文学经典评析:现代诗歌[M].合肥:合肥工业大学出版社,2015.

[5]费振刚.先秦两汉文学研究[M].北京:北京出版社,2019.

[6]傅德岷,李书敏.中华爱国诗词散文鉴赏大辞典[M].重庆:重庆出版社,1997.

[7]傅德岷,韦济木.中国百年散文鉴赏:名家名篇[M].武汉:长江出版社,2007.

[8]高海夫.中国古代文学作品选全译(下册)[M].西安:三秦出版社,1991.

[9]韩泉欣.文心雕龙直解[M].杭州:浙江文艺出版社,1997.

[10]侯书生,邱卫东.领导干部古文观止[M].北京:红旗出版社,2014.

[11]胡大雷.《玉台新咏》编纂研究[M].北京:人民文学出版社,2013.

[12]黄建军,闻钟.列子译注(精编本)[M].北京:商务印书馆,2015.

[13]黄寿祺,梅桐生.楚辞全译[M].贵阳:贵州人民出版社,1984.

[14]黄小玉,韩敏.中外诗歌名篇赏析[M].重庆:西南师范大学出版社,2014.

[15]黄岳洲.中国古代文学名篇鉴赏辞典(上卷)[M].北京:华语教学出版社,2013.

[16]黄岳洲.中国古代文学名篇鉴赏辞典(下卷)[M].北京:华语教学出版社,2013.

[17]姜亮夫,等.先秦诗鉴赏辞典[M].上海:上海辞书出版社,1998.

[18]金华,安茂波.国人必读古文手册[M].上海:上海科学技术文献出版

社,2011.

[19]金克木.金克木集(第4卷)[M].北京:生活·读书·新知三联书店,2011.

[20]李敖.诗经 楚辞 曹操集 王勃集[M].天津:天津古籍出版社,2016.

[21]李山.解读诗经[M].北京:国家图书馆出版社,2017.

[22]李朝全.诗歌百年经典(1917—2015)[M].北京:中央编译出版社,2016.

[23]列御寇.国学经典诵读丛书:列子[M].南昌:二十一世纪出版社,2016.

[24]林志浩.中国现代文学作品选讲(下册)[M].北京:高等教育出版社,1987.

[25]陆林.宋词(白话解说)[M].北京:北京师范大学出版社,1992.

[26]缪钺,等.宋诗鉴赏辞典[M].上海:上海辞书出版社,1987.

[27]宁鸿彬,李方,张宝林,等.初中文言文详解[M].海口:南海出版公司,2010.

[28]齐豫生,夏于全.中国古典文学宝库(第一辑)[M].吉林:延边人民出版社,1999.

[29]任孚先,任维清.现代诗歌百首赏析[M].济南:山东教育出版社,1988.

[30]人民教育出版社中学语文室.语文(第二册)[M].北京:人民教育出版社,2001.

[31]上海辞书出版社文学鉴赏辞典编纂中心.古文观止鉴赏辞典[M].上海:上海辞书出版社,2006.

[32]说词解字辞书研究中心.初中文言文全解词典[M].北京:华语教学出版社,2015.

[33]唐圭璋,潘君昭,曹济平.唐宋词选注[M].北京:北京十月出版社,2019.

[34]王承略,李笑岩.楚辞[M].济南:山东画报出版社,2014.

[35]王泗原.楚辞校释[M].北京:中华书局,2014.

[36]王秀梅.诗经(上):国风[M].北京:中华书局,2015.

[37]吴熊和.唐宋词汇评·两宋卷(一)[M].杭州:浙江教育出版社,2004.

[38]吴兆宜,程琰.玉台新咏笺注[M].长春:吉林人民出版社,1999.

[39]夏征农,等.辞海(缩印本)[M].上海:上海辞书出版社,2000.

[40]徐一波.中华经典诗文诵读(第三卷)[M].济南:山东友谊出版社,2015.

[41]徐中玉,金启华.中国古代文学作品选(二)[M].上海:华东师范大学出版社,1999.

[42]语文出版社教材研究中心.语文七年级下教师用书[M].北京:语文出版社,2005.

[43]原建平.通用文言文全解初中卷[M].西安:陕西人民教育出版社,2011.

[44]袁行霈.中国文学史[M].北京:高等教育出版社,1999年.

[45]张英伟.中国古代文学作品选讲[M].天津:南开大学出版社,2014.

[46]张治富.经典诵读诗文精选[M].北京:清华大学出版社,2013.

[47]赵维江,邵宜,苏桂宁.经典诗文三百篇[M].广州:暨南大学出版社,2012.

[48]《中国文学经典》编写组.中国文学经典[M].北京:中央广播电视大学出版社,2010.

[49]周家丞.唐诗三百首新编[M].北京:中国言实出版社,2016.

[50]周明.中国现代散文经典[M].北京:北京工业大学出版社,2009.

[51]周汝昌,等.唐宋词鉴赏辞典(唐·五代·北宋卷)[M].上海:上海辞书出版社,1988.

[52]周振甫.诗经译注[M].北京:中华书局,2013.

[53]朱熹.诗经集传[M].上海:上海古籍出版社,1987.

[54]朱一清.《古文观止》赏析集评[M].合肥:安徽文艺出版社,1997.

[55]朱祖延.引用语大辞典(增订本)[M].武汉:武汉出版社,2010.

后　记

　　浙江传媒学院于 2020 年 1 月获批全国首批国家语言文字推广基地。2020 年 10 月，推广基地获批国家语言文字推广基地建设项目"中东欧地区中华经典诵读传播活动策划与推广"。在项目实施过程中，课题组为中东欧地区的汉语学习者编写了一本《中华经典诗文 100 篇鉴赏与诵读》教程。本书在原教程的基础上，增加了古典诗文篇目，细化了诵读技巧指导，在诗文理解的难度和诵读艺术的深度上，更加适合国内中华经典诵读爱好者。

　　自 2022 年 1 月着手编写，到正式定稿，历时两年整。在这段紧张而又忙碌的日子里，不断核对、不断修改、不断完善，全体编写成员倾注了智慧与汗水。在编写过程中，既有集体反复讨论，又有个人分工撰写。本书编写分工如下：

　　李贞、石艳华、童肇勤、王姬负责编写诗文诵读赏析部分；刘超、卢彬负责编写诗文诵读指导部分；杜晓红负责全书大纲和内容审订。

　　本书选用了我国历代文学大师的经典诗文作品，编写中参考借鉴了很多名家的诗文赏析，在此一并感谢。正是他们的慷慨无私，为本书增添了许多光彩。

　　感谢老师们在繁重的教学科研之余，挤出时间承担本书的编写工作，编写组成员出于对诗文鉴赏的热忱，出丁对经典诵读的热爱，以专业的素养、严谨的态度，圆满完成了编写任务。

　　感谢浙江大学出版社的李海燕女士对本书出版给予的帮助。

　　由于编写者水平和精力所限，书中必然有不当之处，恳请各位方家与读者提出宝贵意见。